文
景

Horizon

日系 | Horizon

社科新知　文艺新潮

07
紗有美

06
弾

05
賢人

04
紀子

我是纱有美

ひそやかな花園

〔日〕角田光代 著
莫琼莎 译

上海人民出版社

序章

在过往的岁月里，纱有美曾多次回忆起从五岁到十岁间的那些个夏天，即便现在也时不时会想起。但回忆仅限于五岁到十岁之间，如果纱有美没有记错的话。纱有美觉得那段记忆和自己的过去是断裂的。

那是哪儿呢？那些孩子又是谁呢？我为什么会参加那个活动？被高高的树木簇拥的笔直道路，庭院里是一片修剪齐整的草坪，有好几个房间的木屋，年龄相仿的孩子们。

妈妈应该很清楚这些事，但她没有正面回答过纱有美的问题。上了高中后的纱有美第一次问起那是哪儿，妈妈的回答是“我们没去过那样的地方”，还说，“虽然每年都带你出去旅行，但去的不是同一个地方”。纱有美再长大些问起时，妈妈有时会笑着打趣说：“是幻想或空想出来的吧，你就喜欢胡思乱想！”纱有美还曾经找过是否有照片留下，可是一张都没有。

连绵起伏的低矮群山，勾勒出视线所及的整个世界的轮廓。从木屋向外走不多远就是沼泽、森林和一座轩敞的寺庙。

奇怪的是四下一片寂静，不见一个人影。夏日阳光下的草坪晶莹闪亮，躺上去后背会感到一阵阵的刺痒。木屋顶楼有间带天窗的阁楼，运气好的时候能住在阁楼里，看着星星入睡。餐厅里有一张大大的原木餐桌，许多人齐声说“我开动啦”。若午餐准备的是咖喱饭，上午时分就会知道了，因为咖喱那诱人的香气早已溢满了木屋和庭院。

也许真的是幻想或空想吧，纱有美最近也开始这么认为了。自己不断地反复描画如此细节的情景，以至于它们全都印在脑海，就像真的发生过。因为从那以后到现在，那些事物全都不复存在了。阳光、白云、清澈的河水、浓绿的树荫、高远的天空、齐声说的“我开动啦”，还有披着毛毯聊天的朋友们，没有一个出现在那以后的人生中。

为了能一直清晰地记起那些开心欢笑的夏日岁月，纱有美开始把记得的事情写在日记本上，就是在高中时妈妈断言没去过那样的地方之后。勾勒出世界轮廓的低矮群山、从木屋到寺庙一路的景致、一个名叫茱丽的年龄稍大些的女孩子、宽敞的餐厅和窄长的原木餐桌、心里暗暗喜欢的男孩小雄——依稀记得全名是雄一。有位妈妈长得像模特或是女演员般美丽，不记得她是谁的妈妈了。有两个总是黏在一起的男孩和女孩，他们是一对双胞胎吧，女孩叫小纪，男孩叫小贤。每年假期的最后一天会举行篝火晚会，某位爸爸点火技术高超。

把这些事情写下来后，认为那些时光是亲身经历的这种感觉渐渐淡薄了，纱有美开始觉得它们像是单纯的空想。但即便如此，纱有美依然笔耕不辍。当日记本的三分之一被这种空想式的回忆填满时，纱有美感到这是一种逃避。原来自己也有一个能够逃避现实的地方，即便那里充满了虚幻的记忆。

在即将二十九岁的今天，纱有美也时常会想起那段往事。有时也会像看小说那样细细品读高中时代写下的日记。读过后，纱有美的心情还算平静。在内心深处，纱有美暗暗对自己说，我没事，我还好。

第一章

1

一九八五年

纪子第一次参加夏令营，是三岁那年的夏天，那几乎是她拥有的最初的记忆。虽说那不是纪子第一次随爸爸妈妈收拾行装出门，却是她最初记得的事——去参加被称作“夏令营”的活动。

爸爸拉着的行李箱里放着一堆纪子的宝贝：玩具小兔露露和小熊拉拉，画有卡通人物的书包，书包里装着手帕和护唇膏。

“我们去哪儿呀？”

坐在汽车后座的纪子问道。去参加夏令营，坐在身边的妈妈回答。

“夏令营是什么？”

“就是在院子里烤肉烤蔬菜呀，大家一起唱唱歌、玩玩游戏。小纪，你能交到好多新朋友哦。”

我不要朋友，纪子嘟哝着。比起朋友，纪子只想和爸爸妈妈在一起。准确地说，只想和妈妈在一起。

“别说不要哦，有朋友可好啦。”爸爸一边开车一边说。

被妈妈摇醒时，纪子知道目的地到了。下了车四下一望，发现是个完全陌生的地方，一切都和平时生活的地方截然不同，纪子突然害怕起来。看不到家，看不到家门前的那条小路，也没有便利店、肉店和书店。只有一栋在绘本里见过的房子，那是栋在绿茵茵的草坪上用木头搭起来的褐色房子，院子里有几个孩子在玩耍。我想回家，纪子小声地对妈妈说。妈妈不知是没听见还是装作没听见，对着爸爸说了句，真是个好地方啊。爸爸一边从汽车后备厢里取出行李箱和妈妈的手提旅行包，一边说着真不错呀，还吹起了口哨。

那一天纪子被领着见了一个又一个陌生人，每见一个人都得说一遍自己的名字和年龄。很早以前妈妈就反复教过纪子，如果有人问自己的名字，不要磨磨叽叽的，而要爽快地说出“我叫香田纪子”，要是问到年龄，不要掰手指头数数，而要说“三岁”。所以这回纪子都是认认真真、清清楚楚地说出自己的名字和年龄，到最后都说烦了，连对方的名字都没记住。

当庭院的草坪开始染上夕阳的橙色，大人们都聚集到厨房里开始做饭了。四周响起了欢快热闹的音乐，空气中弥漫着诱人的香气，谈笑声不绝于耳。孩子们散落在各处玩耍，楼板上响起了追逐奔跑的脚步声，也有孩子待在夕阳映照的橙色院子里，还有的孩子独自在餐厅的餐桌边画画。纪子和哪个孩子都搭不上话，于是走进厨房去找妈妈。在妈妈脚边徘徊，被妈妈抱了起来。纪子刚想松一口气，却被抱着走向餐厅，然后放在那个正在画画的小男孩身边。

“你是贤人吧。能和小妹妹一起玩吗？”听妈妈这么一说，小男孩视线不离画纸，点了一下头。妈妈让纪子在小男孩身边坐好，又走进了厨房。

小男孩瞅了纪子一眼，用手指着自己画的画介绍说：“这是宇宙飞船，这是在太空里找到的花，这是写有秘密的小石头。”接着问了句，“你画吗？”然后把一张画纸搁到纪子面前。纪子用小男孩的油画棒画了起来，她一点儿都不开心，但又不知道除了画画还能做什么。纪子画了个小女孩，画画的时候时不时瞄一下厨房的方向，看见几个女人站在厨房操作台前干活，其中也有妈妈，正笑得前仰后合。纪子从来没见过妈妈这个样子，只见她用手拍打着旁边站着的女人的后背，然后擦了擦眼角笑出的眼泪，把一个小西红柿塞进嘴里后又笑开了。纪子突然害怕起来，但是没有哭。

“你画的女孩叫什么呀？”旁边坐着的小男孩探过头来问。纪子没有给画中的女孩取过名字，所以拼命琢磨了一番后说：“叫露比。”

“露比，”小男孩叨叨着又继续画了起来，“这是未来的汽车。”小男孩画了一辆长着翅膀的汽车。纪子盯着汽车小声嘀咕着“我想回家”，小男孩看着纪子，也露出一副就要哭出来的表情，像是自言自语道：“没事的。”

橙色的夕阳斜射入屋，屋内便映照出了细长的光影。妈妈们的笑声不断从厨房那边传来，有时都盖过了喧闹的音乐声。爸爸去哪儿了呢，纪子抬起头来找了找，没有找到。另外几个爸爸也不见了踪影。没事的。纪子好想听身旁正在给小汽车涂上银色的小男孩再说一次，于是在一旁愣愣地盯着他全神贯注的侧脸。

2

一九八六年

到了夏天就会去山庄。树里已经不记得第一次去是什么时候了，也不记得那个时候都想了些什么。只记得八岁那年的夏天去山庄就已是固定节目了。暑假里开始觉得无聊的某一天，树里和妈妈收拾行装，一起检查家里上上下下是否关好锁好，然后出门乘上电车。

刚开始爸爸也会同行，但不知什么时候开始爸爸就留在家里不去了，只有树里和妈妈两个人去了。

每次在山庄遇见纱有美，她都会说：“我最喜欢这儿了！”还会说，“我想一直待在这儿。”比树里小两岁的纱有美应该是今年刚上小学。树里知道纱有美上幼儿园时没有朋友，这是听纱有美的妈妈对其他妈妈这么说的。所以纱有美才会喜欢这里吧，这里既有朋友，也不会有人因为她比别人磨蹭迟钝些而去欺负她。

树里认为自己和纱有美不一样。自己在学校里有一大群朋友，从来没有不想上学的时候，甚至刚放暑假就会觉得无聊。不过树里还是很喜欢在山庄度过的日子，但是那种“喜欢”和纱有美的“喜欢”是不一样的。

树里认为，每年夏天都要生活数日的那栋木头墙壁、木头地板的宽敞木屋就是自家的山庄。因为每年固定要去那里，妈妈也总像走进自家屋子那样住进山庄。树里还认为，在自己和妈妈到达前必定已经在那儿的弹和弹的爸爸妈妈，还有和自己前后脚到达的纪子和贤人以及他们的爸爸妈妈，都是自家的亲戚。对树里来说，能和一大群大人孩子一起生活的机会只有夏天的那些日子。

树里和纱有美正一起朝着寺院的方向走去。这是一条两边长满了茂密的白桦树、铺着碎石的道路，顺着路一直走下去就会来到一个三岔路口。沿着右边的路继续走不多远有一座宽敞的寺院。大家都称这里是“寺院”，大大的院落里还有公园、鸟舍和广场。顺着院落里的缓坡一直往上走，最高处有一座雪白的寺庙。虽然看在树里眼里怎么都不像一座寺庙，但它的确就是。阳光被浓密的白桦树荫遮挡，碎石路上显得有些幽暗，缕缕穿透树荫的阳光在路面上投射出犹如蕾丝花边般的光影。路很静，也很凉快。

“我真想住在这儿，”纱有美又说起每年都会说的话，“茱丽你也这么想吧？”

“可是，住在这儿的话就不能上学了。”树里不喜欢这个只在山庄时才用的别名“茱丽”。是妈妈让大家这么叫她的。

“茱丽，你喜欢学校那种地方？”纱有美摆出一副大人模样问道。

“学校里有朋友啊，不去学校就见不到玛琪和小琳了。”话一出口，树里就意识到说了不该说的话，纱有美肯定在刚入学不久的小学里依旧没有朋友，于是转换话题说道，“不知道菅原还好吗。”菅原是一只寺院鸟舍里饲养的孔雀，有时会走出笼子在院落里散步。“菅原”是树里两年前随便给取的名字。

“今年没什么新孩子来呢。”纱有美说。

“也许今天或是明天就会来哦。小纪去年来的时候老实得要命，只会哭，可今年就开心多了。”

“她总和小贤待在一起。”

“他们两个可好了。”的确，去年新来的纪子，今年尽和贤人待在一起。树里他们搭话时，纪子也会说上几句了，不像去年那样哭哭啼啼、任性撒娇。稍留意一下就会发现，她总和贤人一起待在屋子的一角或是楼梯的平台上，没拿什么玩具，时不时说着悄悄话，开心地哧哧笑着，也不知道他们在笑什么。

“小纪只和小贤说话，两人总在一起鬼鬼祟祟地偷笑。”树里从纱有美的这番话中嗅到了一丝恶意，所以赶紧否定：“没那回事。小纪也和我们说话来着，昨天还打扑克牌了呢。”

“咦，打牌？什么时候？”

“晚饭后，小纱你睡觉去了。”

“晚饭后？我怎么不知道有这回事。”

“你不是睡了吗，所以不知道呀。”树里觉得解释起来有些费劲，就拔腿跑了起来。前方已能看见三岔路口了，白桦林簇拥的路面在阳光照射下成了白花花的一片。纱有美喊着等等我、等等我，从后面追了上来。

树里总被妈妈教导，绝对不能说别人的坏话。一开始，树里都不知道什么是“坏话”，但是最近她明白了，纱有美刚才说的就是。今年树里越来越觉得纱有美身上有一种妈妈所说的让人不快的感觉。就说刚才打扑克牌那件事吧，去睡觉的是纱有美，又不是大家故意使坏不带她玩，可纱有美却用那种语气说话。所以她肯定是交不到朋友的，树里心想，这样的纱有美有点难缠也有点可怜，还有一种说不出来由的可怕。

“等等我、等等我！”纱有美的呼喊声从树里身后传来，渐渐带上了哭腔，树里便停下脚步站在三岔路口上等她跑过来。每年出发来山庄前，妈妈总要说的另一番话是，在那儿你可是年龄最大的姐姐，所以必须照顾大家，和大家友好相处。树里向跑过来的纱有美伸出了一只手，然后轻轻地握住那只比自己的手还小一圈的手跑了起来。

那天晚上，晚饭后便是“文艺晚会”。“文艺晚会”每年都会举行，参加表演的可以是一个人、两个人或是一个团队，以客厅不用的暖炉前的一块空地为舞台，表演唱歌跳舞。大家随意地坐在沙发、地板或是从餐厅搬来的椅子上，大人们喝着酒，孩子们也只有今晚才被允许吃点心。树里和妈妈一起在音乐伴奏下演唱了去年那首大获掌声和喝彩的歌曲《不要脱人家的水手服啦》，弹的爸爸妈妈献上了一曲二重唱，由纪子妈妈钢琴伴奏。

弹和雄一郎今年还是表演漫才[1]，漫才的内容没什么意思，但是看到作为吐槽的雄一郎对平日里一向冷峻的弹百般刁难的情景，树里笑得直不起腰来。既不能歌也不善舞的纱有美，去年演到一半还哭了起来，今年她表演的是魔术，一个是报纸变鲜花，还有一个是猜纸牌。纪子爸爸表演了吉他弹唱，贤人妈妈则是将裙子卷到大腿处，挥舞着硬纸板做的花伞，一边唱歌一边跳着奇怪的舞蹈。去年只是观众的纪子，今年和贤人一起放声演唱了《波丽安娜的故事》中的最后一首

[1] 两人组成一对，进行滑稽性对话的日本曲艺。

歌曲。

“我们明年也来个新鲜的！”妈妈对坐在地板上吃着薯片的树里耳语道，嘴里散发出一种烟酒混合的味道。

“对啊，《水手服》已经过时了。得好好练点别的。”

“茱丽，我教你跳‘Pink Lady’[1]吧，到时我们一起跳。”

“什么呀，我不会那个。”

妈妈呵呵笑着在树里的脸上亲了一下，树里觉得痒痒的，也笑了起来，妈妈又笑着抱紧了树里。如果妈妈总能像现在这样开心，也许自己真会想在这里生活下去呢，这个念头掠过树里的脑海。

“喂，凉子，和我一起跳‘Pink Lady’吧。”鼻尖红红的弹爸爸发出了邀请，树里妈妈说着“好吧”站了起来。弹爸爸穿着弹妈妈的迷你短裙，和树里妈妈一起在暖炉前的舞台上伴随着一首树里没听过的歌曲跳起舞来。大人孩子看了都笑成了一团。坐在一边的贤人妈妈一边擦拭着爆笑出来的眼泪一边对树里说：“今年的冠军就是‘Pink Lady’了吧。”

正是这一年，树里的爸爸离家出走了。树里和妈妈从山庄回来后发现，明明是星期天，爸爸却不在家。从此，爸爸再也没有回过这个他们三人曾经一起生活过的家。

---

[1] 20 世纪 70 年代后半红极一时的日本偶像组合，成员是增田惠子和未唯 mie。

3

一九八七年

弹喜欢夏天的山庄，是因为在那里自己可以不用扮演“早坂弹”。从山庄向着群山的方向走个十五分钟左右，就来到一处被大家称作“湿地”的游玩区域。缓缓流淌的小河在岩石间穿行，河水清冽，流到拱状的树荫下清冷刺骨，流到没有树丛遮蔽的地方熠熠生辉，像是一片片碎玻璃，河水温暖。弹坐在一块岩石上，把脚伸进温温的河水中，呆呆地看着雄一郎和波留戏水。没穿泳裤全身赤裸的雄一郎一会儿潜入水中，一会儿又蹿出水面，带出阵阵四散飞溅的水珠，每每看到这个情景，波留就会发出高亢的笑声。

“喂，你去跳水不？”闪亮亮的水珠打在弹的脸上，他眯缝着眼睛向雄一郎大声喊道。

“我不去。爸妈会生气的。”雄一郎在水中探出上半身，大声回答。

“我们不说，没人会知道的。”

“什么是‘跳水’？”今年第一次来这里的波留问。

“走喽！”弹站起身，光着脚从一块岩石跳到另一块，沿着青草丛生的河岸飞跑，脚心和小腿被草叶刮打得生疼。

跑不多远就是一个高约三米的瀑布，瀑布下方形成了一个天然泳池。弹第一次成功从瀑布边往下跳是在两年前，七岁的时候。在那之前两腿战战，怎么都不敢跳。去年，模仿弹和雄一郎的样子跳水的贤人，在起跳时脚底打滑，基本是掉进瀑布潭，而不是跳进去的。瀑布潭的水不深，弹他们站在水里也可露出脸来，应该不会溺水。可是落水后受了惊吓的贤人站都站不起来，只是噼噼啪啪地打水。弹拉贤人上来的时候，他已经灌了不少水，吐了好几次。原本说好不告诉大人的，可目击整个经过的纪子说了出来，弹和雄一郎都被狠批了一通，从此以后孩子们都被禁止到瀑布潭玩耍了。

临近瀑布，水流声渐渐轰响起来，空气也变得寒浸浸的。原说不来的雄一郎最终也和波留一起跟过来了。透过一片繁复交错的树丛，弹指着对面的瀑布对新来的波留说："就从那儿跳下来！"

"哇，好棒啊，我想试一下！"波留说着，一溜烟跑在了弹前面。

孩子们穿过碍手碍脚的草丛和灌木，爬上陡峭的斜坡，并排站在了跳水处。

"从这儿往下看还挺高的呢。"波留话音未落，弹一脸得意二话不说跳了下去，耳边远远回响着波留发出的不知是惊叫还是欢呼的声音。弹身体蜷成一团直入水中，茂密的枝叶遮挡住了瀑布潭上空的阳光，潭水异常清冷。跃入水中的弹站稳脚跟后，从水面露出脸来，发出"啊啊"的喊叫声，大笑起来。雄一郎也跟着跳了下去，入水时水花四溅，泼了弹一头一脸，弹还在哈哈笑着。

“波留，跳呀！”弹挥手示意。只见波留紧闭嘴唇，死死盯着瀑布潭。弹觉得波留不太可能跳下来了，还没有女孩子跳下来过。可下一瞬间，波留宛如一只惯于跳水的动物那般高高跃起，而后笔直地插入潭水。四周又一次激起了声势浩大的水花，弹和雄一郎夸张地大笑起来，从水中探出脸来的波留也仰天大笑开来。

“我想撒尿！”雄一郎说。

“喂，脏死了！”波留喊道。

“撒吧撒吧，我也要！”

“讨厌，那我也撒喽！”

三个人就这么露着脑袋站在水里陷入了莫名的沉默中，精神不集中的话，想撒尿也撒不出来。弹猛一努劲儿后感到腰际间有一股暖流扩散开来，他看到眉头紧皱的波留和雄一郎也突然一下放松了下来，知道他们也撒出来了。弹的笑声如碳酸气泡一样涌上来，雄一郎和波留也笑开了，欢快的笑声回荡在郁郁葱葱的树林间。

弹知道在学校里、补习班上的自己是不会像这样欢笑的，更不会去做那些明令禁止的事情。

他从小就察觉出周围的人怎么看待自己，希望自己成为什么样的人，当然这种感觉并不明确，也难以言喻。记得做作业、不撒野、善待朋友、能学习会运动、不炫耀、不吵闹喧哗，一直以来弹都认为这些事情必须做到，现在也这么认为。结果，弹成了一个人见人夸的好孩子，学校里没有一个老师或同学不喜欢他，即使做错了什么也没有人欺负或嘲笑他，在补习班如此，在体操班、钢琴班也是如此。爸爸妈妈打心底里为弹是这样一个优秀的孩子感到欣慰，弹也知道自己是爸爸妈妈的“宝贝”，因为他们每天都这么说。至于自己为什么是“宝贝”，弹的理解是自己和别的孩子不一样的缘故。

可有时弹觉得自己成了“透明人”。同学们在玩一些无聊游戏时绝不会邀请弹，弹也不知道火爆了一个学期的“便便游戏”细则，只知道那个游戏的基本内容：某个人将黏土做的“大便”偷放到其他人的储物柜、课桌或是书包里，发现了“大便”的人悄不吱声地再把“大便”放到其他人的东西里。在一天中没发现自己的东西里混有“大便”的人从那天起就会被人安上“大便”的外号，持续好一阵子，好像还有一些更细的规则。弹完全不知道那个游戏有趣在哪里，看着不停地说着“大便”哈哈大笑的同学们，他越来越觉得大伙儿根本就看不见自己。

而聚集到山庄来的孩子们，谁都不会对弹区别对待。和雄一郎一起说漫才的事，还有在瀑布潭小便哈哈大笑的事，说给同学听，他们也不会信吧。

三个人浑身湿淋淋地并肩走在山道上。刚才一丝不挂的雄一郎只穿上了一条短裤，衬衫和裤子搭在脖子上。没擦干身体就穿上衣服的弹，一路忍受着潮乎乎的衬衫贴在身上的难受感觉。喧嚣的蝉鸣声犹如一层厚厚的幕布裹住了四周的一切。

“今天是‘儿童晚饭’的日子吗？”雄一郎突然想起似的问道。

“什么是‘儿童晚饭’呀？”第一次参加聚会的波留什么都不知道。

“就是我们自己做晚饭。”

“咦，能做出来吗？”

“就烧烤和咖喱饭，简单！他们已经开始准备了吧，要是迟到了茱丽又会生气了。”

“那我们赛跑吧，一、二、三，跑喽！”波留说跑就跑，一个人奔了出去。弹和雄一郎对视一眼后也飞跑起来。小个子的波留跑起来出乎意料地快，怎么都追不上。弹紧随其后，一路盯着波留的背影，只见水滴从波留的短发上飞溅出来，T恤和短裙也紧紧地贴在她身上。

弹并不讨厌在学校和家里度过的大部分时间，虽然有时觉得自己是个“透明人”，但也不觉得孤独和痛苦。首先当然因为自己是“宝贝”。是继续当“宝贝”，还是能够参与“便便游戏”，要是二选其一，弹会毫不犹豫地选择当“宝贝”。

可是，弹边跑边琢磨，如果没有山庄的夏日时光，生活该会多么无趣啊！如果山庄里就剩下一家三口，就像幼年的大部分时间那样，其他家庭也不来度假，这个世界将会失去一半的光彩。

“那家伙跑得真够快的，虽说是个女孩。”落后的雄一郎感叹。

“也许原来就是个男孩。”弹笑答，心想那家伙都敢从瀑布上跳下来呢。

“可她没有小鸡鸡呀。”认真反驳的雄一郎很逗，弹喷出一声笑来，这一笑气就接不上来了，只好停下脚步，最后忍不住蹲在小路上大笑起来，一边大喊：“是没有！”

4

一九八八年

如果没有夏日聚会，纱有美可能会认同世界原本就是那样的吧。一个绝不会接纳和理解自己，在自己面前关上了大门，充满了莫名其妙的欢笑的地方。

纱有美从幼儿园开始就没有好朋友，因为一开始就这样，所以之后也没觉得奇怪。

第一次想到自己是不是有点奇怪是在上了幼儿园大班以后。原因是被同班的一个女生恶意昭然地捉弄了一番。纱有美的幼儿园一个月有一次“盒饭日”，某一次的“盒饭日”里，那个女生说纱有美的盒饭有臭味，而且脏兮兮的。诚然，其他孩子的盒饭内容都色彩鲜艳、丰富多样，有卡通人物形象的，还有星星和爱心图案的。而纱有美的整个盒饭都是茶褐色的，上面还盖了一层黑黑的紫菜，纱有美自己也觉得，虽说不臭但确实显得“脏兮兮”的。到了下一个月的“盒饭日”，那个女生招呼了好几个同学围在纱有美身边，迫不及待地等着她打开盒盖。这一刻，纱有美才第一次意识到被捉弄了。果然，盒盖一打开，周围的孩子都哄笑着说臭啊，脏啊。

休息的时候也好，等待妈妈来接的时候也好，大家总是肆无忌惮地说着悄悄话，远远地围成一圈笑话纱有美。她不知该怎么办，唯有顺从地承受这一切。她既没有哭也没有告诉妈妈。

要上小学时，纱有美还抱有期待，希望小学里的境遇会有所改观，甚至想着，或许还能交上朋友，或许小学里没有捉弄人的孩子。

可是，一切都没有改变。和纱有美一起上幼儿园的孩子大都进了同一所小学，最初取笑纱有美盒饭的女孩子也是。

在她的带头作用下，纱有美一直持续着和在幼儿园时一样的境遇。

从三年级开始，恶意捉弄纱有美的事情变得更明显了。鞋不见了，文具盒丢了，课本被人乱涂乱画，自己的存在被大家当作空气，等等。隐约意识到这些事态的老师叫来纱有美，对她说："你必须努力和大家融洽相处哦。"

同学的欺负和老师的话，纱有美都没有告诉妈妈，因为她不想让妈妈讨厌自己。纱有美觉得，妈妈绝不会喜欢一个在学校里受到那种待遇的女儿。

因此，就为了和妈妈聊天，纱有美必须编造出一个虚构世界，她想象出了几个朋友的姓名和外号、他们的长相以及父母的职业，还有时不时邀请自己去玩的朋友家的详细情况。等妈妈回家后，纱有美就跟在在厨房忙碌的妈妈身边，滔滔不绝地讲起那个虚构世界来。"穗香"的妈妈是个设计师，她穿的衣服总是很漂亮；"小拓"是去年从大阪搬过来的，擅长漫才。每次说的时候纱有美都小心翼翼地避免搞错细节，可是妈妈似乎连谁是谁都不太记得，所以即使纱有美不留神说错了一点小细节，妈妈也从没指出过。纱有美所说的"朋友"都只有妈妈，没有爸爸，这也是她顾及妈妈心情的懂事考虑，因为自己的妈妈独自支撑着一个没有爸爸的家庭。

如果没有参加夏日聚会，纱有美应该会坦然接受这一切，因为她只知道这一切。正如她在幼儿园时默默承受了别人的捉弄那样，她也同样会接受没人理睬的小学生活，不袒护自己的老师，也许对自己不那么感兴趣的妈妈。等待妈妈归来的她，只要有在光线逐渐暗淡下来的日式房间里描绘出的虚幻世界就够了。原本这样就知足了。

纱有美第一次参加夏日聚会是在五岁那年暑假。有一天妈妈宣布："我们要参加聚会去喽。"纱有美不知道"聚会"是怎么一回事，坐上火车时惴惴不安，甚至莫名其妙地想着自己是不是要被抛弃了。

妈妈领着自己去的是一座大大的房子，就像绘本里画的那种木头造的，大熊一家在里面烹制奶油炖菜的房子。那里有许多年龄相仿的孩子和他们的爸爸妈妈。和在幼儿园时一样，纱有美丝毫不期待这些孩子会善待自己。可是从到达那天起，许多孩子都主动和纱有美打了招呼。他们不但邀请纱有美一起打牌，还拉她加入了一个不知谁发明的奇怪游戏。纱有美无论说什么都没有人笑话她，玩游戏输了也没被孤立。

纱有美终于知道了，知道了还有一个这样的世界：没有人围观自己、嘲笑自己、孤立自己、捉弄自己的世界。同时也知道了生活在与之不同的另一个世界里是多么辛苦！

纱有美还知道了另一件事，那就是妈妈的另一种样子。住在木房子里那段时间，妈妈绽开了平日难得一见的笑颜，也毫不吝啬地做了许多平日里不对纱有美做的动作：拥抱啦，贴脸啦，亲吻啦。而且会津津有味地听纱有美说话，甚至提问，时而笑逐颜开、时而面露忧愁。纱有美最开心的还是听到妈妈表扬自己。妈妈不仅当面表扬纱有美，还说给其他孩子和大人听，像是“这孩子特别善良”，“动作慢是脑子好使的证明”，“小纱是个标准的美女”，等等。

纱有美平时并没有觉得妈妈有什么不好，只是妈妈到了这里就像换了个人：表情丰富、活泼好动，对自己也有了兴趣，没完没了地拥抱自己，还会把自己夸得天花乱坠。如果不参加夏日聚会，纱有美还不知道妈妈有这样与平日截然不同的一面。

参加夏日聚会的第二年，纱有美开始认为这里才是真正的世界。之前空想出来的世界，在这群山环绕的山庄里成了自己的真实世界，这里以外的一切都是不真实的。纱有美认定，一年之中只有在这短暂的时间里才能成为真实的自己。

纱有美和树里、雄一郎一起躺在山庄院子里的草坪上玩接龙游戏，内容是用动物的名称形容天上云彩的形状。他们挨个说了“いか（乌贼）”“かも（野鸭）”“もぐら（鼹鼠）”，轮到纱有美说用“ら”开头的动物时，她想不出来了。“一、二……”雄一郎开始数数计时了。

“等等，你太狡猾了。小雄，我看不出哪朵云像鼹鼠，你重说！”在这儿，纱有美想到什么就说什么。

“嗯……ももんが（飞鼠）总行了吧。”

“那就那什么，が（蛾）吧。”纱有美指着飘浮在明净空中的一片薄云说道。

“蛾是什么东西?”

“长得像蝴蝶的，真有‘蛾’这东西!”

“那我接‘がいこつ(骸骨)’。”树里指着另一朵云彩说。雄一郎叫着反驳:“‘骸骨’又不——是动物!”树里大笑起来，纱有美也笑了。在离木头房子不远的院子那一侧，大人们正在组装烧烤炉。纱有美在草坪上嬉笑的时候，视线一直追随着妈妈。

妈妈手拿一罐啤酒，看着弹爸爸忙活，他正要给烧烤炉点上火。弹爸爸说了句什么后，妈妈捶着他的肩膀大笑起来。在他们旁边，弹妈妈、纪子妈妈还有贤人妈妈三个人正准备着烧烤食材。他们脚边是依旧紧贴在一起的纪子和贤人，他们蹲着那里也没干什么，只是哧哧地笑着。这个情景让纱有美想起学校里的同学，心里不痛快起来。纱有美的目光从两人身上又回到了妈妈那里。只见妈妈紧紧地挨在弯下腰点火的弹爸爸身边，一只手搭在他后背，正起劲儿地说着什么。纱有美颇为欣慰地看到这时候的妈妈比在家时更美、更开心。

“云朵都没啦!”躺在草坪上的雄一郎喊道。和风拂面，四周弥散着青草的芬芳。

“我想一直待在这儿。”纱有美嗫嚅着自言自语。

“云朵都没喽!”雄一郎又重复了一遍。

“那就玩点别的游戏吧。”躺着的树里一副心满意足、慵懒惬意的样子。我想一直待在这儿，在这个真实的世界里！纱有美在心里不断重复着。

5

聚集到山庄来的孩子们之间到底是什么关系呢？发出这个疑问的是去年第一次来到山庄度假的波留。

“我们是表兄妹，还是从表兄妹？”正在淘米的波留冷不丁说出这句话后，厨房里的孩子们都停下手里的活计看着她。

“什么是‘从表兄妹’？”正在做肉串的纪子问，她依然和贤人依偎在一起。

“就是父母的表兄妹的孩子们。”年龄最大的树里解释完后，也第一次对自己这群孩子之间的关系纳闷起来。之前以为反正是亲戚，也就没深究，波留以外的其他人估计也没想过，大家疑惑地面面相觑。

“如果是表兄妹，为什么过年的时候不聚会呢？”

波留又抛出一问。直到爸爸前年离家出走，树里的新年都是和爸爸妈妈一起度过的，所以她不太明白波留的意思。

“这么说来，我们过年的时候确实不聚会呢。”纱有美刚把沥水架里的盘子摆放进碗橱里。

“我觉得我们不是亲戚。我们的外公可不是一个人哦。”贤人说道。

“还有，我们的妈妈都长得不像。”纪子补充一句。树里恍然大悟，心想的确如此。那妈妈们有可能是表姐妹吗？从没听妈妈提起过呀。树里一边削着土豆皮，一边胡思乱想。

“或许我们是在同一家医院出生的，所以妈妈们成了朋友。”波留猜测。

“可我们并不一样大呀。”贤人说。

“要不就是大家小时候曾住在同一个地方？”纪子接着猜道。

每年在一起度过数日夏季时光的各个家庭之间是什么关系呢？这些家庭之间的共同点是什么呢？“关系”“共同点”这些词不会出现在十岁的树里脑海里，正因为想不到这些方面，所以她才会陷入极度困惑的状态中。树里一直在琢磨：既然不是亲戚，那么我们到底是什么关系呢？和学校里的朋友不一样，也不同于在家附近的儿童馆里活动的“儿童俱乐部”成员。突然，树里眼前一亮，对了！我们有一点是一样的。于是开口说道：

“我们都是独生子女，这是个独生子女聚会吧。”

树里看到大家都以赞同和钦佩的目光看着自己，安下心来。虽然常被妈妈提醒自己比其他人年长，应该照顾大家，可是没有弟弟妹妹的树里第一次真实地感受到“自己是其他人的姐姐”也就在一两年前。

波留接着说了一句：“我说想要个妹妹或弟弟的时候妈妈说不行。”

“所以，我们就像对方的妹妹或姐姐呀。”纱有美答道。树里的“独生子女聚会”想法虽然被大家接受了，可又有一个新的疑惑钻入脑海：为什么谁都没有从父母那里得到关于这个夏日聚会的解释呢？

按规矩，大人们是绝不能插手“儿童晚饭”准备工作的。因此，有些父母开车去购物了，有些在二楼各干各的，有的听音乐，有的在看书。树里留神听了听二楼的动静，什么都没听到。

“我把炭火点上了！”弹打开面朝庭院的玻璃门，探进脑袋喊道，“我可没用助燃剂哦。喂喂，有什么要烤的东西没有？”说着就甩掉鞋子进了屋，向厨房走来。

“烤东西太早了点吧。你先揉一下做蛋糕的面团吧。”树里努了努下巴，示意弹去揉餐桌上一个圆形深盆里的面团。

“切，无聊的工作就丢给我！雄，我揉会儿面团！”弹对着还在庭院中的雄一郎招呼了一声。

“弹，你听说过我们为什么要在这儿聚会吗？”树里问要去水槽边洗手的弹。

“什么‘为什么’？”

“我是说我们既不是表兄妹又不是同学，为什么每年要在这里聚会呢？你问过妈妈没有？”

“啊，那个，”弹低头洗着手，微微侧过脸说，“说是妈妈们是朋友，约好了每年夏天结伴游玩。”

“哎，是这样啊，不是亲戚啊？”树里心想终究不是“独生子女聚会”呢，接着问道，“你妈妈是这么说的？”弹点点头，离开水槽向餐桌走去。

“等我们自己做了妈妈，也带孩子来这里吧。”纱有美说。

那为什么大家都是独生子女呢？树里又产生了新的疑问，但又找不到合理的解释，只好暂且相信弹的说法。妈妈们约好了大家都只生一个孩子吗？或者像弹和纪子这样有爸爸的孩子也许将来还会有弟弟妹妹？

房间分配的原则是先到先选。最先到的家庭可以选择自己喜欢的房间。几个家庭若同一天抵达，就抽签决定。这一年，在弹一家之后到达的是树里和妈妈，她们选择了带天窗的顶楼房间，这是最受欢迎的房间。

现在树里、纱有美还有波留随意地躺在床上，仰望着头顶的天窗。纪子和贤人紧紧拉着手，靠着橱柜门坐着。

每天晚上九点过后的这个时间，大家依次去洗澡，不想睡觉的人就在客厅里听音乐、跳舞、谈笑或是喝酒。今天晚上大人们都不在，弹爸爸和纱有美妈妈在“儿童晚饭”的时间里就没出现过。晚饭后，弹妈妈、树里妈妈坐上纪子爸爸的车出去了。树里问妈妈去哪儿时，妈妈回答说“为文艺晚会买点东西”，但看得出来这不是真的，妈妈看起来一点也不开心。这样的夜晚还是头一次。正因为妈妈不在，孩子们才能聚集到天窗房间，尽情地分享点心。

“弹说我们聚在一起是因为妈妈们是朋友。”躺在床上的纱有美一开口说话，嘴里便飘散出巧克力的气味，“我觉得茱丽说得更合理，妈妈们是想让我们成为兄弟姐妹吧。”

“就像《小妇人》[1]里那样，”波留说道，“茱丽是梅格，我就是乔，小纱是贝丝，小纪就是艾米。”

“那都是些什么人呀？”

树里无视纱有美的提问，接过波留的话头继续说道：“小贤就是劳利。”

“对了，劳利是不是喜欢乔来着？”

“但最后他和艾米结婚了，还有续集呢，你找来读读。”

“那雄一郎和弹又是谁呢？”

“让我想想，他们是劳利的家庭教师怎么样？”透过天窗看到的四方形天空中散落着面包屑般的点点繁星。

“喂，别不理我呀！你们在说什么？”纱有美坐起身，发

---

[1] 《小妇人》（*Little Women*），美国女作家路易莎·梅·奥尔科特（Louisa May Alcott，1832—1888）的长篇小说，发表于1868—1869年，描写了马奇家四姐妹的成长经过。

出带哭腔的声音恳求。

“你回去后好好读一读吧，书名叫《小妇人》。”树里有点厌烦纱有美，但按捺住没有表露出来，只淡淡地说了句。

“‘结婚’，他们说‘结婚’！”纪子和贤人窃窃私语着，相觑偷笑。

平日里妈妈不在家的夜晚树里怎么都不习惯，总会陷入不安的情绪中。可是在这儿，这么晚的时间还看不到妈妈也无所谓，心里不慌不惧。

“刚才我在冰箱里找到冰激凌了。”树里爬起身来说。

“茱丽，我想喝咖啡。”波留也爬了起来。

“好嘞，今天我发个特许令，吃完冰激凌喝完咖啡再睡觉。”树里模仿马奇家长女梅格的口吻刚一宣布，波留和纱有美就发出了欢呼。纪子和贤人也手拉手站了起来。冰激凌和咖啡平日里都是未经大人许可不能吃的东西。

“往咖啡里放冰激凌会很美味哦。”波留一副大人的腔调。

“哎，我想这么吃！”纱有美叫道。

“那就悄悄地去，我也叫一下弹他们。”树里把食指放在唇边，示意大家保持安静，然后走出了房间。啊，要是后面跟着的都是自己的弟弟妹妹就好了，树里心想。树里没跟妈妈要过弟弟或是妹妹，因为她知道爸爸不在，这是不可能的事。

6

因为喝了咖啡，树里翻来覆去睡不着觉。妈妈还没有回来，纱有美的妈妈也没有回来，比自己还小的纱有美大概是喝惯了咖啡吧，在自己身旁已沉沉睡去了。等到好不容易迷迷糊糊有些睡意时，时间早已到了后半夜。就在这时，树里被一阵说话声惊醒了。她想看看是不是妈妈们回来了，于是爬起身，把房门开了一道缝，楼梯那边的灯光从门缝里流泻进来。树里想出声问："妈妈，是你回来了？"可不知怎的发不出声来，想要跑出房间，双脚却挪不动。树里这时发现刚才听到的不是说话声而是压抑的哭泣声，断断续续的哭声中间夹杂着低沉的细语声、擤鼻声、呜咽声。树里第一次觉得大人的哭声和孩子的不一样，让人觉得寂寥空虚，好像四周的温度陡降，带来一种莫名的极度恐惧感。

树里悄悄走出房间，来到中空楼梯附近，大人们的声音从下面传了上来，他们在哪儿呢？树里在楼梯扶手边蹲了下来，发现声音比先前清晰了，虽然还有些断断续续的。

"哭也没用……不是……"

"但明年以后……"

"不是她的错……"

"……我不是没想过……"

树里听不出是谁在压低了声音说话，分辨不清是谁在哭泣，也听不清窃窃私语的内容。但树里也没有离开，因为直觉告诉她，虽然搞不清大人们在说什么，但一定是在谈论和孩子们有关的某件重要事情。于是她偷偷地顺着有灯光照明的楼梯往下走。

“但我认为必须好好考虑这事。”下到二楼的时候，楼下突然有人大声说了一句。是妈妈的声音，树里心里大石落地：啊，妈妈回来了！但她同时感到妈妈的声音里有一种不同往常的异样，树里心里不安起来：到底必须考虑什么事呢？

“可是……有可能性吗？……”

“并非完全没有可能，那样的话就太可怕了。”

“……还只是孩子……”

听说话声，树里判断除了妈妈外还有两三个其他人的妈妈，而大声说话的只有树里妈妈一人。树里又听到玻璃杯碰撞的声音，猜想她们大概在喝酒。一阵开关冰箱门的声音过后，树里不禁担心起妈妈们会因此发现孩子们偷吃冰激凌的事。

“不能调查一下吗？……”

“每年夏天能来这里，我真是心存感激。可事情要是变成这样的话真得想点什么办法了。如果只是大人的问题还好说，但事关孩子们就必须认真考虑了。”

“凉子，太大声啦。”

像是自己被提醒了似的，坐在二楼楼梯上的树里缩起了脖子。

“反正大家都睡着了，快三点了。”

“我们也该睡了吧。”大概是听闻大家都睡着了，一位妈妈放心地放大了声音。树里听出来这是纪子妈妈。

“趁大家都在这儿，商量一下今后该怎么办吧。”

“……哎呀，别哭啦……也就是在这儿才会有的事……”

“有谁在那儿吗？”

这句突然朝另一个方向发出的问话让树里顿时僵住了，接着听见有人爬上了楼梯，是妈妈。树里和站在楼梯中央的妈妈四目相对，妈妈的脸红扑扑的，问道：“树里，你在这儿待了多久啦？”

“我睡不着，刚爬起来。”树里慌忙应道，“我怕下去大家会不高兴，他们好像都还没睡。”

树里仔细看着妈妈的脸，试图判断出注视着自己的妈妈是否在生气。可是，妈妈面无表情，树里心里有些发毛，平日里妈妈面带怒容的表情，她反倒习惯一些。树里本想说声对不起，却喉头发紧、声音嘶哑含糊，当她想重说一遍时，妈妈抢前一步紧紧抱住了她。

“我没生气。你口渴吗？想喝水吗？”

说话的时候妈妈依然紧紧抱着树里，树里都有些透不过气来了，但她一动没动，享受着环抱自己的那份柔情。

“昨天有点奇怪哦。”

弹一边看着孔雀菅原四处走动一边说。收音机里的天气预报说从明天开始天气要变坏，但今天还是个大晴天。虽说日照强烈，可依然比东京凉快多了。

“你爸爸回来了吗？”

为了不让身后的纱有美他们听见，树里压低了嗓音问。

“早上是在的，但我不知道他什么时候回来的。”

“妈妈们一整晚都在谈话。”

“谈什么？”

“不知道，我听不清。”

弹不说话了，树里也陷入了沉默。两个人并排蹲着，目光追随着在鸟舍中悠闲踱步的孔雀。弹拔起脚边的青草，撕成细条后伸进鸟舍，菅原看都不看一眼。“哎，茱丽，你看看小雄！”身后传来纱有美呼喊自己的声音。树里没有回头，只是愣愣地盯着抓着青草叶的弹的手。

“嗯，说不定……”

弹终于开口了。不会要说明年就不办这个聚会了吧，树里心里怦怦乱跳起来，觉得弹将要说出自己昨晚隐约预感到的事。若是弹也这么想，那件事就会变成真的了。可弹沉默了一阵后说的却是：“说不定，明天的篝火晚会会取消呢。”

“是啊，总觉得有些怪怪的。”

树里是从五岁那年的夏天开始来这里度假的，弹比树里来得更早。也许因为上小学前就认识，虽说一年才见一次，树里却觉得自己和弹的关系比和同学来得亲近。可树里冷不丁想到，弹到底是谁呢？不和我们在一起的时间里，弹又是什么样子的呢？他会和什么朋友一起玩耍？对什么科目感到头疼？在怎样的房间里生活呢？

树里也不知道自己究竟想了解什么，向弹问道："弹，你喜欢这儿的聚会吗？"

"喜欢啊！"弹依然看着孔雀来回踱步，问道，"你呢？"

"我不像小纱那样想在这里生活，但我喜欢夏天来这里。"

"喂，茱丽，我喊你你为什么不理我呢？"树里觉得有人抓住自己的肩膀，回头一看原来是气喘吁吁的纱有美在说话。同时发现雄一郎抓住了公园里旋转塔[1]的铁索，脚蹬地面在快速旋转，狂笑声在四周回响。

"你看小雄，我警告他危险他不听。茱丽，你去说他！"

"我也要去玩！"弹站起身就朝旋转塔跑去，等旋转的速度稍慢下来时，一把抓住一根铁链攀了上去，和雄一郎一起傻笑起来。

"讨厌，这帮男生！"纱有美在原先弹坐着的地方坐下来说道。

树里没有附和，只是看着远处骨碌碌飞转的旋转塔和两个

[1] 一种游乐设施。柱子的顶端垂下数根铁索，玩时手抓铁索绕柱旋转。

贴在上面的男孩，他们两人把灿烂耀眼的阳光都击打成了流光碎影。鸟舍里的菅原发出了响亮的“嘎嘎”声，好似婴儿在哭泣。

第二天是聚会的最后一天，与弹的担心相反，篝火晚会如期举行了。仿佛什么事都没发生过，一切如旧。弹爸爸和纱有美妈妈都在，树里和妈妈还烤了棉花糖吃。

“明年还来吗？”树里看着火苗问妈妈，妈妈盯着树里看了几秒后问：“为什么这么问？”

“觉得这儿好呀。”树里回答。

“我们不是每年都来嘛，明年也来。”妈妈说完，一把揽住树里的肩膀，紧紧地搂在怀里。

7

一九八九年

从这一年年初起，年号由“昭和”改为了“平成”。四月份纪子上小学了。[1]幼儿园时的朋友们都去了和纪子不同的学校。爸爸和妈妈看到小学录取结果时，拥抱在一起喜极而泣，

[1] 在日本四月份是新学期的开始。

对着纪子说了好多遍“真好呀”“真好呀”，以至于纪子自己也扬扬自得起来。可是，一个人坐电车去没有一个熟人的学校上学还是让纪子有些惴惴不安，最初的几天都是妈妈陪着去的。虽说纪子有些认生，但还是在正式上课前交到了几个可以在休息时间里一起玩耍的女生朋友。即便如此，纪子心里还是有点没着没落的。

她总是在心里面和贤人不断对话，一如她认识贤人后一直做的那样。

小贤，我让妈妈在今天的盒饭里放了一团粉红色花朵形状的鱼松。小贤，坐在我旁边的真由美特别喜欢喝牛奶，所以我让她把我的牛奶也喝了。

在语文课上学习了如何写文章后，纪子首先做的不是写老师布置的作文，而是给贤人写了一封信。纪子把平日里想到的事情一一写下来后，吃惊地发现自己的心情一下子舒畅了许多。文字真神奇！写信真好！从此，纪子每天就像写日记一样给贤人写信，当然一封都没有寄出过。纪子不知道贤人的地址，向妈妈打听，得到的回答是“妈妈也不知道啊”，还说，“反正你们会见面的，夏天聚会的时候交给他不就行啦”。纪子想想也是，就把写下的书信存放进了抽屉里。

纪子成为小学生那年的夏天，一家人又像往年一样由爸爸开着车去参加夏日聚会了。纪子还能清晰地忆起第一次跟随父母去山庄的情景，宛如昨日再现。那时的自己说什么想回家啦，不要交朋友啦。那时候真是孩子气，纪子这么想着，并没有意识到自己现在依然是个孩子。

车子一到山庄，纪子就开始寻找贤人。一般来说，贤人会在餐桌边看书画画，可是那天，餐厅里一个人影也没有，客厅里也只有弹的父母和树里的妈妈。纪子匆匆打过招呼后，在山庄上下寻找起贤人来。

“你要找小贤吧，他和大家一起去寺庙啦。”听到树里妈妈在楼下这么一喊，纪子赶紧跑出了山庄，不一会儿就来到了一排排高大的树木簇拥的直路上，向寺庙的方向飞奔起来。

拐过三岔路口后，纪子看见一群人从对面走过来，里面有贤人和他的妈妈、树里和弹。发现纪子后，贤人拔腿就往这边跑，却在离纪子几十米的地方放缓脚步走了起来。相隔一年没有见面了，纪子和贤人脸上都浮现出害羞的笑容，两人走到触手可及的距离时不约而同停了下来。纪子发出嘿嘿的笑声，贤人不好意思地笑着伸出了一只手。纪子握住这只手的瞬间，惴惴不安的素日情景一下子闪现在眼前：拥挤的地铁、雨天难闻的气味、体育课、独眠的床铺、学校里巨大的鞋柜、朋友们连珠炮般的话语。啊，这一切都无所谓了，再也没有什么可怕的事情了！

“小纪你好啊！刚到吗？”贤人的妈妈问道。贤人妈妈好美，就像电视里的人物一样，阳光从她的背后洒落，为她镶上了一道熠熠生辉的金边。

“阿姨您好！我们刚到。”

“看到小贤不在屋里，急匆匆跑来的吧。”树里笑说。

“是啊。其他人还没来吗？”纪子拉着贤人的手走了起来。

“小雄来了。他们坐着小贤爸爸的车出去买东西了。”纪子没有听到弹的这番回答，只是不停地瞟着牵着自己手的贤人。

比纪子大两岁的贤人知道许多纪子不明白的事情。纪子直到去年都相信贤人和自己是分散在两个家庭的双胞胎。因为认识贤人后的第二年，成为自己好朋友的贤人这么告诉她的。纪子还从贤人那儿听说，双胞胎在妈妈肚子里时一直在一起，所以互相之间非常了解。两个人即使分开了，若是其中一个受伤或是遇到事故了，另一个能够清楚地感知这一切。纪子曾认为自己和贤人的确是一对双胞胎，因为贤人对自己的事了如指掌。那时的纪子还不知道年龄不同的双胞胎是不存在的。纪子也没有把自己和贤人是双胞胎的事情告诉过爸爸妈妈，所以也无从更正这个想法。

可是今年贤人却说两人并不是双胞胎。

“不是双胞胎，那是什么？”和贤人亲热地挤坐在楼梯上时，纪子这么问道。楼下传来大人和孩子们此起彼伏的笑声。

“是这样的，双胞胎的话是不能结婚的。可是我决定了要和你结婚哦。”

纪子细细地看着贤人，只见贤人褐色的瞳仁里映照出自己的脸蛋，她不解地反问:“双胞胎不能结婚?”

“嗯，兄妹是不能结婚的。所以你和我不是双胞胎。”

“我懂了。那怎样才能结婚呢?”

“举行婚礼就能结婚。”

“那我们什么时候举行?”纪子是见过结婚典礼的，脑海中浮现出蓬蓬的洁白纱裙来。她在电视里见过，还见过妈妈穿着白色婚纱的照片。

“明天吧。”

纪子没想到明天就能结婚，心想结婚就是一直在一起吧，像爸爸妈妈那样。要是明天能行的话，就定在明天。可纪子有个疑问:“我没有白纱裙呀。”

“不需要那样的衣服。”贤人这么一说，纪子觉得有理，自己方才所言听起来好蠢，和贤人结婚才是最重要的，管他什么白纱裙呢!

“你们两个又黏在一起，商量什么哪?”纱有美从楼上下来，路过他们时语带嘲讽地问道。即使受到这样的嘲弄，纪子也不懊恼不害羞，反而还有点沾沾自喜。在这里，大家都知道自己和贤人要好，而且认为这很正常呢。纪子心想，他们肯定也会赞同她和贤人结婚的。

晚饭的时候，纪子坐在了贤人身边。今天的晚饭是手卷寿司和土豆沙拉。纪子飞快地把自己沙拉盘里的维也纳香肠拨进贤人盘子里，通常来说，纪子不爱吃的东西贤人会帮着吃，而贤人不爱吃的东西纪子会吃掉，碰到两人都喜欢的东西就会分一半给对方。

“我决定和小贤结婚啦！”

晚上，纪子睡在爸爸妈妈中间宣布了这一消息。

“是吗，要结婚啦，爸爸会觉得寂寞哦。”爸爸抚摸着纪子的头感叹道。

“这么快就做决定不后悔吗？这世界上还有好多各式各样的人呢。”妈妈靠在床头，一边翻看杂志一边说。

“只有小贤好！”纪子这么一说，爸爸妈妈都大笑起来。

那天夜里，纪子被爸爸妈妈的说话声吵醒了，但立刻觉察到还是装睡为妙，于是没有爬起来，眼睛也闭得好好的。

“小孩子说着玩玩的。”是爸爸的声音。

“可我去年不是说过嘛，也许有那种可能。”

“无稽之谈！”

“无稽之谈？你怎么一副事不关己的样子？”

纪子安慰自己爸爸妈妈不是在吵架，她从未见他们争吵过。纪子在山庄第一次见识了别人家父母的争吵，比如说雄一郎爸妈之间的。尽管雄一郎倒是笑着说：“那不算吵架。”

纪子又问：“不是吵架是什么？”

“这……”雄一郎也一时无语。

自己的爸爸妈妈现在应该不是在吵架。可他们的语气和平时很不一样，这使得纪子不安起来。于是她下了个决心，腾的一下坐了起来。“呀，小纪，醒了？对不起，太吵了吧。”父母慌慌张张忙不迭地说着，纪子的心渐渐又放松下来。“睡吧睡吧，爸爸妈妈也要睡了。”爸爸给纪子盖上被子，妈妈则抚弄着纪子的头发。

8

婚礼定在寺院举行，树里、雄一郎、弹，还有那天刚到的波留作为“嘉宾”出席了仪式。在寺院院落的公园里，四个人席地而坐，仰面看着贤人和纪子。纪子手里拿着一束花，是树里采来的。

“神父一般是要说些什么的。”刺眼的阳光下，弹眯缝着双眼提议。

“说什么？”

“嗯，比如问‘会一直相爱吗？’什么的。”波留听弹这么一说，发出“呀”的一声惊呼。

“那弹你就当神父吧。”

弹听了树里的建议，站起身来，分别看了看贤人和纪子，认真严肃地问道：“无论什么情况、无论什么时候，你们都会一直相爱吗?”

“是的!”贤人像被点到名字般大声回答。纪子也挺胸回答:“是的!”

“那么请交换戒指吧。”弹接着说。

纪子刚想说没带戒指，只见贤人从短裤口袋里掏出个东西，然后拉过纪子的手。贤人套在纪子左手无名指上的是一枚镶嵌着玩具宝石的戒指，比纪子的指头大了一圈。纪子对贤人嘟哝说自己什么都没带，贤人小声回应说没关系，明年再说。

“现在请双方接吻宣誓。”弹刚说完，波留又发出一声起哄般的尖叫。

贤人出神地凝视了纪子一会儿，然后挨近纪子开始亲吻她的嘴唇。贤人用舌尖分开纪子的双唇，将舌头伸进纪子嘴里四处舔动。第一次有人对纪子做这样的动作，她有些不知所措，因为嘴里被贤人弄得痒痒的，竟扭动起了身子。可是渐渐地，痒痒变成了一种奇怪的感觉，身体像是探入暖阳照射下的湿地河水，缓缓没入温润水流中。当贤人的舌头离开时，纪子竟感到一种无助和寂寥，就像被抛弃了一般。

“祝你们新婚快乐、永远幸福!”弹说完，煞有介事地微微低头致意。地上坐着的三个人拍手欢呼起来。

回到山庄吃点心的时候，雄一郎对着餐桌旁的大人和孩子们说:“今天小贤和小纪结婚啦。”当时餐桌上放了一些弹妈妈准备的蒸蛋糕和红茶。

“还举行了结婚典礼呢！”波留补充了一句。

“咦，我不知道呀。”纱有美惊奇地噘起了嘴巴。

“小纱，你刚才不在呢。”树里安慰地说。

纪子认为这肯定是件喜庆的事，大人们一定也会像刚才孩子们那样拍手祝贺的，可没想到餐桌上一下子变得寂然无声，妈妈们互相递着眼色。纪子不知他们为什么会是那样的反应，一阵不安袭上心头，尽管贤人就在身旁。

“这不挺好嘛，”最先开口的是树里妈妈，“可那不叫‘结婚’，叫‘订婚’哦。还没长大成人是不能结婚的哦。”

“是吗？”纪子吃惊地问。心想要是这样的话，聚会结束后还是要和贤人分开，就像之前一样。

“是呀，小孩子是不能结婚的，所以说你们那是‘订婚’。”纪子妈妈回答。

“那就祝贺你们订婚喽！”美丽的贤人妈妈话音未落，餐桌上终于又响起了笑声。

“可我听了这样的消息，今后要以泪洗面喽。”纪子爸爸语气酸酸地说。

“爱女如命呢！”不知谁说了一句。

“吃完点心，我们出去买东西吧。最近都是麻烦小贤爸爸，今天也该我们家出车了。”纪子妈妈下了命令。

餐桌边的大人们又恢复了平时说话的状态，可纪子的不安并没有消除。她把吃了一半的蒸蛋糕放在桌上，一只手紧紧地握住了贤人的左手。贤人也回握住了纪子的小手，同时伸出右手拿过纪子吃剩的蛋糕，用只有纪子才听得见的声音悄声说："没事的。"

山庄的一楼有一间摆满了书籍的屋子，被弹的父母称作"书房"。此刻，纪子和贤人挨着一个书架席地而坐，纪子颇为沮丧地对贤人说："他们说那不是'结婚'，只是'订婚'呢。"

"'订婚'就是将来要结婚的约定呀，我们不打破约定就行。"

"可我原以为结了婚你就能和我一起回家了。"

"是啊。"

书房外传来了笑声，还有喧闹的音乐声。明天才是文艺晚会的日子，可大人们今天都异常兴奋，说是跳什么"即兴迪斯科"，不停地放着各种音乐，也不收拾晚饭后的餐桌，就那么一直跳着闹着。

"小贤，你再亲我一下，像宣誓时那样。"纪子开口请求道。她想再体验一下白天那种奇妙而惬意的感觉。

"现在请双方接吻宣誓。"贤人模仿白天弹的样子说完后，转到纪子的正对面，和白天时一样先贴近纪子的脸，然后将舌头伸进了纪子嘴里。白天的感觉原来是真的呀，纪子闭上双眼，全身心地享受着融入温暖水流中的感觉。

就在这时音乐声突然变大了，紧接着响起一个大人的喊叫声："我的老天！"

纪子睁开眼睛，越过贤人的肩头看到打开的房门前站着弹妈妈。

"停下！你们，在干、干什么？！"弹妈妈颤抖地喊叫着，一下子跑上前把贤人从纪子身边拽开，她使的力气太大了，以至于贤人摔了个仰面朝天，弹妈妈看都没看贤人，两腿叉开站在那儿直着嗓门大叫："你们不许这么做！"弹妈妈的脸色眼看着涨得通红，纪子完全不知道发生了什么事，只是圆睁两眼仰面看着她，平日里稳重优雅的弹妈妈就像是从绘本里跑出来的红脸魔鬼，大喊大叫着。屋外的音乐声停了，大人们一个个来到书房里。

"这两个孩子，这两个孩子正在亲嘴！像大人那样，这个趴在那个上面！"说话间弹妈妈连耳朵根都红了，用手轮番指着贤人和纪子，纪子看见弹妈妈笔直地指向他们的食指正在颤抖。

四周一片静寂。刚才还在轰响的音乐在纪子耳边留下了"嗡——"的回音。纪子就这么坐在地上，看见贤人妈妈拨开众人走进屋来，一把拉起跌坐在地上的贤人，给了他一记狠狠的耳光。纪子吓得一蹦而起，不由得闭上了眼睛。等她缓缓睁开眼时，看到贤人正被妈妈拉出屋子。

"我不是说过嘛！"屋子中间的弹妈妈两手掩面大叫。弹爸爸走近她，想轻抚她的后背，却被弹妈妈推开了。纪子爸爸走进屋来，把纪子从地上抱了起来。直到这会儿纪子才意识到自己一直憋着尿，刚这么一想，一股暖流从大腿间流淌了出来。爸爸发出“啊”的一声，纪子看不到爸爸的表情，但猜想爸爸肯定是一副极其厌恶的、看到了脏东西的样子。

“抱歉，我马上打扫，抱歉！”纪子妈妈手忙脚乱地奔向洗脸池，纪子从没见妈妈这么惊慌失措过。其他父母牵起孩子的手，犹犹豫豫地回到客厅。

我做错了吗？夜晚降临，纪子如此想到，自己竟然干了件那么坏的事情吗？坏到让大人又叫又哭的程度。

七岁时的夏天抱有的这个疑问，纪子在以后的岁月里也一直在思考。年号从“昭和”变为“平成”那年的夏日聚会成了最后一次“聚会”。从那时起，纪子再也没有在夏天去过那个山庄，再也没有遇见过树里、波留和弹。当然，也没再见过那年结婚典礼时的小新郎。

9

一九九〇年

一般来说，暑假开始没几天雄一郎就会问，今年的聚会是什么时候啊？爸爸妈妈总会爽快地回答“七月三十号”或是“八月五号”，听到日期后雄一郎最先做的就是在日历上标上记号。平时要是做了什么坏事，爸爸妈妈立刻会威胁说：“不带你去参加聚会了哦！”所以雄一郎虽然表面上不动声色，可心里无时无刻不在盼望着聚会的日子。他甚至觉得只要早早睡觉日子就能快快地过去，所以从知道聚会日子的那天起，每晚九点就钻被窝了。

老天保佑明天快点变成后天，后天过后快点到三十号吧。

雄一郎每晚在被窝里必定会反复念叨这两句话。到了出发那天，往往由于开心兴奋过了头而疲惫不堪。

可是今年问了“什么时候聚会？”时，雄一郎没得到明确的回答。爸爸的回答是“还不清楚”，妈妈的回答则是“还没通知我们呢”。雄一郎每天都要重复一遍同样的问题，以至于爸爸最后呵斥道：“不许再问那个问题了！”

即便这样，雄一郎依然深信今年会去参加聚会。只要一收到通知，爸爸妈妈就会告诉自己“八月十五号出发”，或者说“是八月二十号”。就这样一直等到八月三十一号，暑假的最后一天，雄一郎依然坚信爸爸妈妈会告诉他，聚会的时间是九月份的连休假期之类的。

当十月份过去的时候，雄一郎终于明白，今年的聚会是参加不成了。

“说起来，今年没有聚会呢。”和爸爸面对面坐着吃晚饭的时候，雄一郎抱着可能被爸爸训斥的心理准备开口说道。

“是啊。”爸爸简短地应了一声，往杯子里倒满了啤酒。

“为什么呀？以前每年都办的。”

“可能早坂家里有事不太方便吧。”

雄一郎也知道那座山庄是属于弹父母的，还无意中从自己父母的谈话里了解到弹家里特别有钱。可是弹既不炫耀家里有钱，又会和雄一郎他们一起玩一些傻傻的游戏，所以雄一郎很喜欢弹。虽说他能够理解早坂家里有事不方便所以用不了山庄，但仍是不明白：之前的每一年山庄明明都是开放的，他们家一次都没有不方便。

“那明年应该没问题吧？”

爸爸一声不吭，只是夹起餐盒里的煮南瓜往嘴里送。

从雄一郎上小学起，原本一家三口一起享用的晚餐就只剩下他和爸爸两人相对了。雄一郎还记得，爸爸最初还会做点菜，自己也会打打下手帮忙，就像在山庄度过的“儿童晚餐”的日子，还挺开心的。那时候两人还兴致盎然地做过汉堡牛肉饼、饺子什么的。可不知是因为爸爸没有做菜的天分还是别的原因，这些尝试大都失败了。就连用买来的现成调料做的咖喱和炖菜也不成功，或是蔬菜没煮熟，或是尝试着往里放罐头鲭鱼也没煮好。等到雄一郎上二年级的时候，爸爸突然就不做饭了，下班回来时从超市买回一些打折饭菜摆在桌子上。最近一段时间连把饭菜从超市包装挪到盘子的程序也省了。近来雄一郎一放学就立刻煮上米饭，因为晚饭时只喝酒吃菜的爸爸连饭也不煮了。雄一郎还学会了做味噌汤，用加了调味料的味噌做汤出乎意料地简单。妈妈回来都是在雄一郎快要入睡的时候，有时候更晚。

“明年能不能去呀？”因为爸爸没有回答，雄一郎又问了一句。

“没完没了的！”爸爸低声喝止了雄一郎。爸爸的声音是那么冰冷，雄一郎觉得浑身冻僵了一般。

爸爸没再说什么，继续吃菜喝啤酒。雄一郎也很难再接话茬儿，只好默默地吃着饭。妈妈曾定过规矩，吃饭的时候不许开电视，因此这会儿餐桌上静悄悄的，只有两人咀嚼食物的动静，雄一郎觉得怪难受的。

爸爸发出“嗐”的一声，既不像叹息也不像笑声，然后站起身将啤酒换成了烧酒。很显然爸爸心情不好，可雄一郎不明白是因为什么，是爸爸打一开始就不高兴呢，还是自己做了什么突然刺激爸爸了？雄一郎把饭碗里的饭扫干净后，收拾起桌上的盘盘碗碗，端到厨房水槽里。雄一郎一边洗碗一边隔着橱柜观察爸爸的动静：他没有吃包装盒里的小菜，只喝着烧酒。

“喂，雄，”突然，爸爸用亲切的语气招呼正在洗碗的雄一郎道，“你最擅长的科目是哪科啊？”

“是绘画手工吧，还有数学我也喜欢。”看着爸爸的笑脸，雄一郎的心平静了下来，滔滔不绝地说了下去，“现在我正画校舍呢。老师说画校园里的任何东西都可以，大家都画些树啊什么的，我选了画校舍，老师还夸我说虽然校舍很难画，可我画得很好呢。不过现在还没画完。”

“雄，我呢，最最讨厌画画和数学了。我们真不像啊。”爸爸隔着橱柜看着雄一郎说。说话时爸爸脸上的笑容并没有消失，可雄一郎觉察到那是一种让人心生不快的笑容，是一种让人毛骨悚然的强颜欢笑。

“那爸爸你喜欢什么呢？”雄一郎小心翼翼地问。

爸爸没有回答，又发出“嗐”的一声感叹后，站起身打开电视，用遥控器将音量调到震耳欲聋的程度后回到椅子上，一边看着电视一边喝起酒来。雄一郎洗完碗，从震耳的音响声中逃到浴室，开始清洗放空水后的浴缸。爸爸刚才想说什么呢？不知道。虽说不知道具体内容，但雄一郎明白不会是愉快的话题。电视发出的超大分贝声响一直传到浴室里，雄一郎感觉这也是一种暴力。

深夜，什么东西破碎了的声音惊醒了雄一郎。他睁开眼，头顶上的橘黄色电灯泡飘浮在一片昏暗中。这时听见了一阵模糊不清的说话声，是妈妈回来了吧。每次如果妈妈回来得比雄一郎上床的时间晚，她总会悄悄地打开房间的拉门，亲吻已睡着了的雄一郎的脸蛋。雄一郎即便察觉了也装作在睡的样子，因为他觉得要是妈妈发现他没睡，就不会这么做了。

雄一郎盯着头顶上方的电灯泡，暗暗想着拉门就要打开了吧。可是紧接着，雄一郎听到断断续续传来的话语声有些异样，是吵架了？

雄一郎早已习惯了父母的争吵。他们两人总是毫无顾忌地想说什么就说什么。比如在山庄的时候就互相嚷嚷过："我不是说过几百遍你要搞清楚到底带没带过来嘛！""什么呀，你怎么那么说话！你自己看看不就得了！""你说什么?！"夏日聚会中每当父母开始这么嚷嚷的时候，纪子就会睁大眼睛，停下正在做的事，担心地看着雄一郎，因为纪子的父母不会这样粗声大气地叫喊。

但是，今天有点不一样，雄一郎缩在被窝里想着。今天并没有像以往那样互相怒吼，而是压低了嗓门在商议什么。有什么东西拍打墙壁的声音，好像是纸巾盒，或是报纸之类轻的东西。含混不清的妈妈的声音、爸爸的声音，接着一阵沉默，又隐约响起妈妈的声音。

突然传来爸爸一句大吼"别当我是笨蛋！"，吓得雄一郎躺在那里浑身颤抖起来。接着响起一阵猛烈的开关门的动静，这让雄一郎更为害怕起来，他知道那是大门被使劲拉开后又被重重地摔上了。

出了什么事？现在是什么情况？雄一郎瞪视着眼前的昏暗出声问道。既不是在问爸爸也不是在问妈妈，他在问弹和树里，问那些夏日短暂相聚的朋友。为什么今年没有聚会呢？明年能相见吗？我们会变成什么样子呢？怎样才能再见面呢？怎样才能说上话呢？想到这里，雄一郎不禁愕然：如果明年、以后一直都没有聚会，到底怎样才能和弹他们联系上呢？

那天晚上，妈妈悄无声息地拉开拉门进了雄一郎的房间，这回她没有亲吻雄一郎的脸蛋，而是直接钻进了被窝。妈妈握着雄一郎的手，静静地呼吸着。雄一郎则装作熟睡的样子，听着妈妈的呼吸声，他无法判断妈妈是睡了还是醒着，雄一郎害怕知道答案，虽然不知道为什么，但就是害怕。

10

一九九二年

树里从在车站拿到的号外上得知自己最近刚喜欢上的一位歌手去世了，当时她正在放学回家的路上。看到这个消息后，树里不敢相信地发出一声短促的惊呼“哎，不是吧”，惹得与她同行的佳奈和里香纷纷问道：“那人是谁啊？”“树里，你喜欢那人？”

“不管那个，先说说今天干什么去吧，喝茶还是购物？”

“抱歉，我今天不去了，先回家了。”树里说着绕到两人前面先进了检票口。“咦，你就这么回去了?!”身后传来两人不满的抱怨声，已穿过检票口的树里向她们挥了挥手，而后飞快地向站台跑去。

佳奈和里香是树里去年升上中学后的同班同学，今年树里和里香分在了C班，而佳奈却分到了A班。佳奈在新班级里还没有交到好朋友，所以白天在学校也好，放学后也好，总来招呼树里和里香。树里虽说挺喜欢佳奈和里香的，但总感觉两人有点幼稚。把自己看后深有感触的书借给她们，她们看也不看，还说“觉得好难懂哦”。相约周六去看电影，两人想看的尽是国产片，当佳奈一本正经地说想看改编自漫画的电影《幻法小魔星》时，树里可是吃惊不小。音乐方面佳奈喜欢的是“光GENJI”组合，里香则喜欢“THE CHECKERS”组合。比起曲调和歌词，她们更喜欢歌手。

当然除了佳奈和里香外，树里还有别的朋友，但没有志同道合的。树里相信整个初二年级的同学里，肯定没有一个人会因为尾崎丰的去世而受到打击。

树里是从弹那里得知尾崎丰的，要说和自己兴趣相投的人也就弹了，虽然相互之间只靠通信联系。

树里去年升入的是一所初高中一贯制的女子学校，每天上学要倒一趟电车花三十五分钟。坐车时树里总是戴着耳塞，打开便携式CD播放器。

从前每年都参加的“夏日聚会”在两年前中断了，那时树里还是小学生。以往每年一到暑假，树里都会充满期待地等着妈妈说“聚会定在某天开始啦”，可是那一年妈妈没说这句话。等进入八月，树里问“今年的聚会是什么时候啊？”，妈妈才简短地回答说“今年没有”。树里惊讶地追问为什么没有，妈妈的回答是“弹的爸爸把山庄卖了”。那时树里才第一次知道那座大大的房子不是自家的。“那以后一直没有聚会了？”树里再问道。“也许哪天找到合适的房子后还会办吧。”妈妈露出笑脸说，“希望会吧。”第二年的暑假树里已经忘记聚会的事了，因为上中学后有好多事要忙，“夏日聚会”喜欢是喜欢，但说到底也就是一年一次的事而已。

树里再次清晰地回忆起聚会的事是在临近寒假的某一天。树里从学校回来查看信箱时，看到在一沓写着妈妈姓名的广告信件中夹着一封写有自己名字的信笺，寄件人的位置上写着“早坂弹”三个字，树里一时间想不起这个人是谁。当她终于恍然大悟“啊，是弹哪！”，脑海里淡淡地浮现出弹的样子，一阵呛人的青草热气拂过眼鼻。

信纸上认认真真地写满了密密麻麻的小字。弹在信中说他曾寻找过大家的联系方式，但怎么都找不到，爸爸妈妈也说不知道，后来好不容易找到了树里的地址，本想更早些联系她的。树里从信中得知并不是因为弹家里卖了山庄才导致聚会解散，但具体原因弹也不得而知。弹在信中这么写道：

“今年夏天的山庄里只有我们一家人，无聊透了。”“难得我们成了朋友，我偶尔会给你写信的，你高兴的时候也给我写吧。如果你知道其他人的地址请告诉我。”在信的最后弹加上这么一句：“我们通信的事最好不要告诉家里。你给我回信的时候，署名不要写‘茱丽’，写上‘田中伸哉’吧（他是我一个已经搬走了的朋友）。”

树里下了电车，准备坐公共汽车回家。在站台时树里看见要坐的车正停在外边，于是匆匆通过检票口后飞跑起来，在车门就要关闭的当儿慌乱地挤了上去，气喘吁吁地找了空座坐下来。前段时间盛放的站前樱花已经变成了满树绿叶，树里塞着耳塞，看着窗外滑过的商店街[1]风景，心里想着回家后给弹的信里要写些什么。

首先写写自己对尾崎丰的去世有多么震惊吧，直到现在还不敢相信。还要告诉弹，在尾崎丰还活着的时候介绍这个人给自己真好，要是等他去世了才听到他的音乐，感觉就有点不一样了。公共汽车穿过商店街后，驶入一条高速公路的下方，道路沿线零零星星有几家小商店。树里在汽车驶离高速公路右拐后停靠的第一个车站下了车，在住宅区飞快地跑了起来。树里打开和妈妈一起居住的集体公寓楼大门后，坐电梯上了六楼。

---

[1] 日本商店街通常设置在车站附近，不同于购物商圈，综合了中国的菜市场、超市和小商店，是平民购物和美食生活的集市。有生鲜食品店、点心店、服装店、日杂用品店等。

早晨在六楼的走廊上还能望见的富士山现在已经看不见了。树里打开房门，对着空无一人的屋内说了声“我回来啦”。

收到弹来信的前一年，树里也向妈妈问了纱有美他们的联系方式，可妈妈说：“我只知道那座山庄的电话，打是打过但打不通。”“那就告诉我那个号码。”树里不肯罢休地央求，妈妈的回答是：“因为打不通，我就把号码扔了。”树里觉得不知出于什么原因，参加聚会的父母都在撒谎。

树里和弹在信中好几次都做出了同样的推测。因为弹说“突然间收到许多田中寄来的信，家里会觉得奇怪，所以别写得太频繁”，于是后来他们也就三四个月才通一次信了。

关于聚会解散的理由，树里琢磨了很久，左思右想了各种可能性后，觉得最有可能的是父母们之间产生了无法和解的大矛盾。树里回想起每一年聚会的情形，又觉得并没有发生过那种争吵的迹象，可除此之外也想象不出还有其他什么原因。也许在一个又一个的纠葛中，父母们真的把相互之间的联系方式给弄丢了。上了初中，树里想到了一个读小学时想都没想过的原因：该不会是谁的爸爸和谁的妈妈发生婚外情了吧。一想到这种可能性，树里几乎认定只会是这个原因了。因为这段婚外情大家大吵了一场。树里想起最后一次聚会时大人们怪怪的样子，觉得也符合自己的这个推想。但是树里没把这个想法写进给弹的信中，因为她不想弹把自己看作是那种脑子里转悠恋爱呀、婚外情呀这类事情的女孩。

进屋后树里连校服都没换下，就坐在餐桌前开始给弹写信。小时候曾经那么不喜欢一个人在家，现在早已习惯不再介怀。妈妈早上和树里一起出门上班，晚上十点过后才回来。早上八点半到下午五点，妈妈在家附近的医院挂号处工作，从傍晚六点到晚上九点多去一家英语会话培训机构继续工作。那儿的工作是妈妈在树里考上私立女校后才开始的。树里曾说："要是妈妈觉得辛苦，我就上公立学校吧。"妈妈则说："我可不答应。妈妈自己就是私立一贯制学校毕业的，我很清楚读私立学校有多轻松，对日后帮助有多大。"当然，树里一点都不知道读私立学校究竟哪里轻松，能有什么帮助，但她相信妈妈的话是正确的。

树里在信中继续写道："如果粉丝也能参加尾崎的葬礼，我们一起去吗？"虽然树里和弹都住在市内，但迄今为止谁也没提过见面的事，大概双方都觉得如果被父母知道了肯定会狠狠挨批的吧。可现在顾不了那许多了，树里心想，不管怎么说我们最喜欢的歌手去世了。弹大概比自己更悲伤、更受打击吧。树里觉得弹也会想去参加葬礼的。

据说有四万名粉丝参加了数日后举行的歌手葬礼，这是树里事后得知的，她当天没能去。那天是星期四，树里找不到向学校请假的理由，而她也一直不知道弹去了没有，因为寄给弹的那封署名"田中伸哉"的信件一周后被盖上"搬迁住址不明"的印章退了回来。

11

一九九五年

贤人有时会毫无自觉地陷入大脑一片空白的发呆状态。每当这种时候总会有人问他“在想什么哪?”，贤人这才回过神来，啊，我刚才愣神来着。所谓愣神，那真是大脑一片空白，与其说脑海里雪白一片，还不如说是一种大脑被空白占据的感觉。

现在这会儿也是如此，贤人将眼神重新聚焦在面前坐着的由利子身上后，才知道自己刚才又愣神了。

于是回答:“没想什么。”

“撒谎！肯定在想什么!”由利子说着鼓起了嘴巴，很可爱，但显然她是知道自己这个样子可爱才故意做出来的。贤人有些不快，最近类似的感觉越来越多，也许和由利子的关系走到尽头了吧。算起来才三个月，该是最短纪录了吧。贤人心想，自己真在琢磨事情的时候，别人又不问在想什么了，真是奇怪。于是拿起冰块融了后变淡的咖啡喝了起来，顺嘴说了一句:“淡咖啡有一种大麦茶的味道。”

“你呀，真是个怪人。”由利子向后一靠，咯咯笑了起来。

贤人将寡淡的冰咖啡全都喝完后，端起托盘离开了座位，由利子慌忙站起身追上来问:“生气了?”

“生什么气？我没有啊。”贤人边答边想，“生气了?”也是自己常被问到的问题。为什么人们总是在自己什么也没想的时候问“在想什么?”，自己没有生气的时候问“生气了?”这样的问题呢?相反的时候，偏偏又不问了。

“吃完了，就回去吧。”

两人道别时，在通往站台的站内通道上由利子突然问贤人，你真的喜欢我吗?“不知道。”贤人尽可能装出一副温柔的笑脸回答。听到这个回答，由利子圆睁着的眼睛里渐渐溢满了泪水。

“那，我走喽。”贤人挥了挥手，匆忙转身向站台奔去。他讨厌看到女孩子哭，特别是在往来的人群里。

贤人第一次和女孩子交往是在去年上初二的时候。当时有一个比他高一年级的女生主动说想和他交往，贤人觉得没什么拒绝的理由也就接受了，开始时还琢磨对这个女孩子来说交往意味着什么呢，他自己是早已知道男女朋友间都干些什么。后来知道对这个女孩子来说，交往也就是每天一起上下学，偶尔在休息日到涩谷或是新宿见面约会，此外她能想象到的最多也就是不伸舌头的唇吻吧。他和这个女孩子一起上下学的情形被同年级的男生嘲笑过，但贤人没在意。只要不理他们，渐渐地大伙儿也就不说什么了。交往期间，贤人和女孩有过几次唇吻。不久，女孩便每天都给他做甜点，这叫贤人很伤脑筋，于是主动提出了分手。第二个女朋友是在那一年的秋天交上的，是个附近都立高中的学生，比贤人大三岁，这个女孩子对于交往有更深一步的理解。十四周岁过去两周后的圣诞平安夜，贤人在涩谷的一家情人旅馆里有了人生第一次的性体验。

可这个女孩在那之后过了不到一个月，说了句“你太无趣了”，就把贤人甩了。今年情人节那天，在涩谷突然有个女孩叫住贤人，递给他一盒巧克力，这个女孩就是由利子。后来由利子说，家住目黑的她每天去横滨的女子高中上学途中，在涩谷换乘电车的时候经常看见贤人。

今天下课后，本来和由利子有约会，但贤人不打算去，就和几个朋友一起坐电车回家了。回到位于千驮谷的公寓时，贤人的妹妹茉莉香在客厅里用电视打游戏，妈妈正在厨房里做饭，招呼了一声“你回来啦”。

“让我看会儿电视吧。”贤人对妹妹说。“我不！”妹妹连头都没回。自己房间里的电视只有十四英寸，可是妹妹不肯让出客厅里的电视也没办法。贤人从冰箱里取出一瓶碳酸饮料，到洗脸池仔细地洗过手后钻进了自己屋里，打开电视搜寻傍晚的新闻节目。

贤人对今年急剧增加的有关新兴宗教的新闻格外感兴趣。自从三月中旬地铁沙林毒气事件发生以来，有一个频道连日播报这类新闻，最近还说已经快到教祖被捕的XDAY[1]了。

贤人记得小时候有一段时期，每到夏天就必定去一个地

---

[1] 确定会发生某重大事件的日子。不能预测具体是哪一天，但这一天一定会到来。

方，大人孩子们称之为“聚会”，可没有一个孩子知道那是个什么内容的“聚会”。山庄主人的孩子曾说“聚会”的原因是妈妈们都是朋友，可为什么“聚会”又突然停办了呢？而且后来为什么再也没有举办？母亲坚持说不知道任何一家人的联系方式，只知道那座山庄的电话号码，而山庄被转让给了其他人，电话也打不通了。贤人心里嘀咕着，如果妈妈们是朋友，怎么会那么突然就不通音信了呢？

“聚会”停办那年的十一月份，贤人的父母离婚了。第二年新年，一个陌生男人来到这间公寓，妈妈介绍说他将要成为贤人的新爸爸。当妈妈告诉他“贤人你就快要有弟弟或妹妹啦”时，贤人大吃一惊，因为他压根没发觉瘦小的妈妈已经怀孕了。茉莉香出生在这半年后。

关于男女的生理结构，以及孩子怎样才能生出来的知识，贤人在小学五年级的时候学过。当天听了妈妈那番话，贤人去了图书馆，每当脑海中浮现疑问便将视线落在书本上，理清思绪，这才恍然大悟。妈妈在离婚前，就和那个成为贤人新爸爸的男人发生了关系，怀上了他的孩子才和爸爸离婚的。贤人并非就字面意思想通了原委，而是更深刻、更真切地理解了这一事实。

新闻频道从去年开始报道某个新兴宗教的消息，贤人莫名地产生了联想。那个“聚会”，不会就是这种类型的集会吧？这种邪教集会通常因为没了教祖，或成员间开始分裂，组织一下子就瓦解了。可“聚会”和邪教集会比起来毕竟人数少了点，也没有搞什么强制性的祈祷、礼拜之类的。那如果“聚会”不是邪教集会，又会是什么呢？为什么会突然不办了？贤人百思不得其解。

“小贤，能过来帮个忙吗？”听到妈妈的喊声，贤人从坐着的床上站起身，关上电视走出房间。

“又在看邪教新闻了？你可别卷入那些奇奇怪怪的事情里哦！”妈妈把抹布递给贤人，说道。

“不可能卷进去的。我是觉得他们傻乎乎的，好玩才看的，可他们是认真在说美国要进攻什么的，还有……”贤人一边擦着餐桌一边打开了话匣，然而却被妈妈打断：“擦完那个后，去把草莓洗洗，把蒂都摘了。”

邪教团体会使用一些特别的用语，像“灭了某人”啦，“空气净化”啦，贤人的同学们平时也会说着玩儿，可是他们对邪教本身以及相关新闻却没什么兴趣。可贤人一说到这些事就变得滔滔不绝，他也知道大家都认为自己行为古怪。不，也许他们早就这么认为了，从贤人和比自己年长的女朋友一起上下学那时起便是如此。

六点开始吃晚饭。除了周末，平时都是贤人、妈妈和茉莉香三人一起吃晚饭。贤人的新爸爸每晚要十点过后才回来。妈妈称新爸爸为“阿达”，贤人也这么叫他。阿达比之前的爸爸，也就是贤人的亲生父亲轮廓鲜明些，不是指长相，是性格方面。亲生父亲身体线条纤细，有种柔弱感，眉毛呈八字形，所以看起来总是一副又哭又笑的样子。说话声音小小的，就像说悄悄话似的。妈妈生下茉莉香后再婚时，贤人拒绝改变姓氏，结果他还是叫“松泽贤人”，而妈妈和茉莉香则随了阿达的姓氏“铃木”。对于贤人不更改姓氏的顽固主张，妈妈似乎理解为贤人对爸爸的爱，以及对父母说离就离的愤怒，所以还对贤人道歉说:“小贤，妈妈对不住你哦。”诚然，贤人是喜欢原来的爸爸，对妈妈突然把阿达带到家里来也只是感到不知所措，可不愿改变姓氏的原因却不是妈妈想的那样。贤人是害怕改了姓氏，就再也见不到曾经一起参加“聚会”的小伙伴们了，还有在开阔的寺院公园里一起举行过结婚仪式的、现在连模样都忘了的那个小女孩。

12

一九九七年

刚满十七岁不久的某一天，纱有美穿着校服就向东京站出发了。黄金周假期在三天前结束了，曾经空荡荡的电车车厢和道路又拥挤起来。

从纱有美居住的松户到东京站要花三十分钟，平时她都不去城里，日常必需品的购买都在家附近解决了。

本来今天坐电车是要去学校的。不管学校多么不如意，纱有美从来都没有随便请假或逃学过。在一如既往拥挤的电车里，纱有美的脑海中突然，真的是突然，闪过遥远记忆里的“小田原”三个字。她立刻明白了这是关于什么的记忆，是小时候每年和妈妈一起去参加“聚会”的记忆。纱有美之前只记得从某个站坐上电车，在终点站又换乘另一辆，至于到底是从哪个站，坐了哪条线路，开往哪个方向，怎么都想不起来了。自己怎么是那样一个不记事的孩子呢?！纱有美每每想责怪年幼时的自己，可毕竟那个时候只要和妈妈在一起，就完全没必要去记忆或是怀疑什么事情。妈妈带自己去的地方总是错不了的，就连那个“聚会”，纱有美也从未想过哪天会不办了。

那到底是受了什么刺激才冷不丁想起“小田原”三个字的呢?

对了，是开往“小田原”的电车！纱有美差点叫出声来。肯定是在东京站坐上那趟车的，感觉当时看见了新干线，其他的又和以前一样想不起来了。可纱有美心想或许到了小田原就能想起来吧，至少能够确定从小田原出发的电车是开往哪几个地方的。

纱有美没在学校那站下车，而是继续坐往东京站。这是她第一次逃学，却丝毫没有感到紧张和不安，只想着尽快赶到小田原。

当“小田原”三个字浮现在脑海中时，纱有美宛如从沉溺已久的水底猛一下探出了脑袋，呼吸变得畅快极了，有一种终于得救了的感觉。

纱有美在幼儿园和小学里都没交上朋友，到中学也是如此。准确地说，曾交到过一个朋友。初二的第二学期，有个女孩和纱有美成了朋友，但后来受其他女生小团体的挑唆又不理纱有美了。那是纱有美在“聚会”以外第一次交到朋友，她曾全心全意地信赖和喜欢这个女孩，所以当女孩后来加入其他女生开始一起孤立自己的时候，纱有美深受打击，一连好几天吃不下饭。

纱有美曾梦想考到城里的女子高中去，她想去一个尽可能远的、没有人认识自己的地方。可是妈妈没答应，说是出不起私立学校的学费，也没有能力将太多的钱花在上下学的交通费上。纱有美很清楚妈妈独自一人抚养自己的艰辛，也就没再坚持那个想法。

升入高中后，不再有人明目张胆地欺负纱有美。在高一的新学期里，还有几个女生主动和纱有美搭话。可纱有美却无动于衷。从以往的经历中她算是领悟到，与其和别人变得要好到头来被抛弃，还不如从一开始就不要成为朋友。

现在既没有人冷落纱有美，也没有人主动和她说话。在热闹的校园里，纱有美仿佛全身罩上了一层安静的薄膜，她自己倒没觉得不自在。运动鞋没丢过，教科书也没被涂黑过。在成长的过程中，妈妈对纱有美越来越漠然，甚至有时还公然表现出厌烦的态度，可纱有美并没有觉得悲伤或是难过，因为她知道这一切都是虚假的。纱有美曾认为夏日聚会才是真实的世界，聚会没有了以后，她就只剩下这个虚假的世界了。不过也好，在这样的世界里不管发生什么都无关痛痒。纱有美每天都在心里念叨着，聚会虽然消失了，但它肯定还存在于某处。在那里，有真正的朋友等着自己，妈妈会以她最真实的样子对自己展开笑颜。除了留下记忆的笔记本以外，确实还存在那样一个地方，自己不久应该也会去到那里。

开往小田原的列车是东海道线路上的。看着停靠在站台上的橙色列车，纱有美并没有似曾相识的熟悉感，脑海中也没有泛起新的记忆。可她还是上了这趟车，坐在厢座里。纱有美对这样的座位还有印象，记得在去参加聚会的电车上，她和妈妈总是这么相对而坐。列车缓缓启动了，纱有美额头贴着车窗，眺望着窗外滑过的楼群。当列车驶离楼群，远处若隐若现的山脊线渐入眼帘时，纱有美心底激动难耐，就算没有涌现新的记忆，自己似乎也正向着记忆的核心地带靠近。快了，伴随行驶的列车，轻轻晃动着的纱有美暗自说道，就快要找到了，我唯一的真实！

可到了小田原站后，纱有美亢奋的情绪很快冷却下来。大雄山方向的伊豆箱根铁路线、热海、伊东方向的JR、箱根汤本、强罗方向的箱根登山铁路线、箱根方向的小田急小田原线，这些下行列车的车厢以及乘车指南告示板上的文字都让纱有美觉得眼生，她无法辨清当初和妈妈换乘的是哪一趟列车。

可纱有美也不想回去，她抱着赌一把的心态乘上了开往箱根汤本方向的列车。车上坐满了中老年游客，全都戴着相似的帽子，纷纷拿出吃的，互相交换着橘子、点心什么的，发出喧闹的笑声。

纱有美在终点站和这群人一起下了车，通过检票口后简直想放声大哭。眼前的一切如此陌生，与记忆中那个被森林和群山环绕的静谧乐园大相径庭：人头涌动的站前交通环岛、路边成排停靠的公共汽车和出租车、鳞次栉比的礼品店、写有“温泉”字样的广告牌、狭窄的车道。纱有美似是要从这一切中逃离出来一般，飞快地买了车票后重又回到了刚刚离开的站台。

她本想坐回小田原站再换乘另一趟列车，无奈带的钱不够了。在开往新宿方向的空荡荡的车厢里，纱有美吃了盒饭，是早晨自己准备的。

妈妈平时回家早的话是晚上十一点，晚的话就得半夜十二点以后了。纱有美不清楚妈妈做什么工作。她之前曾做过保险推销员，再之前在船桥一家婚庆公司干过。妈妈说她现在在酒店的前台工作，纱有美觉得她在撒谎。酒店的前台工作不会每天那么晚下班，也不会搞得一身酒气。纱有美曾想过妈妈大概是在做陪酒性质的服务，可又怀疑喜怒随性的妈妈是否干得了服务类行业。

洗完澡刷过牙后，纱有美走进自己的房间，设好闹钟，钻进被窝。明天是星期五，要比平时早起三十分钟洗衣服。纱有美已经习惯了在悄无声息的家中独眠，初二之前外婆有时会来过夜，可外婆在纱有美升初三前的那个春天去世了。

纱有美觉得妈妈开始变得满嘴谎言是聚会没有了以后。在没去聚会的那年夏天，纱有美问今年是不是没有聚会了，妈妈的回答是“那座木头房子被大火烧光了”。到了冬天，纱有美打听其他人的联系方式，妈妈就说：“装着地址簿的手提袋前段时间被偷了。”当时纱有美深受打击，可那以后当发现妈妈净扯谎时，她就觉得地址簿丢了什么的肯定也不是真的。妈妈没能按时参加家长会时说：“我在车站晕倒了，一直躺在站台值班室里。”第一次夜里没回家时说：“朋友遇到事故，我一晚上都在医院陪护。”妈妈总是一本正经地说出这些明显幼稚的谎言，虽然纱有美每次都知道她又说谎了，可并不追问下去，也当作真有其事地回一句：“是吗，妈妈真辛苦！”纱有美还像小时候那样喜欢妈妈，妈妈工作到深夜也是因为自己还是个学生哪。而事实上妈妈也动辄就说，就因为有你才怎么怎么样，就因为有你我才没有再婚哦，就因为有你我才这么辛苦工作哦。在纱有美听来就好比在说，如果没有你，妈妈就能再婚，就不必辛苦工作了。纱有美明白这些是惯于撒谎的妈妈的真心话。

13

一九九九年

一九九九年的夏天世界将会消亡，雄一郎记不起来是从谁那儿听到这个说法的，应该是在夏日聚会里听说的。有人说恐怖大王会从天而降，有人又反驳说不对，“消亡”是指核战争爆发。雄一郎还记得大家都掰着手指头算自己到时候有多大，自己还说过“是十八岁，十八岁我就完蛋了呀”的话，那会儿真是吓坏了。

今年夏天雄一郎满十八岁了。既没有恐怖大王从天而降也没有爆发核战争，夏天平平安安地过去了。尽管雄一郎巴不得世界消亡，而且越快越好，可世界没有消失，还存在着。

雄一郎坐在公寓楼入口处抽着烟，灼热的阳光和周围的温度还像夏天一样，可头顶那片湛蓝的晴空已是秋意盎然，云朵也轻薄透亮起来。雄一郎脑海中浮现出刚刚送完比萨的那间公寓里的情形，琢磨着自己得挣多少钱才能住得起。大概一辈子都不可能了吧。雄一郎把快吸完的烟头扔在脚边，踩了两脚，心想要是被谁看见自己在这儿逗留告诉店里，即刻就会被炒鱿鱼的，于是跨上摩托，发动了引擎。

傍晚六点雄一郎结束工作走出店门，脱了工作服也还是满身奶酪和油腻的味道。在往车站走的路上，雄一郎想起了几个朋友，于是在站前用公共电话打给了友春。

“出来喝两杯？”雄一郎邀请道。

“不巧，家里正要吃饭。”友春回答。

“你是老头子吗，才几点就吃晚饭啦。”雄一郎笑说，又劝道，“吃完出来吧。”

“嗯，那好吧。”

“那我在你家附近的‘庄屋’等你。”“庄屋”是离友春家最近的车站附近的一家小酒馆，雄一郎说完店名就挂断了电话，不满地嘟哝了一声后走出了电话亭。

初中和高中时代的那些朋友都还是学生，都住在家里。直到去年大家还都把雄一郎的家当作聚集地经常来玩，一进入高三像约好了似的都不来了。最近一段时间雄一郎甚至感觉到他们都在回避自己。

雄一郎是去年暑假前从高中退学的，本来他对学习就不积极，又总是受到停学处分，所以退学一事学校方面并没有劝导，朋友们也不觉得奇怪。

退学的原因是雄一郎突然觉得一切都无聊透顶起来：不想上大学却还得早早起床、赶电车、坐在课桌前眺望窗外、因一些琐事受到老师的警告等等。

雄一郎有住的地方，虽说只是个带厨房的两居室老房子。爸爸每个月给他汇五万日元，仅靠这点是不够生活的，所以雄一郎去年暑假开始在一家小酒馆洗碗挣钱，那时候觉得，不用与人交流只要一直洗餐具的活儿挺适合自己的，不承想和一个比自己先来的，也是临时工的学生打起架来，甚至闹到警察出动，最后被开除了。从那以后到现在，雄一郎换了六个打工的地方，做过交通协管、大厦保洁、搬家工人、仓库的卸货工、面包工厂的工人，还有就是现在这家比萨外卖店。打这些工也存不起什么钱来，雄一郎想着一旦存起一笔钱来就去考驾照，有驾照的话选择工作的余地就大多了。

雄一郎在离友春家最近的车站下了车，天色已经昏暗下来，凉意四起，让人很难相信白天曾是那么地温煦。雄一郎走过一排霓虹灯闪烁的小钢珠店和小酒馆后，进了“庄屋”，环顾店内后发现友春还没来。雄一郎在吧台边坐下，点了生啤、串烧拼盘和一盘豆芽炒肉，然后一边喝着先端上来的啤酒，一边看看放在吧台角落里的电视和摊在膝头的漫画杂志。

妈妈离家出走是在雄一郎十四岁的时候。因为平时妈妈总是很晚才回家，所以一开始雄一郎并没有发现妈妈离家的事实，后来多少意识到这一点时，又没法开口向爸爸打听妈妈的去向。过了一阵妈妈来信了，信上用小小的字体反反复复地写着几句话：自己打算在离家稍远些的地方开始新的生活；稳定下来后就通知雄一郎；自己会努力，争取和雄一郎一起生活，在那之前希望雄一郎能耐心等待一段时间。

雄一郎并不想责怪妈妈。自从妈妈开始每晚加班，也就是开始由爸爸准备晚饭之后，雄一郎切实感受到爸爸明显有所不同了，倒没有拳打脚踢这些施暴行为，只是一有不如意的事就往墙上扔东西、摔碗、大吼，使劲地摔门或是拉门，以至于雄一郎总担心门或隔扇什么的会不会被摔破。爸爸有时还会喋喋不休地说一些令人讨厌的话。雄一郎曾想过爸爸对待自己和妈妈的这些做法也可以说是一种暴力吧，看着妈妈的来信，雄一郎心想，自己要是有生活能力，大概也会逃跑的。

妈妈离家后爸爸依然没有任何变化，既没有停止扔东西也没有比以前扔得更多。

妈妈通知住址的来信，与第一封信相隔了八个月之久，信上还说她已经有了打算再婚的对象。男方家里有个上小学的女儿，妈妈信里说如果雄一郎愿意就大家一起生活吧，地址在静冈县。雄一郎没有回信，虽说自己极其想要逃离和爸爸在一起的生活，可是他根本无法想象如何和一个陌生男子以及他的女儿，还有妈妈在一个陌生的地方过日子。

爸爸离家前的那两年，雄一郎每天都在高度紧张的状态中度过，两只手上都长了湿疹，还得了慢性腹泻。刚上高中那年的春天，爸爸和别的女人恋爱了，后来搬去了那个女人家里。爸爸搬家前，外公外婆从九州赶来，会同律师一起和爸爸商谈了一些事。雄一郎推测每月五万日元的汇款、两居室房子的归属就是在这时决定的。外婆外公让雄一郎去九州一起生活，可他还是选择了一个人过。开始一个人生活后，湿疹和腹泻都奇迹般地痊愈了。整天泡在朋友堆里的生活让雄一郎心里乐开了花，又像回到了夏日聚会的时光。

雄一郎喝干了两杯啤酒，吃完了点的菜，友春还是没有出现。他站起身本想给友春打个电话，可最终又坐了回来，追点了啤酒、炸鸡块和炒乌冬面。雄一郎一边看着电视一边想着，友春大概是吃完饭后懒得出来了吧，他也好其他的朋友也好，总有一天都会离自己远去的。几乎所有的朋友都说要上大学。他们会成为大学生，之后踏踏实实地步入社会吧，照理不会一直和自己这样的家伙交往。

店里的人渐渐多起来了，到处都是高声谈笑的声音。雄一郎看见和自己隔了一个位置坐着一个驼背的饮酒老人，一边看着报纸上的色情内容，一边用筷子拨弄着盘里的秋刀鱼。

雄一郎曾想过要是妈妈没有离家，自己是不是也会像其他人那样还在上高中，为了将来考上大学呢？仔细琢磨一番后，答案是否定的。要说自己过去的人生中有什么分水岭，也不是妈妈出走那件事。

是爸爸。如果初中毕业的那一天，爸爸没有说出那番话，自己也许和别人一样还行进在考大学的路上。没错，分水岭就在那里。

那一天，爸爸穿着一身西服出席了雄一郎的初中毕业典礼，晚上说是要庆祝一下就带着雄一郎去了烤肉店。那天的爸爸像是完全回到了从前的样子，还是那个擅长给木炭点火、喜欢开玩笑、热心地教给雄一郎新鲜事情的爸爸。雄一郎也就忘乎所以地提起了夏日聚会的事："对了，我们以前总去参加一个聚会吧，那是在哪儿来着？"

听了这句话，喝着啤酒的爸爸隔着烤肉腾起的烟气，盯着雄一郎，嘿嘿笑起来。一瞬间雄一郎就明白过来，完了，虽然不知道是什么原因，但绝不该提起这件事。可已经来不及了，原本兴致不错的爸爸，脸上带着雄一郎看惯了的另有深意的冷笑说："在御殿场[1]。要我告诉你是些什么人参加那个聚会吗？"

不能点头！雄一郎的直觉告诉他，可他还是点了点头，毕竟一直以来都想知道。后来爸爸告诉他了，就是从那天起雄一郎觉得，一切都无聊透顶、没有任何意义了。几番思索

[1] 位于日本静冈县东部，富士山东南山麓的市镇。地处高原，是避暑、疗养胜地，也是富士山的登山口之一。

后雄一郎得出的结论是：那番话是导致自己走到今天的节点。

炒乌冬面还剩三分之一，雄一郎站起身来结账，而后离开了朋友始终没有出现的酒馆。

第二章

1

二〇〇八年

树里知道不能不加掩饰地盯着人家看，可就是无法挪开视线。眼前的婴儿车把手上挂着好几个超市的购物袋，帽檐压到眉际的女人大概在等待回家的老公吧。婴儿车里的宝宝正在熟睡，女人脚边还徘徊着一个两三岁的女孩儿。女孩儿用左手抱着妈妈的腿，朝婴儿车里探头探脑，右手轻轻伸进车里摸了两下，然后抬眼看着妈妈，嘻嘻笑开了。树里的视线从孩子转移到女人身上，估算起她的年龄来：比我小个两三岁吧……正在这时耳畔响起一声招呼“我来啦”。

老公敦已站在跟前。

“啊，我都没发现。”

树里尽量放松故作自然地笑着对敦说。她看见敦身后的一大群人正穿过检票口纷至沓来，眼角的余光扫见刚才的女人正在挥手，是等待的人来了吧。是谁呢？树里心想还是不看为好，可还是忍不住看了。同样也挥着手向女人走近的是一对刚步入老年的夫妇，是她的父母吧。此情此景果然给树里带来一丝失落感。

“我们吃点什么呢，中餐还是日本菜？”

“去尝尝西班牙菜怎么样？”

“啊，就是之前路过的那家，好啊！”

树里和敦肩并肩地走出车站，进入一条商店街。四周灯火通明，这个时间已很少见到带孩子的女人，行走在街上的都是些下班的男女、聚集在便利店前的学生以及在路上驻足说话的年轻人。

树里是在三年前，她满二十七周岁的那年夏天和岸部敦结婚的。敦在一家文具制造公司工作，树里是因工作关系认识他的。由树里设计图案的文具被敦的公司采用，并首次制造销售。和树里直接打交道的是广告代理店的人，后来举办了一场文具公司策划部和营销部员工参与的庆功餐会，敦作为营销部的一员出席了餐会。

树里和敦走进一条和商店街垂直的巷子，两侧都是住宅，周围一下子暗了下来。他们要去的那家西班牙菜馆孤零零地位于住宅区。八点过后的店里已是人头攒动，只有吧台座位还有空，树里和敦并排坐了下来，先点了啤酒。啤酒端来后两人轻轻碰了一下杯后才开始看菜单。

听中学时起就是朋友的里香说，她感冒躺在床上，老公还问“晚饭怎么办”，当时里香就带着刚满一岁的小女儿离家出走，在树里家住了一晚。树里美术大学时代的朋友治美的同居恋人，虽然能做家务，可用情不专，和治美一起生活的五年里有三次被治美发现与别的女人有染。闺蜜们都在诉说自己伴侣的恶习，相比之下她们异口同声地称赞树里的老公是个好男人，甚至说是理想中的男人。树里也觉得说得没错，敦虽然不会做菜但擅长洗衣，树里不打扫不做饭的时候也不会说什么。工作忙时，只要告诉敦一声，两人就会像今天这样一起在外就餐。敦性格开朗、爱喝酒，和树里也谈得来。

一个西班牙人模样的店员走过来点餐，敦和树里各自报上自己要的菜名后，店员流利地重复了一遍，记了下来，眨眼示意后离去了。

“我把饭店的名单打印出来了，现在看吗？”

“嗯，拿来看看。”

“那你工作怎么办？休假前能完成吗？”

“完不成就没法去旅行啦，通宵也得弄完。”

树里和敦计划今年夏天去葡萄牙玩一星期。去年是台湾，前年是马尔代夫，结婚那年夏天去的是巴厘岛，兼作度蜜月了。结婚时敦说过以后每年都要去一个没去过的地方。树里笑说是在有孩子之前时，敦认真地说有了孩子也能去。

树里把敦的原话告诉里香后，里香说等有了孩子倒也不是不能去，只是没有去的心情了。到时带一大包东西可麻烦了，尿布呀奶瓶什么的，绝对不想再坐飞机了。说完后又加了一句，你真幸福啊树里，每年都能到海外旅行，你真是嫁了个理想的老公，好羡慕啊！

树里当然也期盼每年都能去海外旅行，也总会有第二年想去的地方。可当敦计划每年都去时，树里还真琢磨了一下，估摸着也就再去个一年两年的吧，因为很快就会有孩子的。

两年前的年底，树里在一次生理期中疼得死去活来，被救护车送到了医院。医生诊断是巧克力囊肿，由子宫内膜异位症导致的出血囤积在卵巢后，形成了直径超过五厘米大的囊肿。医生解释说，可以不进行切除手术而用药物治疗，但由于不是根除性的治疗，所以还可能复发。进行手术的话，有不开腹的腹腔镜手术和开腹手术两种。从囊肿的大小来看医生想建议开腹手术，但考虑到这和树里今后的妊娠有关，所以希望树里和家人好好商量一下用哪种手术方案。树里这时才第一次意识到自己和敦可能会没有孩子。在这之前，树里一直下意识地认为结了婚自然就会生孩子，就像相信白鹳传说[1]的小孩那样。

最后树里接受的是损伤较小的腹腔镜手术。因为听说手术后的六个月比较容易怀孕，树里辞掉了原来设计事务所的工作，成了自由职业者。开始每天测量基础体温，在排卵日及前后过性生活。树里在意识到自己可能会没有孩子的同时，也感受到了自身对孩子的强烈渴望。

可是术后六个月里树里并没有怀孕。从最早住院算起过

[1] 流行于北欧的传说，据说白鹳会用嘴巴衔来人类的孩子。

了一年，再次被诊断为子宫内膜异位症。这次的囊肿虽然比上次小，但由于和输卵管粘连在一起，只好施行了开腹手术，摘除了一侧卵巢。

树里和敦好几次谈到关于孩子的话题。敦的说法是，孩子是想要的，但没有也可以。树里觉得他是考虑到自己的感受才这么说的，敦固然一片体贴，但这种体贴成了进行下一步具体讨论的障碍。比如说，讨论剩下的卵巢如果很难自然受孕，是否要做不孕治疗？是否进行体外受精？敦会怎么考虑这些事情呢？树里不知道。虽说和敦之间无话不谈、有什么问什么，可唯独这些事树里问不出口，她不愿听到敦又为了顾虑自己的感受而言不由衷。他那样只会在无意中提醒树里，生不了孩子的原因在于自己，这让她很痛苦。

“想不到这么好吃，就是店里吵了点。”

敦评论了一句刚才的西班牙菜馆。两人已吃完出来，手拉手走在幽暗的住宅区。白天还像盛夏般炎热，拂面而来的晚风却充满了凉意。预报说明天开始要变天，目前还没有下雨的气息。

“葡萄牙菜也差不多是那种口味吧。”

“不一样吧，虽说是邻国。你没发现这条街上各国风味的菜馆都快齐了，就是没有葡萄牙的。”

“想象不出葡萄牙菜是什么样的。”

“反正还有两个月就去了，不用特意在东京吃了吧。”

有一次树里对里香提起现在和敦还会手拉手散步时，里香露出一副不敢相信的样子说："是因为没有孩子才会一直保持恋人的感觉吧。"又加上每回必发的感叹，"好羡慕啊！"结婚前树里确实想过，即使结了婚，不管过多少年也要像恋人一样彼此相待才好。可现在她不知道自己到底幸不幸福，不是世俗意义上的那种，而是自己内心深处真正想要的幸福。

2

自从今年年度末[1]失去工作以来，纱有美每天起床的时间是上午十点左右。打开电视后，洗脸、刷牙，换掉当作睡衣穿的运动服，穿上牛仔衣，十一点多离开那间六张榻榻米大小的房间。纱有美要去的是一家网咖，靠近附近的地铁站，步行二十分钟。纱有美先在网咖隔壁的便利店买了夹馅面包和方便碗面，然后一头钻进网咖的单间。成为网咖会员后，一小时交三百日元就可以任意使用电脑，随便翻看漫画书或杂志，而且还附带饮料吧台的消费。最近两个月，纱有美一

[1] 日本年度一般为四月一日到次年三月三十一日。年度末多指三月份。

周有四天都来这里。

进了单间后，纱有美打开电脑啃起面包，戴上iPod耳机，开始不停地搜索。

纱有美去年知道了一个名叫“hal”的歌手。最先是从电视广告的背景音乐中听到的，后来到音像店租了一盘CD。封套照片是一张不知是哪儿的外国街景，歌词卡里也没有歌手本人的照片，纱有美除了知道“hal”是一名女性，对她的长相、年龄一概不知。原本纱有美对偶像啦歌手啦没什么兴趣，也并没有想要了解这个叫“hal”的女歌手的情况，只是在上下班的路上反反复复听那盘CD而已。就在连续听了一个月的时候，纱有美突然蹦出一个连自己都吃惊的判断：我认识这个名叫“hal”的歌手！“hal”的发音就是“haru”[1]。纱有美的熟人中只有一个叫“haru”，是波留，在夏日聚会中一起玩耍过的波留！就是那个中途参加进来，像男孩儿般活跃的女孩子。

那天回到公寓后，纱有美打开高中时候写满回忆的笔记本，专心致志地读了起来。波留和男孩们一起在湿地的瀑布跳水嬉戏；说我们是《小妇人》里的人物的也是波留；告诉我们咖啡里放冰激凌好吃的也是她。纱有美读完一遍笔记本里的内容，更加确信自己的判断了。

纱有美记得这种感觉以前也有过，对了，那是十七岁的某一

[1] 日语中用罗马字标注的发音，和小说中人物“波留”的日语发音相同。

天，突然想起“小田原”三个字的时候。那时候没能去到那个地方，就是现在也还没找到，可纱有美确信没有记错“小田原”这个信息。这次也是一样，纱有美强烈地感觉叫“hal”的歌手肯定就是波留！她的歌词中弥散出一种似曾相识感，和其他怀旧歌曲完全不一样，纱有美认出了歌词中的景色，其中还有一句歌词“热咖啡配冰激凌”，这像是只有波留才知道的词句。

纱有美在网上查过，几乎没有看到hal的个人信息，不太清楚这是hal本人的意思，还是所属事务所的方针。由事务所运营的主页只有以下几条信息：hal是“在街边唱歌时被星探发现出道的”；迄今为止发售的包括单曲在内的CD；写给其他歌手的乐曲一览表；被用作广告、电影原声的一览表；今后的活动预告。甚至连本人的照片都没有，纱有美尝试了照片检索后，出现了一些不知是谁拍摄的照片，全都画质粗糙，简直没有一张可以清楚地看清长相。

hal本人倒是开了博客，但直到三个月之前都是些算不上是绘画日记[1]的照片日记，没有任何文字记录。照片也都是些夜晚的信号灯啦，草莓芭菲啦，糖罐子啦，路边的猫啦什么的，但纱有美一想到这些都是hal视线所及的东西，每一天的照片都不想放过，为此她每天都用手机上网察看。三个月前，当博客开始有几行文字出现时，纱有美开心地都想欢呼了。她心

[1] 画旁写上文字或文字旁添上画的日记。

想，在旁人眼里自己一定像是个狂热的粉丝吧，而实际上她是想从hal的视线和只言片语中，找到此人正是波留的证据。

hal没有公开过照片，但一有新曲发布就会举行演唱会。纱有美曾经去听过一场在御台场的会场举行的演唱会。在只有站席的区域，由于站的位置很靠后，只远远看到手指头大小的hal，虽说没发现半点证据能够断定那就是长大后的波留，可纱有美还是越发坚信了。迄今为止纱有美已经给事务所写过三封信，没有收到过回信，但她总觉得说不定明天就会有。

纱有美像往常一样打开hal的个人主页察看，然后用她的名字检索，查找关于hal的信息。做完这些后，纱有美又依次输入“聚会”“小田原”“一九九〇年”这些关键词反复检索，试图找到与童年记忆相关的一些信息。觉得累了就走出单间，拿几本漫画书和杂志看看。

纱有美本来在一家公司从事电脑输入问卷统计结果的工作，是一名合同工。去年年底接到了下一年度不再续约的通知。同样遭遇的几个同事非常愤怒，组织起来打算起诉公司。纱有美没有参加，她觉得就算告了也保障不了一辈子的生活，更要紧的是找到下一份工作。而之后的实际情况却变成现在这样，天天往返于网咖。

傍晚时分纱有美离开了网咖。她依然戴着耳塞，穿过商店街回公寓。纱有美担心每次都去同一家便利店会招致猜疑，所以避免连续两天去同一家店。还好从站前到公寓有三条路线，能经过五家便利店。

回到公寓看着电视吃方便炒面的时候，手机响起了收到短信的提示音。纱有美不用看来电显示就知道是谁发来的，会给纱有美发短信的只有妈妈和望月里菜。里菜是纱有美高中毕业后第一份电话接线员的工作时认识的同龄女孩，大概挺喜欢纱有美，现在完全不见面了还时不时发来短信。但这个时间点应该是妈妈。纱有美一边吃着炒面一边捡起脚边的手机，打开了短信。

还是和以前一样，妈妈的短信没什么实质内容，什么正在吃饭吗、有没有困难啊之类的，还配有一大堆颜文字。纱有美用左手回了一条也满是颜文字的短信。

纱有美开始一个人生活是在八年前，二十岁的时候。在那之前一直和妈妈住在松户的家里。工作换了好几个，虽然都在市区，但住在家里上下班也没有问题。纱有美是工作两年后用攒下的钱开始独立生活的，当说出要独立的时候，妈妈一副深受打击的样子说："你不喜欢和我一起生活吗？""家里就我们两个人，有什么理由要分开呢？"可纱有美异常冷静地认为，那不是妈妈的真心话。她一本正经地说对不起啦妈妈，可我不能总依赖你生活吧，然后就离开了家。

纱有美一走，妈妈立刻把当时正在交往的男人带到家里一起生活，这件事虽然妈妈一直在遮掩，可纱有美还是知道了。原因有好几个，比如说，电话里传来的妈妈的声音背后像是有其他人在，妈妈的言辞中会闪现那人的影子。但最大的原因是纱有美的直觉。妈妈和那个男人分手，又和另一个男人开始同居什么的，纱有美都是靠直觉知道的。或许是一直和妈妈生活在一起的缘故吧，不，是因为自己不曾和其他人建立起像与妈妈这般亲密的关系，所以有关妈妈的事，自己的直觉会特别准。

离开妈妈后，纱有美也更明白了一件事：自己的妈妈并不适合当一个母亲。她记得妈妈说过曾经多么想成为母亲，又是多么想生下自己。开始独立生活后，纱有美就琢磨为什么妈妈会那么想呢？这是和她最不相符的角色呀！当自己说要独立时，妈妈的确受到了打击，但纱有美也看出，妈妈脸上还有一种暗暗松了口气的神情。纱有美一点儿都没有为此感到悲伤，从自己懂事起，妈妈就是这个样子的，也正因为如此，纱有美才一直深爱着她。

3

雄一郎最早让陌生人留宿那一次，对方是一个来自静冈的高一女生。雄一郎不是在网上结识这个女孩的，而是走在涩谷大街上时被她叫住的。当时雄一郎看到两个装扮一模一样的女孩上来请求，带她们吃顿麦当劳什么的。雄一郎带着她们去了家小酒馆，打听后才知道她们离家出走一星期，钱都花光了。

那天，和雄一郎一起打工的同事带走了其中一个女孩，雄一郎则带着静冈来的女孩回了家。从她嘴里知道两个女孩并不是朋友，只是半道上认识的，觉得一个人太危险所以两人结伴行动，关于被朋友带走的那个女孩，除了外号连她的真实姓名都不知道。

雄一郎的住处有两间房，女孩为此欢欣雀跃，说是在陌生男子家留宿过好几次，都是只有一间房，感觉很拘束。这时雄一郎才第一次知道，还有一些男人专门收留离家出走的女孩，这类需求和供给都是通过互联网达成一致的。

静冈女孩住了一星期。雄一郎给了她一把备用钥匙，自己每天出门派送比萨，在外头吃完后很晚才回到家里。第三天时女孩主动说可以和他睡觉，雄一郎拒绝了。他觉得会惹来一堆麻烦。睡过觉后要是女孩以自己的女友自居，赖着不走就麻烦了。要脱掉一个陌生女孩的衣服，还要做前戏什么的也很麻烦。一星期后，女孩和行李一起消失了，走前在餐桌上放了一个装有两万日元的信封，不知是想了什么办法筹来的。

那以后雄一郎会在无聊的时候查看网上离家出走的告示

栏。看到写“会付礼金”“保证支付礼金”的女孩时也招呼过几次。大部分女孩都没什么钱，但只要雄一郎友善地问一句“你出得起电费和燃气费吧”，她们都会多少带来一些。

那些离家出走后游荡在涩谷和新宿的女孩中间似乎有一个共通的网络，雄一郎不知道那是蛛网式扩展开来的一个大网络，还是由好几个独立网络连接而成的。最近他才得知自己作为某一区域的“安全牌”还小有名气。

“没有暴力和软禁行为，不要求性交，只要交纳相应的住宿费就可以留宿。”这些关于雄一郎的信息在那个网络上传播开来，现在即使雄一郎不查看告示栏，一个月里也会有一两次收到陌生女子发来请求留宿的信息。

“一次只留宿一名女子，最长期限为两周，住宿费不高但不免费，不接受以肉体或体力劳动形式支付住宿费用。”由于动不动就收到一些请求留宿的信息，所以雄一郎制订了上述规则。同时还定下一些只约束自己的规则：不和留宿的女子交往、不辞掉打工的工作、女孩留宿期间不带男性朋友回家等等。

现在家里就住着一个初三的女孩，似乎特别爱干净。让她留宿的第二天，雄一郎下班回家后发现卫生间和浴室都被擦得闪闪发亮。

一般说来，雄一郎都是傍晚六点多结束工作后，坐电车回到离家最近的车站，在站前小酒馆喝上几杯酒、吃几个小菜当作晚饭，九点多离开酒馆，在便利店买上第二天的早餐后回公寓。在公寓楼下仰头看自己的房间，发现亮着灯，灯光让雄一郎感到安心。心里踏实得叫他自己都吓了一跳，却故意装作漫不经心。

女孩们交出的住宿费没多少钱。雄一郎听之前留宿的一个女孩说，有的男人接纳留宿女孩，还让她们到外面出卖肉体挣钱来交住宿费。雄一郎从没这么打算过，也没想过要靠女孩们交的钱赚一笔。那他为什么要留宿女孩呢？也许是想抬头看见窗户上映照出的橙色灯光吧，可是雄一郎打死也不会承认这一点的。

雄一郎打开公寓的大门，把买来的面包、饮料什么的放进冰箱。这时候女孩从她睡的那间和式房间探出头来，和雄一郎对视后笑着说："你回来啦！"嗯，雄一郎面无表情地应了一声，手里拿着一罐啤酒来到餐桌旁，打开那台既不是液晶也不是超薄型的十四英寸电视，快速摁动着遥控器。

"我无所谓的，"从房间里出来的女孩背靠着关上的拉门说，"也不是第一次了，都有思想准备。大家都说你什么都不会做，可我真是没钱。"

雄一郎听出来女孩是在说可以和她睡觉，可他觉得太麻烦，所以说了个惯用的谎言："我是同性恋。""啊，是这样啊！"女孩儿露出一副如释重负并夹杂着好奇的表情，一如其他女孩听到这句话后的样子。

“那你为什么要留宿我呀？既不和我睡觉也不叫我去挣钱交住宿费。”

“不是你开口说想住宿吗？我这儿反正也有房间。”

“哎哟，你是志愿者？说不定是巡夜守护的老师？你会进行说教吗？”女孩笑着说。

“我才不呢。”雄一郎也笑了，接着问了句，“你为什么要出走啊？”虽说对这个问题没什么兴趣，可女孩总也不回房间，所以就问问。

“家里大人烦死了。”女孩笑着说。女孩们总是这么笑嘻嘻的。“你家里大人也很烦吧，在你像我们这么大的时候。”

“我没有父母。”这也是雄一郎每次都撒的谎。

听到雄一郎的这番话，十个人里有十个人都会说上一句“啊，是吗”，便不会再问什么了。她们年纪虽小，但也懂得体贴吧。而这个初三的女孩却连珠炮似的发问：“为什么没有？都死了？你一直在这儿一个人过？”

“我是个弃婴。”

雄一郎用遥控器关上电视后说道。他一口喝干了啤酒，把啤酒罐捏成一团，站起身来。他知道女孩有些骇然，僵在那儿一动不动。雄一郎从冰箱里又拿出一罐啤酒和一盒纸袋包装的饮料，回到了餐桌旁。他把饮料放在自己对面那侧的桌面上，女孩儿瞟了雄一郎一眼，坐了过来。

“我懂事前一直被机构抚养，到能够独立生活的时候就出来了。”

半真半假的说辞，雄一郎还是第一次撒这个谎。他暗想，要是以后留宿的女孩还像今天这样刨根问底的话，就用这个说法来应付。

“是在孤儿院？”

“和孤儿院有点不同。是一群弃婴和一群没有孩子的父母在一起生活。”

“咦，还有这样的地方。”

“有啊。”雄一郎拿起新开的那罐啤酒准备喝时，才发觉自己已经不想喝了。屋里静得有些尴尬，雄一郎又打开了电视，随之而来的一阵刺耳的傻笑声让他稍稍放松了些。

“听起来那地方挺开心啊，我也想在那样的地方长大，就不会有那么烦人的爸妈了……啊，对不起……”

“没关系。”一个十五岁的孩子顾及自己情绪的样于既滑稽又可怜，雄一郎有些不忍，于是笑说，“说的没错，烦人的爸妈不在身边很开心哦。”

“是吧，就是嘛。”女孩松了一口气，吸了一大口饮料，纸盒都瘪下去了。

从厨房的窗缝里吹来一阵温煦的晚风，晃动着窗边挂着的一串风铃，发出清爽的丁零声。这串风铃是曾经住在这里的一个女孩自作主张挂上去的，是谁呢？雄一郎试着回忆几个留宿女孩的模样，可最终清晰浮现的却只是在路边抬头看见的自己屋里那片橙色灯光。

4

贤人回到家时已是深夜两点多了，明天一早还有会，本想尽快睡的，可洗完澡换上T恤、平脚短裤后又打开了电脑。在等待启动的一会儿工夫，贤人从窗户向下张望了一眼夜幕笼罩下的街景，些许微光闪烁的城区犹如星空般寂寥。他快速浏览了最近常看的一个博客，结束时已近三点了。刷完牙后贤人匆匆钻进被窝，床上睡着的木暮咲皱着眉头翻了个身，看样子没有真醒。贤人和木暮咲是从去年秋天开始同居的。

今年新年假期里，贤人在妈妈家看到了寄给自己的一封信。高中毕业后贤人就离家独自生活了，这些年基本没回去过。今年新年为了向家里人介绍木暮咲，才带着她一起回的。从城区住处到妈妈家也就不到半个小时，现在家里是阿达、妈妈和比自己小很多的妹妹茉莉香三个人一起生活。家里人很欢迎咲，热情得叫她有些不知所措。贤人回想起来发现，自己从初二开始就没断过恋人，可像现在这样正式介绍给家人还是第一次。贤人很清楚家里人，尤其是妈妈的心思：贤人总算是安定下来啦，这个女孩子应该能让贤人不再堕落了吧。想来有些扫兴，但贤人对家里人确实抱有愧意，十八岁之前也的确让他们操了不少心。

离家后的十年里，包括广告信件在内，凡是寄给贤人的信件，妈妈都一封不落地转寄给他。所以这次当他看到报架上插着一封两个月前寄给自己的信时，觉得有些奇怪。而且这封信看起来还被打开过，重新糊上的封口明显粘歪了。贤人没有提起发现信件的事，将信悄悄塞进了自己的行李。和咲在家住了一晚后又回到自己的住处。

那封信里写着，请问你是在某某医院，由某某医生接生的吗？写信的人似乎在寻找那个时期在那家医院，由某位医生担任主治医师的孕妇及其家人。信上没写原因，只是说如果确实如此，想到什么线索就联系他，信的最后有一行电子邮箱地址。贤人隐隐能够猜出对方想问自己什么问题，包括为什么没写明问询的原因。但是，如果自己猜得没错，写信人是搞错对象了，因为贤人不是在那家医院出生的。

贤人也大致推断出为什么这封信会寄给不相干的自己。虽说不是在那家医院出生的，但贤人曾被带去过那家综合医院的心理治疗内科[1]。那是上高二的时候，贤人当时正和一个比他大两岁的女大学生交往，让人家怀孕了。这种事已经是

[1] 从重视精神与身体之间关系的心身医学立场出发，采取心理学方法治疗疾病的专业性医疗部门。以内科系统的所有疾病为医疗对象。

第二次发生了，贤人初三快结束时也闯过相同的祸。当时不记得是阿达还是妈妈劝说，让他最好去看看医生。写信的人可能是拿到了医院那个时期的病历簿或是患者名册吧。于是他给那些青春期在那家医院的心理治疗内科接受过诊治的，与他年纪相仿的男女写信，即便清楚那只有大海捞针般的概率。

贤人没有回信，但是在网上搜索了写信人的姓名，发现了此人建立的一个主页。从此，贤人每天都浏览这个主页上的内容，以及访客自由讨论的留言板。这个主页每天都有许多人点击和留言。

越想睡就越睡不着，贤人有些焦躁地听着咲的呼吸声。咲是一躺下就能睡着，四级地震都震不醒。同居的事是在咲一个劲儿催促下答应的，不过贤人接受的最主要原因还是咲明确说了不打算结婚。可眼下黑暗中难以入睡的贤人却觉得，或许是羡慕咲这种睡得跟死猪般酣甜的健康睡眠，才答应同居的吧。

第二天早上，会议中发到手里的资料上，有一个名字映入了昏昏欲睡的贤人的眼帘。

船渡树里。

贤人工作的广告代理公司负责为一家饮料公司的新品酒精饮料做宣传。最近，贤人的公司将邀请客户方一起，在公司内进行产品吉祥物设计图的竞选。会议正在商讨从个人、法人设计的参赛作品中，选出进入最终角逐的设计。

贤人喝了一口塑料杯中的咖啡后翻看起了资料。总共有七个人的作品，每张彩色打印的作品下方都有设计者的履历。船渡树里的那张上写着：一九七八年生于东京、毕业于美术大学、几年前一直在设计事务所工作。

树里。贤人又看了一眼这个名字，觉得不太可能是自己知道的那个“树里”，但又觉得不会有太多人叫这个罕见的名字。不，也许是个笔名，“树里”这样的名字更像是笔名。

童年连续几年参加过的夏日聚会，贤人并没有一直记在心里，不记得的时候要长得多。贤人在那里经历了初恋，甚至还和初恋的女孩举行了婚礼。但他没有积极地想去寻找聚会的地方以及参加聚会的孩子们，只是偶尔会想起。十几岁的时候，贤人常常会陷入大脑一片空白的状态，当意识恢复清醒的时候，脑海中不知为何会突然闪现聚会时的情形。贤人记不得所有孩子的名字了，记得的名字里有“弹”和“树里”，因为新奇所以记住了，还有就是纪子了，因为和她“结过婚”。至于孩子们的姓基本上都不记得了，只记得树里的姓氏笔画特别多，在聊到姓氏里的汉字难写时，树里曾把自己的名字编成一句话：“坐**船渡**河去**树**的故**里**。”本来贤人想不起来“坐船渡河”这几个字的，可能是看到资料上的“船渡”二字后想起来的。

整个会议过程中贤人一言不发，最终船渡树里落选了。

筛选出的三份作品将和其他公司送来的作品一起，参加下下周举行的正式比赛。

回到办公桌前，贤人喝着重新冲好的咖啡，又翻阅起了刚才的资料。其他的设计图大都以瓶子啦、制酒原料的水果作为吉祥物，而树里的设计是一个椭圆形的冰块。

船渡树里的个人简介里写有她的邮箱地址，从字面上看不出这个地址是她个人的还是经纪人的。

有关童年时代夏日聚会的真相，以及孩子们聚集到那儿的内情，贤人是在出入心理治疗内科的那段时间里，从妈妈那儿得知的。在代代木一家小巧精致的意大利餐馆里，妈妈一脸严肃地向贤人揭开了夏日聚会之谜。那真是一家光线幽暗、让人感觉特别压抑的餐馆。“我本来没打算说的，”妈妈说道，“但看到你的状态我很担心，所以决定告诉你。”“为什么总想瞒着我呢?”贤人问道。因为听了妈妈的话后，贤人终于明白了为什么有些事会发生在自己身上。比如说，为什么有时候大脑会一片空白？那是因为在那个家中自己是个外人。并不是赌气也不是自卑才这么想，而是贤人终于理解了这个事实。贤人还明白了铃木达以及改姓氏为铃木的妈妈、茉莉香他们，和仍姓松泽的自己，除了姓氏不同之外还有很深的隔阂。自己是个硬生生混入别人家中的另类，所以才会产生变成了透明人的感觉。贤人心想要是妈妈能早点告诉自己这一切，也许就能更早地认清自己的位置，不，是更好地应对吞噬自己的那片空白。贤人知道假设是没有任何意义的，但还是忍不住浮想联翩。

“我怕说了会伤害你。”面对贤人刚才的问题，妈妈认真地回答。贤人想想也是，什么东西会对自己造成伤害，别人永远都不会知道。

贤人打开书写新邮件的窗口，写起邮件来，虽然心里想着不会真的发出这封邮件。“你在童年时代的夏天参加过一个聚会吗？”当贤人发现这个句式和陌生人写给自己的一模一样时，不禁苦笑起来。

5

从私铁[1]车站出来要步行十分钟左右。即便走在路边大树连成一片的树荫下，不一会儿工夫也是汗珠直冒，衬衫很快就贴上后背了。在放下了遮阳篷的婴儿车里，阿由美也热得有些不安分起来。“马上、马上就到了啊。”纪子安慰着阿由美，一边稍稍加快了步伐。在路边等红灯时，她看了看手机，

[1] 由民间公司经营的铁路。

没有新信息。

推开有些生锈的院门，纪子还没来得及摁响门铃，妈妈就打开了玄关门。穿着拖鞋的妈妈没跟纪子打招呼，直接对着婴儿车里的阿由美说开了。

“翻迎翻迎（欢迎欢迎），好热热哦。”纪子好几次让妈妈不要模仿小孩儿说话，她就是不听。妈妈收起遮阳篷，伸手抱起了阿由美。阿由美小嘴一咧笑了。“呀，笑了笑了，阿由乖乖笑笑啰。”

“不是上周才见过吗？”纪子也笑了，跟在妈妈身后进了家门。光线一下子暗淡下来，纪子立刻觉得放松了许多。对于这种犹如甩掉湿漉漉的泳衣带来的解脱感，纪子总是有点不知所措。

纪子和妈妈面对面地坐着，吃着午饭的挂面。虽说每周纪子都会带着阿由美回家一次，可妈妈总像和阿由美待不够似的。这会儿她把阿由美放在膝头，自己草草吃了几口面条后，给阿由美喂食早上做好的几种辅食。妈妈一刻都不想放开阿由美，以至于有时都把她惹哭了。

和上周一样，纪子和妈妈聊着些无关痛痒的闲话。慎也怎么样啊，妈妈问起了纪子的老公慎也。还是老样子，挺好啊。纪子回答后又问起爸爸怎么样啊，妈妈回答得比纪子详细，说爸爸最近开始慢跑了呢，还想着盂兰盆节要去趟北海道。然后就是阿由美的话题，会叫爸爸啦，从椅子上滚下来哭得可厉害啦，在儿童馆里怎么都交不到朋友。你小时候也很认生哦，妈妈有时也会说起往事。

吃完饭，纪子清洗完三人的餐具后上了二楼自己的房间。床铺还保持着以前住在这里时的样子，纪子躺上去后，看着窗外那棵绿荫繁茂的水杉树。楼下传来的妈妈对着阿由美说的咿呀儿语以及古典音乐的旋律，它们都像催眠曲般，引得纪子迷迷糊糊起来，不一会儿就沉沉睡去了。

纪子和老公慎也，还有去年十月里出生的阿由美一起住在一间公寓里。从公寓到妈妈家要换乘一趟电车，花四十分钟。纪子每周回家一次，时间固定在有烹饪课的星期三。原本纪子觉得推着婴儿车走来走去挺麻烦，而且见了妈妈也没什么特别要说的，周末的时候偶尔也会和慎也、阿由美一起顺道回家看看，本来没必要再固定一个时间回家，可眼下纪子无法想象自己星期三不来这里会怎样。

纪子是笑醒的，她没急着起身，就这么睁眼看着天花板。笑意仍残留在嘴边，自己察觉有些怪怪的才停下来，已经想不起来做了什么梦以及为什么发笑了。纪子猛地坐起身，做梦的事已抛到了脑后，现在几点了？她看了看床头柜上的手表，快三点了，睡了一个小时左右。纪子起床后关上空调，下楼发现妈妈和阿由美在一楼的和式房间里盖着毛巾被睡着了。

手机收到了慎也发来的短信。“今天学做什么了？期待你做的晚饭哦！”短短的字句里插满了颜文字。纪子看了看来信的时间，还不到十分钟，她赶紧回信。“今天学了竹荚鱼寿司，晚上我会复习着做一遍，等着享用美味吧！”纪子又输入了些颜文字，鱼啦笑脸啦之类的。顺利发送完短信后，纪子赶紧叫醒了妈妈和阿由美。

纪子和慎也是在学生时代认识的。纪子在大学三年级时开始了求职面试活动，那会儿结识了在另一个大学上学的慎也，从大四时开始交往。慎也和纪子都想从事出版方面的工作，慎也的第一志愿是大型出版社，纪子瞄准的则是与儿童书籍相关的出版社。后来纪子没能进入第一志愿的出版社，而是与一家较多发行翻译书籍的出版社签了约，慎也则内定了一家出版初高中教材的出版社。两人的工作都定下来后，便约在一家法国餐厅，开了香槟酒举杯庆祝。可后来纪子只工作了一年。因为是一家小出版社，三个月的研修后纪子立刻被指派到编辑部，连续担任了两本引进版童书的责编工作。由于刚接手新工作，一切还摸不着头绪，可纪子开始感到这份工作挺有意思。二十三岁那年的秋天，慎也向纪子求婚了。纪子本来也想着两人总有一天要结婚的，也就答应了。此前，慎也见过纪子的父母，纪子也和住在岐阜的慎也父母吃过几次饭。

唯有一件事超出了纪子的预想，那就是工作的问题。交往的时候纪子曾好几次说过即使结了婚也想继续工作，可没想到订婚后慎也就让她辞掉工作。他倒没说让纪子一直做专职主妇，只是希望在一段时期内纪子把家庭放在第一位。纪子也尝试过反抗，说自己工作还没满一年，之前也没听慎也提过结婚就要辞职的事。她并没有要与他争吵，只是表明想法而已。

纪子就是现在也不愿去回忆，说完这些话后慎也的言行。

他当时是在一个深夜酒吧里说这番话的。自两人开始工作后，常一起吃过晚饭后去这个酒吧。听了纪子的话，看起来并没怎么喝醉的慎也一把抓起装着伏特加汤力的酒杯，使劲摔向墙壁，还甩出一句威胁的话："工作那么重要的话，你就一个人工作一辈子去吧，混蛋！"然后扬长而去。

那年年度末，纪子辞掉了工作。第二个月，和慎也按期举行了婚礼。是和慎也结婚呢，还是不结婚继续工作呢？对于当时的纪子来说，已经不存在两者选其一的可能性了。准确地说，酒吧之夜后，纪子几乎完全停止了自己的思考。她也觉得正如慎也说的那样，到时候再找份工作就是了，暂时以家庭为第一位有什么不好？所有的考虑都下意识地照搬了慎也的想法。

那次之后慎也没再扔过、砸过东西，也没有大吼大叫过。纪子的生日、结婚纪念日都记得，也都送过礼物；不加班时就忙着回家给阿由美洗澡；放假的时候也会做上两道菜；也还乐意回纪子的娘家，主动去陪喝了酒就唠叨不休的纪子爸爸；平时上班的空闲时间就给纪子发发短信。"真是个好丈夫啊！”纪子妈妈发自内心地感到欣慰。

只有那么一次。纪子心想也许谁都无法理解自己在酒吧之夜感受到的恐惧吧。当纪子向爸爸妈妈说：“慎也让我辞了工作。”专职主妇的妈妈说：“反正你生了孩子也会辞职的。”而不懂得“就职冰河期”之说的爸爸则说：“想工作的话随时都有的做。”纪子没能明确传达自己的本意，不过就连她自己都不清楚本意是什么。这个时候纪子想到也许写到信上就明白了。就像小时候那样，把想到的事写给想象中的恋人，也许好多事情就会清晰呈现了。可是纪子已经不写信了，因为写了也没有寄送的对象，而且她明白，自己的心思即使写下来也不一定能准确表达。

纪子向到车站送行的妈妈挥了挥手，然后推着婴儿车通过了检票口。这时调成静音模式的手机在大手提袋里震动起来，纪子坐着直梯上到站台后找了张长凳坐了下来，打开手机看到慎也那满是颜文字的短信：“回家了吗？我今天八点就能到家。”纪子回了短信：“今天不用加班啊，我和阿由美等着你哦！”蝉鸣喧嚣，犹如一道厚幕围裹住了四周。纪子抬头一看，发现不知何时停靠站台的电车打开了车门。纪子呆呆地凝视着车窗中映照出的自己，那是一张空洞无神的脸，和自己刚刚发出去的短信内容截然相反。车门关闭了，电车缓缓驶离了站台。啊，纪子猛一回神意识到自己错过了上车。电车驶远了，只留下满溢站台的蝉鸣声，以及阿由美和纪子。

6

树里是在九月休假前几天收到那封邮件的。正是这封邮件使得树里在整个葡萄牙旅行期间神思恍惚、心不在焉，宫殿、教堂都没心思看了，连期待已久的葡萄牙菜肴的点餐都全权委托敦了。

那封邮件的开头是这样的：“如果这封邮件发送错误敬请原谅。请理解这不是一封骚扰邮件。”看到这里树里当然会有所戒备，然而当接下来的文字滑过眼帘的瞬间，树里简直不敢相信自己的眼睛，不觉发出了一声小小的惊呼。

“你是否在童年时代，只在夏天去参加过一个聚会？不是学校或是地方上组织的聚会，而是由几个亲子家庭一起在一个山庄举行的数日聚会。我是参加那个聚会的一员，很怀念那时的人和事。我想尽可能地联系上那时参加聚会的朋友并保持交流，所以冒昧地发送了这封邮件。”

发送人署名为“松泽贤人”。树里立刻想到这是贤！可是想不起来贤的样子了，连“贤”的全名是不是“松泽贤人”都不太确定。这个“松泽贤人”还在邮件后补充说他在广告代理公司工作，是从树里的设计资料里得知邮箱地址的，下面还认真地写上了自己的联系地址。

树里没有立刻写回信，因为她不相信这是真的，尤其是这个“松泽贤人”清楚地知道自己的愿望。树里已经忘记这一切很久了，只是偶尔还会想起夏日聚会。不知曾在一起玩耍的孩子们怎么样了。树里有时还会想，自己这辈子到死为止还有机会知道他们的行踪吗？然后就会浮想联翩地揣测起来。比如说，患上子宫内膜异位症时就会想问问他们，我要是生不了孩子该怎么办呢？要是你又会怎么做呢？树里有好多次都幻想着自己在和长相都记不清的朋友对话。这些对现实中的朋友绝对说不出口的话，似乎唯有对聚会时的旧友们可以提及。

这封邮件仿佛知道树里总在暗暗祈盼，能够再次见到聚会时的朋友，这一点足以让树里感到疑惑了。她的脑海里也闪过这样的念头：也许松泽贤人就是那个“贤”，他在成长中也会极偶尔地想起聚会时的种种情形，也梦想过哪天能够和朋友们重逢吧。可树里觉得自己这么想下去很危险。太过于感伤了。于是树里没有回信就出发去了葡萄牙。

旅行途中敦好几次都问，你怎么啦？树里每次都找借口遮掩过去，不是说太热了、觉得累了，就是说白天葡萄酒喝多了什么的。其实她一直在思考松泽贤人的事。

游览过波尔图、拿撒勒后，树里和敦又回到了里斯本，这也是葡萄牙之旅的最后一天，树里以“头疼，想休息”为由送走了要去买礼物的敦，独自一人留在了旅馆。她打开带来的笔记本电脑，开始给松泽贤人回邮件。这些天，当树里看到石板路、城堡、宫殿和大海的时候，总会想起童年时聚会的往事，恍惚间竟不知身处何地、所为何事。树里觉得要不是在这种非日常状态的旅途中，自己大概不会给松泽贤人回复邮件。可同时竟又冒出另一种念头：说不定就是为了回复邮件，自己才选了这个时间在这个地方旅游呢。

“在夏日聚会的时候我被大家叫作‘茱丽’。”树里开始写道，“聚会突然解散后，我联系不上任何一个朋友。上中学时我和其中一个朋友通了一段时间的书信，后来也断了音信，再也联系不上了。我并没有特别想了解关于聚会的详细情形，也没打算积极寻找参加过聚会的人，但我确实想知道他们现在怎么样了。如果没猜错的话，你那时候是叫‘贤’吗？”

邮件写到这里，树里已经确信自己就是在给长大后的“贤”写信，虽然已想不起来贤的长相了。

发完邮件，树里从旅馆的窗户向下看着院子里的石板路，打算晚饭的时候把这件事告诉敦。关于夏日聚会的事，还有这封意外的邮件。

可后来在敦预约的那家能欣赏到法朵音乐[1]的晚餐餐厅里，树里并没有说出这两件事。在飘扬着法朵音乐的店里可说不出口，树里在心里如此辩解道。她自己也不太清楚无法向老公启齿的原因。

---

[1] 又叫宿命歌。葡萄牙的代表性民歌。以几种吉他伴奏，曲调忧伤。

坐在眼前的正是“贤”。

树里并没有感受到曾经想象过的旧友重逢时的亲切和喜悦。面前“贤”的存在让她感到有些困惑，以至于好几次不得不在心里反复提醒自己：现在眼前坐着的就是“贤”，是那个小小的“贤”，总是和要好的女孩子黏在一起的小男孩。

可是无论心里怎么确认都激不起一丝感慨。对方似乎也一样，贤人的手指不时地触碰一下咖啡杯，餐桌底下的双脚也总在变换位置。从这些小动作中树里明显感受到了他的不知所措。

两人是在贤人公司附近的一家酒店咖啡厅里见面的。阳光透过咖啡厅玻璃墙毫无遮拦地倾泻进来，树里面前放着一杯咖啡，和贤人面对面坐着。

“你真是贤啊，真不敢相信能见到你！”树里又说了一遍，这句感叹在见面后十五分钟内已说过三次了。

“我也是。还好下决心发了那封邮件。”

两人对视后笑了笑，随即又陷入了沉默。

这也难怪，树里心想，充其量也就童年里的几年，而且还只是夏日里的几天见面聚会，大家彼此都不太了解，既没到执手相庆的地步，也不太记得贤小时候的模样了，无法与现在的样子进行比较。

“不知道其他人怎么样了？名字、长相我都记不清了，还有个女孩子和你举行过婚礼吧！”树里说完笑了，贤人也跟着笑了起来。两人一下子放松下来 。

“你和她那么要好，后来也没再联系了？”

“也许没人像我们今天这样见过面。所以我觉得能看到您的名字实在是太偶然了。没人和您联系过吗？做那样的工作，有很多机会公开名字和长相的呀。”

树里对贤人使用的恭敬语气略觉不自在，同时想起了一些往事：弹信里说的最好不要被父母知道通信的事，还有妈妈那总在隐瞒些什么的不自然的态度。

“怎么说好呢？那时候妈妈坚持不告诉我大家的联系方式，所以那段往事成了我心底最奇怪的回忆。”

“父母未见得比我们聪明。小时候总认为他们早已是成熟的大人，一切事情都相信他们，其实有的父母也并非那样。”

贤人眯缝着双眼看着玻璃窗，自言自语般说了这段话。树里不明白他在说些什么，以至于不知从何问起，只好上上下下偷偷打量着贤人。白皙的皮肤、没戴戒指的无名指、雪白挺括的衬衣领子、修剪齐整的指甲。树里暗想，自己的工作倒也不是到处抛头露面的，可要是有谁再像这次这般主动来联系，自己会怎么做呢？是会像今天这样见面呢，还是会因这次感到的不自在而懒得一见呢？树里左思右想的工夫，贤人对着玻璃窗又说开了：

“茱丽，我们找一找那时去山庄聚会的孩子们吧。”

听了这话，树里瞬间有一堆话涌到了嘴边：没必要吧！

再说，找到了又能怎么样呢，像眼下这样尴尬地喝茶吗？就为了这个去费力地找？

可最后树里嘴里只说出一句话：“怎么找？”

7

关于那个男人的事情，纱有美是在每天都去的网咖里听到的。具体地说，是在免费饮料吧台听两个高中还是初中的女生，总之是两个女孩子聊天时提到的。她们手拿着空玻璃杯挨在吧台边，一直不停地说话，好像都忘了是来取饮料的。

在便利店买了方便炒面的纱有美将开水倒进碗里后，在吧台边坐了几分钟等碗面泡好。两个女孩是在议论一个“留宿男”。纱有美知道有这么一种“留宿男”，专门给离家出走、无处可去的女孩子提供住处。这其中有不少坏男人会强迫女孩子与之发生性关系以代替房租，还有的会唆使她们到外面卖身挣钱交房租。“可那个人就不一样了。”校服短裙下穿着休闲裤的女孩说道。“咦——怎么不一样了？”发际插着一朵类似木槿花的女孩呵呵笑问。“说是同性恋，所以没有性方面的要求，也不用交什么钱。”“哦，典子你在那儿住过？”“不是我，是朋友的朋友。”“胡扯，不可能。”“好吧，不信也罢。我也不告诉你他是谁。”“这样岂不更危险？那人说不定会搞点偷拍什么的呢。”

纱有美把碗面中多余的开水倒进吧台边的水槽里。

“听说那个人是个弃婴。”“啥意思？！”“据说是在一个有些特别的地方长大，所以很向往和其他人一起生活。”“特别的地方是哪儿啊？”“好多个弃婴和没有孩子的夫妇组成家庭一起生活的地方。”“哦，就为这个留宿别人哪，那就更奇怪了。如果是那样，留宿随便什么地方的流浪汉也行啊。”“那我可不知道。但是，那人长得超级帅哦！”“呀——越来越玄乎了！”

纱有美抓着调料包的手停止了动作。刚才的那番话里，有什么引起了自己的注意，是什么呢？哪句话？纱有美脑内飞转地回想起来。弃婴、没有孩子的夫妇……纱有美在重复确认这个内容的瞬间，儿时聚会的情景闪现在眼前。

纱有美明白这和女孩们谈话的内容完全无关。那个聚会不是由弃婴和没有孩子的夫妇参加的，本来也从未听说过除了在保育院和由养父母抚养外，弃婴还会和没有孩子的夫妇一起生活，也无法想象会有这样的方式。但那番话里有什么让纱有美很在意，这是一种直觉，一如突然想起“小田原”三个字以及听到hal歌曲时那样。

“请问，”纱有美追随着这似有若无的直觉，开口问那两个女孩子，“你们知道那个男人的联系方式吗？”

两个女孩的表情一下子僵住了，大概是惊讶和紧张的缘故，不一会儿又嘻嘻笑开了。“为什么问他的地址？”“典子知道吧。”“得问若西才知道。”

“那就帮我问问看。”

“好吓人哦。”“阿姨，面条要泡烂喽。”“太麻烦了。”

“我想知道。拜托你们了，告诉我吧。”

“那你搜一下网上吧。在‘信息简报’之类的社交圈里搜索‘留宿男’就出来啦。”

“‘信息简报’是什么呀？”

“呀——好吓人哦！”“这个人是不是有点怪啊。”她们说完互相挽着手臂，大笑着离开了吧台。纱有美想想也是，被一个像自己这样一手拿着调料包，一手捧着碗面，素面朝天、穿着休闲裤的女人步步追问是挺恐怖的。她飞快地撕开调料包和蔬菜包，倒进面碗里搅拌后，回到了自己的小单间。纱有美一边吃着面条，一边开始了检索，首先输入的是“信息简报”。

搜索后发现“信息简报”似乎是社交网络服务SNS（Social Network Service）中的一种。只要登录系统就能成为会员，可以在上面交朋友、公开日记和照片，所有会员都可以共享这些信息。刚才那两个女孩说的“社交圈”实际上是由会员组织的“共同兴趣小组”，比如输入某个明星的名字检索，就会出现几个粉丝俱乐部，会员们在这些“俱乐部”里交换信息什么的，也就是所谓的“社交圈”。纱有美按女孩们说的输入“留宿男”进行搜索，却出现“无匹配项目”的提示，纱有美很是失望。她又换了几个关键词重新搜索，结果没有一个和自己想知道的信息沾边。

纱有美接着又挨个搜索了在“信息简报”内登录的各个“社交圈”，发现其中还分为音乐、搞笑娱乐、电视、游戏等门类，在这些门类当中还有地域、学校、学年和团体之分。纱有美好奇地点开看后才知道其中的门道，比如有仅限某小学1990届毕业生参加的“社交圈”、同年同月出生的人的“社交圈”等等，数量多得超乎想象。纱有美完全忘记了“留宿男”，把脸凑近电脑屏幕，一心琢磨着不知能不能找到从某年到某年参加过夏日聚会的人组成的“社交圈”。纱有美知道寻找的范围不仅限于这里，还有很多类似的网络社交平台，如果成为所有这些社交平台的会员逐个进行搜寻，她相信总有一天会找到吧。

也许其他所有人都过得比我好吧。朋友成群，如同聚会当年一样，和慈祥可亲的父母一起欢笑一起舞蹈。他们一定都是这样长大的吧。也许有人已经结了婚，还有的有了孩子。有人像波留那样在做着自己想做的事，还有一些正朝着某个目标努力着吧。和我相比，他们都过着光辉灿烂的日子，现在也是这样吧。可即便如此，他们应该也会多次回忆起聚会的往事，期待和聚会时的小伙伴们重逢吧。在这样的人当中会不会有人真的付诸行动了呢？十年前可能还无法实现，可现在有互联网还有邮件，有人通过这些方式寻找聚会时的朋友也不足为奇吧。

等纱有美回过神来，已经快晚上十点了，在单间里待了十个小时了。其间，纱有美成了四个社交平台的会员，熬得眼睛干涩酸疼，可还没找到任何线索。她开始收拾东西准备回去。交完费用走出网咖，一阵潮乎乎的热浪围裹上来。虽说想知道的事情还没有一点头绪，想抵达的地方也一步都没有接近，可纱有美的心情却很明媚。

一周后，网咖的同一单间里，纱有美紧盯着网络上的一则新闻。那是名为“留宿男　逮捕”的一篇报道。

“无业人员中村孝利（33岁）在没有监护许可的情况下，连续多日留宿离家出走、无处过夜的少女，被神奈川县户冢警察署于11日，以违反青少年健康培育条例的罪名实施逮捕。”

纱有美知道被逮捕的这名男子不一定就是女孩子们提到过的那个“留宿男”，更何况她们还说他是“弃婴”，有着和“没有孩子的夫妇”在特殊机构里的生活背景，所以不太可能是同一个人。这是一条和自己、和自己寻找的人没有任何关系的新闻。虽然纱有美脑子里盘桓着这些想法，但依然反复地读着那条新闻。她也搞不清新闻里的什么内容让自己无法释怀，可就是无法转移视线。纱有美被自己不明来由、任意驰骋的直觉搞得烦躁不安。

或许，纱有美突然想到，或许那两个女孩说的“留宿男”就是夏日聚会里一起玩耍过的某个小伙伴吧。那个小伙伴把奇妙的夏日记忆描述成了“弃婴和没有孩子的夫妇一起度过的时光”，他也一直拥有和自己一样的空洞般的孤独感，所以才会不断地留宿他人……纱有美不禁浮想联翩起来。

要是自己也成了需要有人提供住处的女孩，说不定会和他相遇吧。想到这里，纱有美输入了“离家出走”“留宿”等关键词进行搜索，结果出来了一大堆条目，都是些看起来非常古怪的信息，还有些被称作“离家出走主页”的信息……完全无从知晓这些信息中有哪些是真实的，又有哪些是不知道哪儿的什么组织的骗局。纱有美觉得一周前的那点希望就像被吸进了深邃的密林中，消失殆尽。甚至连夏日的记忆也混杂在诸多信息当中，真假难辨了。

8

睡醒后，波留没有马上起身，而是躺在床上一一环顾四周的一切。在落地灯投射的光线里，能看到天花板、窗帘、依墙而立的书架、陈列柜、柜边挂着的安德鲁·怀斯[1]画作复制品、门把手。一般说来都和昨天看到的没有两样，但是波留无法确信这一点，所以每天早上都感到不安。昨天不还能看到大门合页吗?!波留快要被自己的不安情绪压垮时，慌忙坐起了身。没事了，她对自己小声说。

除了见朋友、去美容院这些私人安排，波留基本无法事先知道自己每天的行程。通常都是经纪人须藤先打来电话，一小时后再开车过来接波留。坐上副驾驶座后，就听须藤介绍一天的计划。

今天波留预约了门诊。一直在接受治疗这件事波留没和任何人提起过，只是告诉须藤到新宿百货前等她。从医院到新宿要坐两站地铁，但波留不能让须藤到医院来接她。说在新宿会面，会让对方很自然地以为自己是在买唱片、衣服什么的。

这会儿波留正坐在须藤的车上，一边看着车外的风景，一边听须藤念叨一天的安排：先去事务所，有一个采访；然后到出版社接受另一个采访；五点开始有两个小时的摄制任务。波留的眼前滑过梅雨季前阴霾的天空、鳞次栉比的高楼、空中交错的电线、穿过人行道的路人。

[1] 安德鲁·怀斯（Andrew Wyeth，1917—2009），美国画家，以独特的画风描绘地方自然风光和各种人物。使用水彩、蛋彩画法，严谨细腻。

波留抓起胡乱塞在纸箱中的信件和礼物大叫："喂，这管理也太乱了吧！这是点心？保质期都过三个月了。还有这个，肯定是自己做的，我都不想打开了，赶紧处理了吧。"

"那是昨天才送到的，人家能送来你就觉得感激吧。招人恨都不奇怪的家伙。"坐在地板上整理杂志的奈美绘说。

"我来帮你！"坐在办公桌边的一个女孩站起身，走到波留对面，帮着把箱子里的东西摆放到桌面上。

波留曾签约一家大型唱片公司，半年前她和当初发掘自己的真锅刚，还有他在另一家唱片公司工作的妻子奈美绘一起成立了一家新公司。他们还各自从原公司挖三个人过来当正式员工，另外新雇用了五名临时工。现在，事务所旗下的艺人只有两组，一个是波留，另一个是三年前同样由真锅刚发掘正式出道的朋克乐队。他们在代代木的一间公寓里设立了事务所，这半年来，事务所所有相关人员都忙得人仰马翻。

波留一言不发地埋头整理起东西来。粉丝们送给波留的书信和礼物不算太多，都寄到了原先的唱片公司。昨天唱片公司把这半年来堆放在那儿的寄给波留的礼物，还有刊载采访记录的杂志都送了过来。凡是寄给自己的信件，波留都会仔细阅读。信堆里会夹有一些脑子有问题的人写的："我和你的婚宴应该邀请多少人呢？"还有的是检查信件的人忘记扔掉的，写有"丑鬼，去死吧！"这类中伤话语的书信。所有这些信波留都看。

就这样，波留发现了一封来自牧原纱有美的信件。她又检看了对面女孩整理分类出来的一堆信件，想看看还有没有同一寄件人的。有，还有一封，半年共两封。

以前也曾收到过一封，波留觉得自己应该是认识纱有美的。

第一封信里这样写道："hal，如果我弄错了请你原谅。你是那个从前参加过夏日聚会的波留吗？"

在波留的记忆中，纱有美是那个被大家叫作"小纱"的性格沉郁的女孩，她似乎正在寻找一起参加过夏日聚会的伙伴。让波留不解的是，自己没有公开过真实姓名、出生年月，仅凭"hal"几个字母，纱有美怎么就知道自己是聚会的一员呢？可在信中，她确确实实就是这么写的。说是要寻找那时候的小伙伴，想见见他们。波留不明白纱有美为什么想要见面。波留之所以还记得夏日聚会，是因为在最后一次聚会之后，妈妈给她讲了那个聚会的来由。如果没有妈妈的那番话，波留可能早就忘了那回事了。一方面是只去过可数的几次，另一方面是除了那个夏日聚会，妈妈还送波留参加过其他很多花样繁多的活动，都是些全国各地的小孩子都能参与的。有一段时期参加了寄宿制的滑雪集训，还和妈妈一起连续几年参加了以儿童为对象的环山漫游[1]。在每个活动中波留都交

[1] 以健康为目的的小规模登山、周游山麓等徒步旅行。

到了朋友，也和一些孩子通过信，但后来由于各种原因大都渐渐失去了联系。

所以波留不明白纱有美为什么要写信过来，当时也就没回信。现在，波留有些犹豫要不要打开新来的两封。

“抱歉打扰，一大波采访记者就要到了哦！”须藤跑过来提醒。

“呀，我马上收拾一下，我把这个先搬过去。”波留对面的女孩抱起纸箱回到办公桌，波留和须藤则收拾起办公间兼接待室里的大桌子来。

“我去抽支烟。”波留不动声色地把纱有美的信件顺进裤兜，拿起烟盒走向阳台。“不是说好不抽烟的嘛！”波留没理会奈美绘在身后的大声抗议，蹲在阳台上打开了纱有美的信。

两封都和第一封信的内容差不多，都是说在寻找聚会的参加者，想见面。第二封信里写了想这么做的理由：只有那个夏日聚会是自己人生中最灿烂的时光。第三封信中写到了参加波留现场音乐会的感想，还有自己推断“hal”就是波留的理由。给波留写信的粉丝们大都在信中倾诉自己孤独、绝望、不安和焦躁的情绪，波留看得太多了，只觉得厌烦。纱有美的来信也和这些类似，波留有些漠然地推测小纱的生活大概相当无聊吧。

可是，波留心中忽地一动，她一边抽着烟，一边依次闭上左右眼确认自己单眼视物的情况。淡蓝的信笺、文字、阴沉的天空、电线、隔壁大楼上的广告牌。或许自己还真得和这个小纱联系联系呢。

波留第一次意识到自己视野变窄是在刚过二十岁的时候。一开始没有特别在意，后来有一天夜里醒来想上厕所，却发现什么都看不见，立马吓蒙了。虽然那段时间都是关了灯睡觉的，但之前从来没发生过什么都看不见的情形。即便如此，波留当时也没去眼科检查。二十一岁时遇见真锅刚，事情进展得异常顺利，第二年就出道了。当签约给唱片公司一事定下来后，在别人的推荐下进行了一次短期综合体检[1]。后来邮寄到家里的检查报告上注明了还有必要进行眼科复查。随后在受诊的大学附属医院里，波留第一次听到了视网膜色素变性症的说法。这种病症表现为暗处视物能力逐渐变弱、视野变窄以及色感出现异常。虽说几乎没有视力急剧下降直至失明的病例，但根据个人的不同情况，也有可能或快或慢地逐渐丧失视力。

当医生询问家里是否有同样病症的亲属时，波留一时语塞了，因为她不知道自己的父亲是谁。据医生说，这种疾病有遗传的可能性，症状和进展也因人而异，因此想知道家人亲属的病史，从而采取相应的治疗措施。波留为难了半天，

[1] 平素健康生活的人在规定期间入院进行全身综合性健康检查，并接受健康生活所需的指导。日本于 1954 年普及这种体检，旨在早期发现与预防疾病。

只好找妈妈商量，可妈妈也不知道波留父亲的下落，什么忙也帮不上。波留向医生解释了完全不知道父亲病历的情况后，决定先定期复查、观察病情发展。从那以后又过了四年，目前还没看到明显的恶化。可波留每天早上一睁眼还是会笼罩在不安和恐怖当中，总在担心视力是否比昨天更差。

如果能有什么线索，是不是应该和这个连长相都不记得的纱有美联系一下？波留的视线追随着飘忽的烟雾，陷入了沉思。

“采访的记者已经来了！”一个打工的女孩跑过来打开玻璃门告诉波留。波留将烟头扔进空罐后站起了身。

9

和贤人见面前，树里欣喜地憧憬两人能开心地叙旧，甚至有时幻想会和贤人产生一种与别的朋友不同的亲近感。

当然树里也希望从贤人那里获得一些答案，比如夏日聚会的起因是什么？为什么突然又刻意地互相断了联系？树里也明白，就算知道了也不能怎么样，再加上她断定孩子们肯定什么都不知道，自己和从前通过信的弹不也都只是猜猜而已嘛！

九月底和贤人第一次在一家咖啡馆会面，树里觉得谈得并不投机，可能是太长时间没见面的缘故吧。

贤人说打算寻找那时候的朋友们，树里猜测贤人也觉得或许和他们会产生一种与众不同的亲近感吧。于是两人商量起寻找的办法来，贤人从他母亲那儿听说了山庄的具体位置，所以他们可以先去那里问询山庄管理人，如果问不出结果就利用互联网寻找。

谈话中树里觉察到贤人和自己不同，他从自己母亲那里听说了不少事情，似乎知道一些内情。树里不动声色地问道："山庄在哪儿呢?"贤人回答说在静冈县，然后面露同情地加了一句："果然你真的什么都不知道啊!"

那天在贤人的午休时间快结束的时候，两人交换了电话号码后在咖啡馆分手了。当时约好了等想到寻找大家的具体方案后再碰头商量，可树里总觉得有什么无法释怀，第二天就用刚得知的号码给贤人打了电话。然后对敦谎称"要和治美喝一杯去"，在晚上七点过后，向贤人选定的地方出发了。

两人会面的地点是一家意大利菜馆，位于外苑[1]前一条错综复杂的小巷尽头。这回树里单刀直入地要求贤人把他所知道而自己不知道的一切都说出来。

---

[1] 日本神宫、皇居外围的宽广庭园。

“真想知道？”昨天还使用敬语说话的贤人换了一种熟人间的口吻问着，同时直视着树里。树里点点头后，贤人依然一脸严肃地继续说：“我要说的话极其重大，你听后可能会后悔。可我觉得你还是应该知道，所以我不妨说出来。但你最好再好好考虑一下。”

干吗这么装腔作势的，树里这时还想着，应该没什么大不了的事，可这家伙煞有介事的，不会有什么企图吧？这么一想树里立刻意识到，自己又为什么不惜向敦撒谎，特意把贤人约出来会面呢？树里不禁陷入一种忐忑不安的情绪中。

“我决定啦，不管是什么事都想知道。”

树里半开玩笑地说。这时的她还完全无法想象，日后自己会无数次地回想现在这一刻，问自己当时为什么还能那样笑嘻嘻的。

贤人说出的一番话，叫树里一时间竟无法相信。

贤人最先说的是，夏日聚会的原因并不是什么妈妈们是朋友啦，在产科病房认识的啦，等等，而是因为参加的每个家庭都有一个共同点才聚集到一起的。

“什么共同点？”树里问。

贤人盯着树里说道：“参加聚会的妈妈们全都是通过人工授精生下孩子的。”

答案有些意外，但还不足以惊人。树里现在就面临着生还是不生孩子的实际问题，对于她来说“人工授精”不算太离奇的事，怀孕困难的话自然也会想到这个办法。想到这里，树里突然差点喊出声来，自己是怀孕困难的妈妈生下的女儿，所以才会得子宫内膜症嘛！这其中有什么遗传因素吧。树里这时才发现其实自己一直在寻找不能怀孕的可靠原因。

“也没什么好隐瞒的。不过在八十年代，这种事情还是会遭人非议吧。”树里不假思索地说。

贤人刚想说什么，正好服务生端来意大利面，等到他离开后贤人飞快地低声对树里说：“妈妈们人工授精用的不是自己丈夫的精子。”

“咦？怎么回事？”树里不明白地问。

“那就以我妈妈为例说说这事吧。”贤人开始说起自己妈妈的情况来。

“妈妈结婚后一直没怀上孩子，和爸爸商量后决定通过检查找到原因，然后进行治疗。诊断的结果是，妈妈没有问题，爸爸是无精症，精巢无法产生精子。可两个人非常想要孩子，商量后决定用第三者的精子让妈妈的卵子受精，于是我就出生了。”

听了这番话，树里本想说那是你的情况吧，可没说出口，心下暗想为什么贤人要告诉我这么私密的事呢？

树里猛然醒悟到这就是每个家庭的共同点吧。

此后的几分钟树里陷入一片恍惚，只记得往昔情景犹如一幅幅深浅不一的画面依次浮现在眼前：只有孩子们的夜晚、偷喝的咖啡、相依相伴的贤和小女孩、被大人拉开的两人、说“今年我不去了”的爸爸、聚会回来看到散落在门厅里的爸爸的鞋、不见了的爸爸、原本放高尔夫用具包的地方积下的灰尘、比妈妈的手大许多的爸爸的粗糙大手。

等回过神来，树里发现面前的甜点盘已经空了，似乎是自己在神思恍惚中不知不觉吃掉的。树里觉得这事有些滑稽可笑，便一下子笑出声来，不一会儿变成了大声的呵呵傻笑，引得周围吃饭的人都看了过来。当服务生跑来问她裙子没事吧，树里这才发现裙子竟染上了一大片葡萄酒渍，也许是不经意间碰翻了酒杯吧，树里越发觉得不可思议，又咯咯地笑了起来。贤人既没有制止也没有责怪树里的傻笑，只是一脸同情地看着她。

树里一直坐到服务生告知要关门的时候，其他顾客全走光了，照明灯也关了一半。贤人对终于站起身来的树里问了一句:“你还好吧？后悔听到这些事了？”看着关切询问自己的贤人，树里仿佛看到了他小时候的样子，那时的贤的确是个温柔善良的男孩，总像女孩子般细声柔气地说话，总是顾及别人的情绪。

“说想听的人是我，你不用担心。我只是无法相信而已。”树里一边走出餐厅一边说。刚才并没喝多少酒，可脚底绵软发飘。

“你要是不想相信就别信好了。刚才说的只是我家的情况，长大后听妈妈说的，还有夏日聚会的起因也是。可茱丽你是知道的，大人们都在撒谎，所以我妈妈说的，也不知道有多少是真的。她自己是那样，其他夫妇也许情况不一样。”

树里想或许真是这样的，大人们确实是谎话连篇。或许只是贤人有一个不知来历的提供精子的父亲，自己和其他孩子则是另外的情形，就像贤人说的那样。对，比如说用自己父亲的精子体外受精什么的，对的，肯定是这样！贤人和我的情况应该不一样。树里这么反复推断着，试图平复自己混乱的内心。

接受第三者精子的只有贤人的妈妈，其他妈妈大概都是用自己丈夫的精子体外受精的吧。或许是在同一家医院、由同一名医生诊治的。具体情形不得而知，应该是有着同样生育经历的夫妇取得联系后聚集到了一起。在当时用这种不同寻常的方式生育孩子，心里总会不安，所以才聚集到一起，也是为了互相确认生下来的孩子都在健康成长吧。是这样，肯定是这样！就是这么回事！

“喝杯咖啡醒醒酒再走？”贤人静静地问。

“不了，我回去了。到大路上打个车回去。”树里害怕再和贤人待下去，又会问出点什么来。要再问出点什么，自己怕是要莫名其妙地恨上这个不太熟悉的男人了，会断定他是个扯下弥天大谎的人。“谢谢你告诉我这些，真是太好了。”树里好不容易憋出这句话来。

10

波留惊叫着睁开了双眼，可一瞬间什么也看不见，于是叫得更响了。叫着叫着，房间里的一切在间接照明的光线中渐渐浮现在眼前，波留也终于停止了惊呼，只是心脏还在怦怦乱跳。

波留做了个噩梦，梦见自己在舞台上，四周的照明突然消失，眼前一片黑暗，什么都看不见了。在梦中，波留一开始还以为是照明设备短路引起跳闸了，所以继续唱着歌，试图平复马上就会响起的观众们的惊呼和喧闹声。可观众席上并没传来喊叫，眼前还是一片黑暗，在意识到是自己终于看不见了的瞬间，波留猛地丢下话筒狂叫起来。

波留坐起身，又开始一一确认房间的角角落落，用一种在玩“找不同”游戏的仔细眼光。怀斯画作的复制品、书架、书脊、展示柜、柜上的姆明[1]摆设。

波留第二天给纱有美回了一封信。

信上写了自己的邮箱地址，很快便收到了纱有美的邮件。“真的吗?！你真是波留?！我好开心啊！”纱有美邮件中洋溢着开朗快活的情绪，和记忆中那个阴郁的女孩完全对不上号，

---

[1] 芬兰儿童文学家托夫·杨森（Tove Jansson，1914—2001）作品中的主人公。其形象为杨森从其幼时随意描画的弟弟的脸部形象发展而成。

波留不禁疑惑这是不是哪个粉丝设的圈套。

尽管如此，波留还是在收到邮件的那天傍晚，在和须藤确认没有其他行程后，独自一人前往和纱有美约好的一家酒店咖啡厅。

到了咖啡厅，波留对服务生说是和人约好的后，径直在咖啡厅里走了一圈，她想象不出纱有美现在的样子，但看样子她还没到，就想先到露天座位等她。穿过玻璃门，波留来到了露台的桌边，看见下方有新干线穿行而过。

“是波留吗？”随着耳边响起的问话，波留回头看去，只见眼前站着一个表情动作看起来有些迟滞的女子，穿着一条松松垮垮的黑色长裤和一件灰色针织线衣。身材并不胖，但有种憨憨的感觉。没有化妆的脸倒也不难看，但和体形一样给人松懈拖沓的感觉。波留瞬间意识到这是纱有美，心下暗想真是完全不记得她的样子了。

“没想到能收到你的回音，真是太感谢了！像做梦一样。”坐在对面的纱有美眼含热泪，不断地说着感谢的话。旁边站着的女服务生不知道该不该递出手里的菜单，有些困惑地看着波留。波留伸手拿过菜单，放到纱有美面前。“来杯冰咖啡。”纱有美既没有打开菜单，也没有看服务生，继续重复着刚才的一番话，“你真是波留啊，我一直在找你哦，真没想到还能见面。”

“你真的是纱有美？”波留打断了纱有美的絮叨，问道。

“是呀，大家都叫我‘小纱’，叫你‘波留’。那时候你像男孩儿一样留着短发，还和男孩儿一起玩耍，还告诉我们咖啡里放冰激凌会很好喝。”

纱有美一口气说了一堆话，波留这才确认她就是那个夏日聚会里的“小纱”。这时，冰咖啡端上来了。

“你好厉害啊，波留，成了大歌星了。从没想过聚会的朋友里会出名人呢。你没戴帽子和墨镜呢，对了，你很少露面的，就算这么出名也不用遮遮掩掩的。我买了你所有的CD，最喜欢的歌是……”

“嗯……小纱，我联系你是想打听一些事情。”波留打断了纱有美连珠炮似的感叹，接着说，“你了解自己的父亲吗？或者，你有其他伙伴的联系方式吗？”

纱有美一脸茫然地看着波留。

啊，看来她不知道，波留心想。原先也预计到的，那些孩子中有一半大概都没被告知聚会的缘由吧。

“他们的联系方式我都不知道。可是……我父亲和你有什么关联吗？”

听了纱有美的回答，波留大失所望，真是白费功夫，只是让这家伙开心了一下而已。难得的休息时间全糟蹋了，回去算了。于是琢磨着该找个什么说辞结束这次会面。

“波留你知道其他人的联系方式吗？对了，你知道那个山庄在哪儿吗？我一直在找一直在找，上高中的时候，有一次突然想起是在小田原换乘的电车，就一个人去找过，结果一无所获。”

这家伙心里憋了太多的话就像只呼呼膨胀起来的气球，波留看着滔滔不绝的纱有美想着，估计她妈妈什么都没告诉她，所以才拼命想和谁聊聊聚会的事吧。我还是赶紧脱身回去吧。

波留看着说个不停的纱有美，刚想说出自己一会儿还有工作，却听见她嘴里又蹦出一长串的话：什么那几次的夏日聚会就像天堂一样啦，又絮叨了一些往事片段，最后竟然武断地说，对你来说那儿也是天堂吧。这时波留突然涌起一个残忍的想法，把一切都告诉这家伙吧。不，这个想法残忍吗？像她这样一直被蒙在鼓里更残忍！

“山庄在御殿场。我们总是开车去的，坐电车怎么去不太清楚。我也不知道其他人的联系方式，所以才联系你想打听来着，看来你也不知道。”波留嘴里说着，心里却在纠结要不要把纱有美不知道而自己知道的说出来。

还是不说了吧。既然她那儿没有任何线索，就没必要再见面了。想到这里，波留拿起账单准备站起身来。只听纱有美一脸痴迷地又说了一句：“如果没有那段天堂般的时光，我真是没法活到现在呢。”

“天堂？！你知道那是什么样的聚会吗？”在一阵莫名焦躁的驱使下，波留感到身体里涌起一股明显的恶意，继续说道，

“你是什么都不知道才会这么说的吧。想知道吗？要真想知道，我来告诉你，可能我比你知道得多。”

说话间，波留把账单放回了原处。只见正对面坐着的纱有美缓缓地点了点头，一脸惊诧。啊，波留差一点惊呼出声。在这张白皙的脸蛋上，波留仿佛看到了幼年时的纱有美，那个总是用一种怯生生的眼神察言观色的小女孩。

波留坐在出租车上看着窗外傍晚的街景，暗下决心一定要找到其他人。

纱有美什么都不知道，那么就必须找到其他人才行。不可能其他人也都不知道吧，可是该怎么找呢？

听了波留的一番话，纱有美既没有太吃惊，也没有太受打击，可能之前有了些心理准备吧。

波留自己是十二岁的时候从妈妈那里听说的。说是通过人工授精的方式，而且是使用精子库中的精子生下波留的。波留在那之后足足花了五年时间才真正明白其中的含义，而明白后并没有感觉受到伤害和打击。因为她反反复复地思索过这件事，还和妈妈多次讨论过。波留认为这个过程是妈妈精心安排好的。所以她无法想象成人后才突然听说真相会是怎样的心情。或许一般人都会像纱有美那样淡然地听完后，说一句“是这样啊”就接受了事实。又或许纱有美只是个有点特殊的例子，在分手的时候她还笑着说：“谢谢，谢谢你告诉我这些。”

波留冷静下来才搞清楚，为什么自己刚才听到纱有美说了那句“如果没有那段天堂般的时光，我可能就没法活了呢”之后，会那么生气。她能碰上什么事呢？肯定不过就是受人欺负啦，没考上志愿校啦，失业啦，失恋啦，或是遭到什么挫折啦之类不值一提的芝麻小事。认不清现实还觉得自己彻底沦为了悲剧主角，说什么“可能就没法活了呢”的话，波留生气的是纱有美那脆弱敏感的神经。可她又转念一想，自己惊叫着醒来，每次睁眼都要确认视物的能力，这样的恐惧感在别人看来也是不值一提的小事吧。

波留恍然大悟地抬起了头，开始琢磨怎样才能找到聚会时的伙伴。纱有美找到自己的办法是音乐，对了，通过唱歌！用一种只有他们才懂的语言向这些不知身在何方的伙伴们演唱，要赶快！

11

纪子是偶然间发现那个网站的。

每天下午两点过后，纪子都会在网上消磨掉一小时左右的时间，这会儿清洗过的衣物已经晾出去了，卫生也打扫完了，阿由美正在午睡。纪子会在网上搜搜菜谱，看看不相识的主妇写的烹饪日记，或是浏览销售童装和玩具的网站，有时也会买点书，还有大米、酱油这些较重的东西。

那天，纪子正在浏览一个平时常看的童装网站。网上除了有商品和店铺的信息外，还有店员轮流书写的日记。虽说没多大意思，但纪子有时也会看看消磨时间。在当天更新的日记里有一些新商品的介绍。其中提到由新锐插画家创作的一套动物图案的马克杯刚刚开始销售，接下来该网站不仅销售衣物，也会经营类似的生活用具，马克杯的销售是业务拓展的第一波。屏幕上有马克杯的图片，还有插画家的名字和主页地址，纪子不经意地点开了那个地址，于是又打开了一个窗口，出现了主页的画面。

当画面映入眼帘时，纪子不由得心中一动，但不知道是画中的什么触动了自己。画面上是一条被高高直立的树丛簇拥的大路，路的尽头是一座可爱的木屋。怎么回事？纪子还是不明白自己为什么会这么激动，接着摁下了回车键。

屏幕上出现了个人简介、作品介绍、主要工作经历、博客等条目。纪子打开了博客，内容是一个女插画家的日记，里面也提到了自己创作图案的马克杯开始销售的事。记录的都是些平淡无奇的日常琐事，诸如在某个餐厅吃饭的照片，工作方面的宣传，去了什么地方购物，等等，可字里行间有一种让人不知不觉读下去的魅力。这个插画家是怎样的一个人呢？大概很年轻吧，纪子有点好奇地打开了“个人简介”的页面。

原来这个女插画家和自己差不多大，出生在东京，美术大学毕业……看着看着，纪子挨近屏幕，把介绍后面的一段文字读了好几遍。渐渐地她的手心渗出了汗珠，架起的双腿也微微颤抖起来，嗓子里干渴难耐。

那段小小的文字是这么写的：主页的画面是我根据夏日聚会的回忆画出来的。小学时代我和一些朋友一起欢聚过好几年的夏天。你想起来了吗？

夏日聚会。淡薄的记忆在心中渐渐苏醒，绿叶摩挲的声响、咖喱的香味、喧闹的音乐、大人们的笑声、婴儿啼哭般的孔雀鸣叫。一个女孩出现在纪子的脑海中，问道：“你想起来了吗？”就是那个最成熟的女孩，正笑得鼻头都起皱了。你想起来了吗？纪子看了一眼插画家的姓名——船渡树里，“茱丽！”不禁脱口而出这个已经许久没有想起的名字来。纪子一直认为聚会解散是自己造成的，因为做了极其不好的事情，聚会才没有了。可是自己真的做了那么坏的事情吗？想起来心里就难受。不知是不是由于太自责，纪子的记忆随着时间的流逝蒸发殆尽，连塞满抽屉的那堆书信纪子也认定是写给某个想象中的人的，最终也都扔掉了。

阳光投射在林荫大道上的斑驳花影，寺庙那洁白圆润的屋顶。突然传来一阵哭声，纪子抬起头侧耳细听，一时竟搞不清哭声是睡在隔壁的阿由美还是记忆中的某个人发出的，纪子沉浸在了本已忘却的往事回忆中。

星期三的下午，纪子无意间随口问了妈妈一句："还记得茱丽吗？"时值中午，纪子、妈妈还有阿由美像往常一样正吃着咖喱炒饭。纪子继续说："她是小时候参加过聚会的伙伴，现在好像成了很有名的插画家。"

"你们见过啦？"妈妈的声调里有一种奇怪的不安。

"没有，在网上看到的。她好像还很怀念聚会的事呢。原先觉得可能搞错了，但或许就是她吧，凭直觉。"

"她写了聚会的事？"明明是轻松的话题，妈妈却一脸凝重。

"没，只是画了一幅她记忆里当时的景象。现在主页都可以接收邮件了，我想着要不要和她联系一下呢。可她现在是名人了，说不定都不搭理我。"

妈妈默不作声地抚弄着阿由美的头发，开口说道："是啊，那么有名，哪有空理你，不会回信的。"妈妈语气僵硬，好像在生什么气。

"我说错什么话了？"纪子不明白妈妈为什么这样。

"很可能弄错人了吧。"妈妈说完，摆出一副不想再继续这个话题的样子，对着抱在手里的阿由美说开了，"阿由乖乖，要觉觉喽！”

两天后的下午，妈妈打来电话说有事要谈，让纪子一个人过去一趟。“我一个人？阿由美怎么办？”听纪子这么一问，妈妈说：“阿由美可以带过来，慎也就别带了。”挂了电话，纪子给慎也发了条短信，说家里有急事，必须回去一趟。然后飞快地做好了晚餐，收拾了一下就出门了。

纪子和爸爸妈妈面对面坐在餐桌边，虽然阿由美也在身边，可纪子仿佛回到了高中时代，既自在又沉闷，有一种说不清楚的感觉。餐桌上放着苏格兰蛋[1]、沙拉、和风炖菜和味噌汤。看到苏格兰蛋，纪子觉得有些好笑，这明明只是自己上小学时才爱吃的东西。

“我们想说的是关于那个聚会的事。”爸爸先开口说话了，他只喝了一口杯中的啤酒，没吃一口菜，“参加聚会的家庭之间不是朋友或是亲戚关系。”

不知怎的纪子觉得这时候吃东西不太合适，于是没动筷子，看着爸爸点了点头。

“我们总想着找个机会和你好好谈谈这件事，但又不知从何说起，时间就这么过去了。关于这一点，希望你原谅我们。”看到爸爸低头致歉，纪子吓了一跳。

“什么呀！突然说原谅你们，吓我一大跳。”

[1] 用肉末将煮鸡蛋包起来，再裹上面包粉炸制而成的菜肴。

纪子笑了，可爸爸妈妈没有。然后他们交替着说出了纪子一时间无法相信的事情。

纪子不记得自己是怎么回到家的：电车是挤满了人呢还是空荡荡的？自己是坐着的还是站着的？阿由美是哭闹的还是安静的？所有这些都不记得了。只记得自己打开了公寓的大门，说了一句“我回来了”，然后边向饭厅走去边说着，“我回来晚了，抱歉啊。”慎也正坐在餐桌边，桌上散落着四五个捏瘪了的啤酒罐和罐装鸡尾酒。纪子搞不清慎也是否吃过晚饭了，桌上并没有碗碟。纪子还记得当时自己一边解释说妈妈家有些事情所以耽误了，一边想着要不要把今天听到的告诉慎也。接着问了一句“吃过饭了吗?”，几只空罐就是在那一刻被慎也使劲扔过来的，罐子掉落在纪子脚边，嘣嘣弹跳着，发出“哐啷啷”的空洞声响，纪子怀中的阿由美本来已经开始打瞌睡了，一下子吓得大哭起来。

“你都干吗去了你!”扔下这句话后，慎也走出了饭厅。纪子听见卧室门关上的轰响，接着一阵锁门的声音。纪子都忘了安慰哭得满脸通红的阿由美，只是茫然地看着慎也经过的幽暗走廊。纪子的双腿微微颤抖起来，她紧紧搂住阿由美，迈动颤抖的双腿向厨房走去。打开冰箱发现蒙上保鲜膜的晚饭动也没动地放在里面，看来慎也没吃晚饭。纪子转念一想，自己还在确认什么呢？竟产生一种想放声大笑的冲动，她拼命忍住了，一如忍住哭泣的冲动那样。

12

雄一郎歪坐在电视机前的廉价沙发上，先是摆弄遥控器来回换台，而后关掉电视，把遥控器扔在了地板上。电视声音消失后，刚才一直从十厘米宽的拉门缝隙里倾泻而出的音乐，像是陡然间在寂然无声的房间里轰响起来。雄一郎小口喝着酒，任凭音乐萦绕耳边，突然他站了起来，走到拉门前站住，侧耳细听起来。不经意间，雄一郎从门缝里看到了房间里的情形。只见前天刚来的那个女孩抱着个小型音箱一动不动地坐着。雄一郎以为她在哭呢，谁知似乎察觉到雄一郎站在门边的女孩，抬起头看了过来，脸上并没有泪痕。

“那是谁唱的歌？”

雄一郎对着与自己目光相遇的女孩问道。女孩伸手拉开了拉门，几乎没什么家具的屋内，孤零零地放着一个女孩带来的带轮子的尼龙软箱。女孩手中抱着的音箱上还连着一个粉色的iPod。

“声音太响吵到你了吧？”女孩笑嘻嘻地询问，脸上却不自然地带着一丝恐惧的神情。

“没有没有。我想问这首歌是谁唱的。”为了不吓到女孩，雄一郎也堆出笑脸回答。“hal唱的。”女孩说。这时音乐声停了，又换了一首歌。“你能再放一遍刚才那首歌吗？”

“你喜欢？那我单曲循环那首吧。我也特别喜欢hal，听了让人好振奋，有时一天都在单曲循环同一首歌，虽然朋友们觉得我这样很恶心。”女孩说着，摁下了几个键。几秒钟的静寂后，音乐声缓缓流淌而出。雄一郎站在房间门口，低着头凝神倾听。

“曾经翘首以盼的，不是圣诞节而是夏日聚会；孩子们掩嘴偷笑，烤着小甜饼；流光溢彩的灯光下，大人们起舞接吻；透过天窗，星光闪烁，孩子们用开花的三叶草[1]编织着花束，为明天的婚礼做准备。”

长长的歌词中，有几个词跳脱出来，在雄一郎眼前展开了一幅幅画面。怎么回事？这首歌在唱什么？！歌放完后又从头开始。“曾经翘首以盼的，不是圣诞节而是夏日聚会……”这些我都知道！这是怎么回事？雄一郎在内心自语。

“你说什么？”正在听歌的女孩问了一句，她的脸都快贴到放在地板上的音箱了。似乎是刚才雄一郎不觉脱口而出了心中的疑问。

“你刚才说这是谁唱的？”他又问道。

“hal。”

“hal？”hal？ hal……雄一郎脑海里浮现出一张小女孩

---

[1] 豆科多年生草本。原产欧洲，江户时代传到日本，在各地野生化。茎匍匐地面，夏季生白色蝶形花。

的脸，头发短短的，黝黑的脸上绽放着笑容。雄一郎都想不起来这个小女孩是不是叫“hal”了，却接着问道：“名字怎么写？”

“就是‘h’‘a’‘l’三个字母。租借音像店里基本都有，这首是新出的单曲，在新歌架上能找到。其他还有好多好听的哦，但我还没去听过现场音乐会。”也许是感觉出站在门边的雄一郎既不会使用暴力也不会袭击自己，放下心来的女孩滔滔不绝起来。

女孩十点多出门之前，雄一郎和这个并不熟悉的同伴一起反复地听着这首歌。两人都默不作声，唯有音乐声在屋中回荡。临出门前女孩指着iPod说：“我把这留给你听吧。”雄一郎点了点头。

早已是寒冬季节了，女孩却光腿穿着迷你短裙，她说自己老家在埼玉县，也不知是真是假。说是从在涩谷认识的一个叫阿丽莎的女孩那里得知雄一郎信息的。今年的梅雨季时，阿丽莎在雄一郎这里住过一个星期。当然雄一郎不记得阿丽莎是谁了，就连刚出门的这个女孩的名字也忘了。雄一郎这才想起女孩昨天和前天都一直在听歌，就像刚才那样，在房间里抱着音箱一个劲儿地听。

在这儿住过的女孩，通常都是衣服、饰品和杂志什么的散了一地，而刚才那个女孩只在屋里放了个音箱和行李箱。雄一郎盘腿坐着，继续听着hal的歌。只要不摁停止键，歌曲就会一直不停地重复播放，一次又一次，沉睡在遥远记忆里的光景在雄一郎脑海里沉浮变换，他不禁暗想，女孩又从这首歌里听到了什么呢？

雄一郎的爸爸在这一年夏天去世了。通知这事的是在雄一郎十四岁时离家出走的妈妈。据妈妈说守夜和葬礼会在千叶的殡仪馆举行。一开始雄一郎犹豫不决，最后还是到附近量贩店买了一套吊唁装束，出发参加葬礼去了。雄一郎倒不是真为了去吊唁，只是想去看看爸爸是否真的去世了，还有就是想搞清这个人和自己到底是什么关系，虽然心里清楚后者的答案无从知晓。

离殡仪馆最近的车站叫“幕张本乡”，雄一郎从未来过。从车站到殡仪馆要走二十分钟左右。丧主是爸爸现在的妻子，直到这时雄一郎才得知爸爸再婚的事实。这是个五官轮廓分明的纤瘦女人。

五十把准备好的椅子上只稀稀拉拉地坐着一些人。坐在最后一排的雄一郎认出了自己母亲的背影，就在与自己相隔两排的位置上。虽有十多年没见了，雄一郎还是一眼就认了出来。遗像中的爸爸无忧无虑地笑着，那是雄一郎童年时代熟知的男人。

葬礼过后，雄一郎没有参加后面的宴席，也没有和爸爸现在的妻子打招呼，径自离开了殡仪馆。刚走不多远，妈妈从后面追上来，眼中含泪地说：“真对不住啊，都长这么大了。”

雄一郎和妈妈一起进了一家站前的连锁酒馆。在吧台和妈妈并排坐下后，雄一郎才发现从背影一眼就能认出的妈妈，侧面看去竟是个极其苍老陌生的女人。妈妈几乎没动下酒菜，只是喝着啤酒，反反复复地辩解：当年离家出走的理由、抛下雄一郎的理由、写了信后就断了联系的理由。

“好了，没必要解释。”雄一郎脱口而出，这是心里话。雄一郎从没认为从爸爸身边逃走的妈妈是狡猾而不负责任的，自己只是想向妈妈打听些事。雄一郎并不想把自己现在的状态归罪于某个人，可是他想确认爸爸曾经说过的那番话。自己走上今天这条路，那番话是个重要节点。

“我是弃婴吗?”趁妈妈停顿的间歇，雄一郎直截了当地问。

初中毕业典礼那天，在烤肉店里爸爸对雄一郎说了下面这番话。参加夏日聚会的孩子都是被亲生父母抛弃的，一开始都生活在保育机构里。聚会的大人们都不能生育孩子，都是养父母。他们担心曾在保育机构里生活过的孩子今后的生活，所以过段时间就聚在一起看看彼此的情况。爸爸面带诡异的笑容告诉了雄一郎这一切。

原来是这样，自己是个弃婴！雄一郎立刻就相信了，也明白了妈妈弃家而去的原因。从那天起，雄一郎便不再抱有希望，想做什么、想成为什么这类想法全都消失得一干二净。

“参加夏日聚会的都是弃婴和养父母吗?”看着妈妈圆睁

双眼一脸惊诧的样子，雄一郎又问了一遍。妈妈低下头，双手掩面哭着问道："是谁告诉你这些的？"然后又含混不清地点头叹道，"是那个人吧，他这是报复！"说到这儿，妈妈猛地抬起头，用一种灼热的目光直视雄一郎，低声说："开什么玩笑！你才不是弃婴！你确确实实是我的孩子，只不过你的亲生父亲不是他而已。"

身后响起了醉酒男人们嬉闹的声音，雄一郎不知是因为此刻自己坐在这样一个廉价酒馆吧台边的缘故，还是一直以来完全相信了爸爸所说的关于自己是弃婴的言论，妈妈的这番突然告白并没有对他造成太大的冲击。

妈妈的解释是，雄一郎从基因上讲和那个爸爸没有任何关系，是妈妈的卵子和她自己都不知道来历的精子通过人工授精的手段结合生下的。妈妈的这番话甚至让雄一郎感到了一丝慰藉。而后妈妈又辩解了一大堆，直到末班电车的时间将近。什么选用精子库的理由、一直隐瞒雄一郎的理由、和爸爸关系恶化的理由、把雄一郎留在不是生物学意义上的爸爸身边的理由，然后又绕回原先说过的诸多理由。雄一郎相信要是自己不说点什么，妈妈就无法从这个无限循环的理由旋涡中脱身，于是故意笑着打断道："谢谢你告诉我这些。真是太好了，知道自己不是弃婴心里平静多了。"说完竟真的不自觉地笑开了。看到雄一郎的笑脸，妈妈似乎也放下心来，终于绽开了笑容。

hal的甜美歌声在屋中回荡，让人觉得美丽醉人的夏天永远不会远去……雄一郎缓缓站起身，走到隔壁的卧室，一个一个地拉开书桌抽屉翻找，最后拿出夹在初中名册里的一张小纸片看了起来。从酒馆去往电车站的路上，雄一郎问妈妈知不知道那个时候谁的联系方式时，妈妈回答说和其中一位妈妈在几年前一直保持着联系。开始她有些犹豫要不要告诉雄一郎联系方式，或许是由于罪恶感吧，最后还是在笔记本上写下了联系方式，撕下来递给了雄一郎，嘴里说着不知现在还住不住在这里了。聚会解散后，雄一郎妈妈和爸爸之间的关系开始恶化，从那时起就一直和那位妈妈保持着联系。可雄一郎看着妈妈写下的潦草姓名，实在想不起来这个人是谁，于是问了妈妈，妈妈的回答是："船渡凉子，茱丽的妈妈呀。"

"船渡凉子"，雄一郎盯着几个月前妈妈写下的姓名和十位数的号码，仿佛要把它们刻进脑海里。身后依然回响着陌生女子的歌声，那歌唱美好夏日的歌声。

13

路边的银杏树已是金黄一片，坐在公共汽车里的树里这才发现高远湛蓝的天空和黄灿灿的银杏叶如此相衬。树里在汽车驶离高速公路右拐后停靠的第一个车站下了车。过去曾经生活过的公寓大楼看起来异常破败。

摁响门铃后，妈妈笑吟吟地开了门，树里递上了在百货商场地下购买的点心盒。妈妈大概猜到了树里这次来要问什么，态度比树里预想的要从容，不知是觉得事已至此也就无所顾忌了，还是因能够开诚布公谈论此事反倒安心了的缘故。两人并排坐在餐桌边，树里大学毕业前一直和妈妈两个人在这张桌子上一起用餐，这个位置恰好能透过客厅连接阳台的玻璃门看到远处闹市区的灯光。所以她们总是并肩坐着用餐，而不是相向而坐。

妈妈端上分切好的蛋糕卷和红茶，在树里身旁坐了下来。盛放红茶的马克杯上有树里设计的图案，当时一拿到成品就给妈妈送过来了。

“这图案可真漂亮啊！”

“可不是，都说好看。接下来打算用在儿童餐具上呢。”

“是吗，干得不错呀。敦还好吧？对了对了，谢谢你们送的波特酒，好喝极了。”

家里的样子基本没变，茉莉花树依然枝叶繁茂，书架上的书既没有增加也没有减少，书堆里还插着不少树里以前订阅的插画方面的专业杂志。

“工作挺顺利的。”

“就工作顺利？和敦吵架了？”妈妈盯着树里，略带调侃地问。

“没吵架，敦一直很好……只是我一直怀不上孩子。”

“我还以为什么呢，原来是那件事。我之前不是说过，你还年轻，慢慢来别着急。”

“可是妈妈你应该了解这种心情的，总是想啊想的，为之神魂颠倒，着了魔一样。妈妈你也该深有体会的吧？”

妈妈还像刚才那样不动声色地看着树里，嘴角留着一丝浅笑。

“是的，我理解。”妈妈静静地说，“所以我才会那么劝你，要是发自内心地想要孩子，总会有办法的，再加上现在的医学水平和人的观念比妈妈那时候要进步很多。所以我说你慢慢地、耐心地对待这件事。树里，要是真想要孩子，夫妻两人都必须有相应的思想准备哦。先找到原因，共同承受结果，再互相帮助。这么做需要时间和金钱，但比起这些，精神上的煎熬是最痛苦的。要是清楚地知道不孕的原因在你，你和敦能接受这个事实吗？不仅现在，以后都能接受吗？”

妈妈说这番话时，树里一直迎着她的目光，专心致志地听着。

“妈妈和爸爸当年也是商量后决定的吧。”树里问。和贤人见面时的犹疑胆怯此时全无踪影，树里突然下定决心，准备承受一切可能的回答，无论是什么都会接受，一句都不会责怪妈妈做过的选择。

“是的，我们多次商量后才最终决定的。我们两人中是你爸爸有问题。你可能都想不起来他长什么样了吧。医生明确地告诉我们不育的原因在他，还说没有治疗的方法。我想你爸爸当时也非常痛苦，后来我们决定不要孩子了。我原本是辞了职的，为此又重新找了工作，那段时间就练练新学的瑜伽、和爸爸两人像谈恋爱时一样约会什么的，真是一段优雅愉快的日子。”

妈妈说到这里转过脸看向窗外，端起红茶喝了起来。妈妈当然也会有她做母亲前的日子，可是树里实在想象不出妈妈当年的样子。至于从八岁起就再也没有见过的爸爸，树里现在只有一点模糊的印象，也无从确认这是否就是爸爸真实的模样。家里只留有树里小时候和妈妈的照片，爸爸的一张都没有了。

“我以前在一家健康食品公司工作。有机栽培、不施农药什么的今天听来都是极其普通的事，是健康潮流，可在当时还是很罕见的。我虽然干的是文秘，公司忙的时候也要到店面帮忙，小公司人手不够，就是那会儿从一个客户那里听说了人工授精诊所的信息。当时也有一些大学附属医院可以咨询这件事，但一般如果不育的原因在男方，就要使用第三者的精子。而我听到的那个诊所不一样，怎么说呢……”妈妈停顿了一下，咬起了指甲，树里默默等待着，“在进行非配偶间的人工授精时，也就是用不是本人丈夫的精子人工授精的情况下，大学附属医院的规定是绝不透露半点精子提供人的信息。可刚才提到的那家诊所虽然也不会公开提供人的详细个人信息，但会在一定程度上告知身高、体重、最终学历这些信息。美国不是也有用于商业目的的精子库吗，就和那个类似。听到那家诊所的消息后，怎么说呢……给我一种完全不同于大学附属医院的印象，它更自由开放，让人感觉不能生育不是件遮遮掩掩、见不得人的事……我们一直以来都因为不能生育抱有一种强烈的罪恶感，觉得是不是做了什么坏事遭报应了？有时陷入这种荒唐的想法中不可自拔。听到那家诊所的消息时，其中的某些观念让人觉得不能生育并非原先想的那样，既没有必要产生罪恶感也不是叫人绝望的事。至少我和你爸爸当时是这么认为的。”

树里边听边喝着红茶，根本没留意到茶是热的还是凉的，是甜的还是原味的。嘴里喃喃重复着刚说过的那句话“不管是什么我都接受”，可心里感觉舌尖上滚动的只是一句刚生硬记住的台词。

“我们去了那家诊所，在那儿认识了一对夫妇，是一对接受非配偶间人工授精的夫妇。我们彼此年龄相近、意气相投。不久那个妻子就怀了孕，我们四个就像是相识多年的老朋友那样携手相庆……然后我和你爸爸又讨论了一次，以前所未有的坦诚态度讨论了这个问题，最后抱着赌一把的心理决定试试那个方法。我们决定只试一次，如果没有怀孕，这辈子就再也不提孩子的事了。于是我们就在这家诊所赌了一把……”

“所以后来赌赢了。”树里说，自己的声音听起来出乎意料地平静。

“知道怀孕的那一刻、那一天，真是难忘啊。记得那会儿开心得不知怎样才好，找了家餐厅举杯庆祝，你爸爸还告诉店里所有人我怀孕的消息，不相识的人都为我们碰杯祝贺。我甚至想着自己就是为了见证这一天才来到这个世界的，可见兴奋的程度。可是还有更加开心的事等着我们呢，就是你出生的时候。”

妈妈说完，转头看向窗外，脸上一如少女般陶醉地微笑着。树里从旁偷瞧着，看得出自己的出生的确是受到热切盼望的。现在不知在哪儿的爸爸，当初也一定为自己的诞生而欣喜若狂。如今的树里可以轻易想见当年爸爸妈妈的苦恼和喜悦。

“或许你会生气吧，怪我一直瞒着你。你也一直不懂爸爸离家的原因吧，但我一直认为你不问就没有必要说出来。因为你的的确确就是我们的孩子啊。从我们决定无论如何都想要个孩子、不管用什么办法也要生孩子那刻起，你就已经是我们的孩子了。”

心情稍稍放松后，树里陷入了一种茫然的状态中。用叉子叉起蛋糕送进嘴里，却感觉不到是甜还是酸，就这样一口气吃光了。吃的时候，树里琢磨着妈妈的这番话只是自己想知道的一切事情的“入口”而已。妈妈的话可信不可信，要等知道所有事情之后才能下定论。想到这里，树里觉得好笑起来，明明自己压根就没有信与不信的余地。

第三章

1

二〇〇九年

聚会的气氛从头到尾都很拘谨。

贤人提出不去小酒馆或是茶馆，而是到自己家里来聚会。于是，在过年气氛已基本消散的一月[1]的最后一个星期六，树里出发前往贤人的住处。贤人住在中目黑一幢七层公寓楼的顶层套间，公寓内比树里想象的要开阔，所有布置井井有条，一如时尚家居杂志上的样板间。树里是最早到的，随后雄一郎、波留，还有纱有美也陆陆续续到了。可是在树里看来，这些名字仅仅是符号般的存在，面前都是些陌生面孔，只是被安上了记忆中的名字。

大家散坐在沙发和餐桌周围，看得出来都很紧张，尽量避免彼此对视，都不知该从何谈起。只有纱有美一个人兴奋异常，连连直呼“好像回到从前一样呢”，“好开心啊”，“真不敢相信”，可这种露骨、奔放的表达反而像在做戏。贤人沏上了香浓的红茶，一杯杯摆在每个人面前。

---

[1] 日本的正月节，俗称过年，是在阳历一月份，一日到七日为庆祝新年的节假日。

当初是贤人提议 :“茱丽，我们一起找找那时候的小伙伴吧!”于是树里就帮着去做了，虽然并不明白寻找的意义是什么。所谓帮忙，不过是在之前只进行作品介绍的个人主页上，开始写日记并且更换了主页封面的背景。树里画了一幅记忆中的山庄图景，然后写上了几句那时候的孩子们看见了肯定会明白的话语。可她一直不相信凭这些真能找到什么人，因为原先主页的浏览数据显示一天最多也就一百人次左右。分布在日本全国，不，有可能分布在世界各地的那六七个人，浏览一个寂寂无闻的插画家个人主页的概率几乎为零。而事实上，能和雄一郎联系上也的确不是主页起的作用。雄一郎先是联系了树里妈妈，说要和树里见一面。那是在一月初的时候，雄一郎用手机发了一条短信，约定了今天见面的事宜，两人连在电话里说话的勇气都没有。

树里一周前又接到雄一郎的短信，说今天还要带上波留一起来。树里吃惊地问是怎么联系上的，雄一郎回答说“去了波留的事务所立刻就见到了”。树里这才知道波留原来是一名流行歌手，于是上网搜了搜，买下了波留所有已发售的CD，一盘接一盘地听了起来。当听到去年年底发售的最新单曲CD时，其中的歌词让树里一下子愣住了，歌词和自己在主页上的留言虽然说法不同，但意思完全相同!

歌词也是在轻言细语地召唤 : 大家在哪里呀? 听到这首歌快快和我联系!

树里可以想象，这个以前不知道的歌手“hal”，她的歌曲召唤力比自己不知大多少倍。

树里打电话告诉贤人“雄一郎将带波留一起来”时，贤人不知为何竟短促地笑了一声后说：“好厉害！没想到这么短的时间就能聚齐几个人，有如神助啊。”树里一点儿都不知道神灵在相助什么。昨天雄一郎又来了条短信，说是波留还要带着纱有美一起来。

雄一郎、纱有美、波留，一想到明天就要见到近二十年未见的小伙伴，树里紧张得一晚没睡好。如今，坐在餐桌边的树里发觉这种紧张转化为一种挥之不去的不适感，让自己坐立不安。

“都先来个自我介绍怎么样？好多年没见了，几乎都成了陌生人。”

贤人面带微笑地说完后，大家都抬起了头。这时树里突然疑惑起贤人到底有何目的，她对自己用了“目的”这个说法也觉得很奇怪。寻找这样一群并非属于“大多数”的、具有“特殊”出生背景、曾经是好朋友的人，把他们召集起来见面，这种事情不需要什么“目的”吧！首先我们已经不是小孩子了，想见面的话就来，不想见面的话，即使接到了邀请不来也可以。现在，五个人都聚齐了，没有一个人拒绝，虽说其中好几个并没表现出非见面不可的样子。

见没人吭声，贤人依然笑眯眯地指着雄一郎说：“那就从你开始，向右轮着来。”树里瞟了一眼贤人，不知怎的，这个五官端正的男人越是笑得和蔼可亲，就越是让自己内心激起一种莫名的恐惧感。

“我算是个自由职业者吧，靠打零工为生。”雄一郎说完这句后，又补充说自己住在靠近埼玉县的一个属于东京都的居民区里，一个人生活。

“我也在打零工。去年经济不景气的时候没能和公司续约，现在也找不到工作，都是做一些短期工。我还没有男朋友，更别谈结婚了。本想把自己说得出色点，可唯有对你们我不能撒谎。”不知是因为一点儿都不紧张，还是太紧张了，纱有美说起话来很随意，就像上周刚和大家聊过天似的。

“我在一家广告代理公司工作，所以才会遇到船渡小姐，商量起召集大家的事。我现在和女朋友住在一起，今天让她去别处了，因为我不知道能不能向她说清楚我们之间的关系。”贤人说完示意树里。

“我们真是太久没见面了，连见面打招呼都觉得怪怪的。”树里环顾周围这几个说是陌生人也不为过的“老朋友”，开口说了起来，“我以前被大家叫作‘茱丽’，已经结婚了，家里就我和老公。我的工作是设计图案。”

“大家都好棒啊！有歌星有插画家，连我都觉得脸上有光呢。”纱有美的这番话意外地引起了树里一阵隐隐的不快，既不是焦躁也不是生气的那种感觉。而这阵不快竟戏剧性地一下子唤起了树里遥远的记忆。小纱，那个动不动就闹别扭哭闹的小纱。关于小纱的回忆犹如潮涌般袭来。小雄、波留，那个勇敢、友善而又个性十足的小雄，那个和男孩子们一起奔跑跳跃、年龄虽小却样样知道的波留。还有小贤，总是和一个小女孩在一起的小贤。为什么大家都出现在了这里？当往昔的记忆突然在脑海清晰呈现时，树里对于眼前的景象反而困惑起来：为什么一群彼此陌生的大人会聚集在一个陌生的空间里呢？

“我是波留，在搞音乐。”波留最后一个开口说道，“我今天来这里，或者说我和找来事务所的久米雄一郎先生见面，不是想像这样聚在一起叙旧，而是想了解有关父亲的信息。大家都是这个目的吧？”

听了波留的话，另外几个人都愕然地抬起头，脸上一片茫然。

“我从来就没想过那方面的事，也不是为那种目的来这儿的。我来是因为一直想见大家，想知道还能不能像从前那样要好。”纱有美先开了口。

我又是为了什么来这儿的呢？树里自问。收到雄一郎的短信后，为什么会向贤人提议这次聚会呢？从没考虑过什么“父亲”的问题，也不是积极地想和其他人交好，可是自己又不可能不来。这时树里突然冒出个想法，说不定当年参加夏日聚会的母亲们也是同样的心情呢。

“大家想必都已经知道那个‘聚会’的含义，或者说都知道我们之间的共同点是什么了吧？现在不必再从那个话题讲起了吧？”波留显然无视纱有美，扫了大家一眼后继续说道，“我想知道生物学意义上的父亲是谁，不是出于什么‘个体同一性问题’、‘寻找自我’这些浪漫悠闲的想法，我想明确了解那个人的病史，不知道的话会很麻烦。我原想大家来的原因虽各有不同，但都相差无几，都是带着各自知道的线索，为了寻找父亲聚到这里的，不是吗？”

屋内一片寂静。树里的不适感急剧膨胀，就像陷入了一场迷离错乱的噩梦中。

“所以我先来说说我知道的情况。”深陷在沙发里的波留换了个姿势，一脸不快地说了起来。

2

波留的妈妈野村香苗一九七四年结婚，当时二十八岁。丈夫木之内宏和是她学生时代的学长，在报社工作，先是在地方上干了八年，好不容易熬到了回总社工作，趁此机会和香苗把婚给结了。结婚后香苗继续在童装公司工作。双方父母都催着他们要孩子，可两个人都没认真考虑过。他们觉得既然也没用什么避孕措施，那就等着新生命在某个时刻自然到来就是了。直到香苗过了三十岁，两人的想法也没什么变化。享受工作是一个原因，还有就是两人都还沉浸在新婚的感觉中。

结婚五年后，宏和在一次报社社会部派遣的地方采访中，在住宿的酒店突然死亡，是被饭店服务员发现的。解剖结果显示，直接死因为"急性硬膜外血肿"，一种香苗闻所未闻的病症。有人证实宏和事发前曾一个人到当地的繁华街区酒馆喝得烂醉后离开，后面的事情就不知道了。只能推测宏和在喝醉后摔了一跤，或是和人起了纠纷，头部受到重击，当时可能没什么，回到酒店后破裂的血管造成堵塞，最终导致了死亡。

香苗不相信这些推断。从学生时代起就熟悉的宏和是那么健康，连感冒都没怎么得过。三天前临出差时还说回来后一起去吃烤肉的，而且也没人看到他死的那一刻，香苗觉得宏和不可能没有任何预兆地就死了，他应该还活着。

即便如此，葬礼、断七[1]祭奠过后，双方父母都委婉地规劝香苗把户籍从木之内家移出，一来两人没有孩子，二来香苗才三十出头，今后可以再婚。可是香苗断然拒绝了，也不脱下无名指上的婚戒。

---

[1] 佛教用语。人死后第四十九天，也指那一天的法事。

“妈妈当时是下了决心不再爱上别人了。不是想想而已，而是铁了心哦。”香苗在波留十二岁时告诉她自己当时的想法。

波留再长大些后才明白了妈妈所谓“铁了心”是什么含义。妈妈是通过生孩子，成为单身母亲，来约束自己不再去喜欢丈夫以外的男人。十五岁那会儿的波留，对妈妈的做法虽然还并不能完全理解，可总觉得带有一种浪漫色彩。可随着年龄的增长，波留渐渐发现那些做法并不浪漫，而是带有更特别、更激进的情感。决定通过生孩子来断绝和别人恋爱的可能，这种做法已超出了波留能够想象的范围。

香苗正如她决定的那样，在宏和周年忌后的某一天，去了一家诊所。关于这家诊所的信息是她偶然从一个午夜电视节目里看到的。

据那个电视节目介绍，轻井泽有一家专门治疗不孕不育症的诊所，不仅针对夫妻间的不孕不育问题，其他所有相关问题都接受咨询。比如说，诊治范围不仅限于法定夫妻，未婚女性如果特别想要孩子，他们也会受理。电视节目本身对这家诊所的评价是毁誉参半的，既将它描述成不孕不育治疗的救世主，又谈及诊所用生命做生意的危险性。可对香苗来说，那家诊所是救世主无疑了。她没有和任何人商量，也没告诉任何人，一个人径直去了轻井泽的诊所。

香苗于一九八二年的五月，在老家北海道的一家妇产医院产下一名女婴。对于这个没有从亡夫家族中脱籍，并放言一辈子不再结婚，最后却突然告知说通过人工授精怀了孕的女儿，香苗的父母曾气得和她断绝关系，并声称不准她再回娘家。可当看到在东京一直工作到快要临盆，挺着个大肚子回来的香苗，父母还是不忍心拒之门外。再加上孩子出生后，毕竟是女儿“亲生”的，没法不觉得可爱。香苗给孩子取名为“波留”。临近一年产假结束时，香苗带着波留回到了东京的住处。第二个月把波留送进保育园后，香苗又重新开始了工作，从那以后一直是两个人一起生活。香苗一如当初下的决心那样，没有爱上宏和以外的其他男人，波留是这么听妈妈说的。

“波留，你是妈妈和爸爸的孩子哦。”从一开始妈妈就反复对波留强调，“我一辈子都只爱爸爸一个人，所以请你来到了妈妈身边。波留，你是爸爸曾经在这个世上活过的最好证明，说不定你就是他的转世呢，看你那既坚强又善良的性格和爸爸多像啊。”

可能是因为从小就听妈妈这么反复絮叨的缘故吧，波留从没想过某个地方的某个陌生人会是自己的父亲。不，当然心里是知道的，因为妈妈详细告知过有关生物学意义上的父亲的事情。但是，比起不知在哪儿的陌生男人来说，妈妈嘴里反复提到的“爸爸”当然要亲近得多，而且还有照片呢。长大的过程中，波留虽然没有用语言表述过，但心里懵懂地认为小孩子不是由精子和卵子结合后生出来的，而是被一个人对另一个人强烈的思念之情带到世上来的。

现在波留明白了没有那回事。她清楚地知道自己生物学上的父亲，是个说不定具有视网膜色素变性症家族遗传病史的陌生男人。可是一想到“父亲”这个词，脑海里清晰出现的就是在照片里看惯了的木之内宏和的脸。这种反应是妈妈造成的，为了让波留不胡思乱想自己的来历、不怀疑自己的存在，妈妈在过去漫长的岁月里一直在和她交流。如果没有眼前将要失明的恐惧，也许根本就不会想起要寻找父亲吧。波留并没有认为夏日聚会的那点光阴对自己的人生有什么重要影响。

妈妈那毫不动摇的自信究竟为何物呢？快要接近妈妈结婚年龄的波留，有时会好奇地想起这个问题。波留曾经认为自己十八岁时献出初夜的男友就是命里注定的那个人，到死都会和他在一起。可三年后自己轻易就爱上了另一个人。波留不禁想，为什么才三十岁上下的妈妈就认定那个男人是这辈子的唯一呢？还有她那种认定女儿肯定能理解的强烈自信又是怎么回事？当然了，波留也明白正是妈妈的那种自信，使得今天的自己能够毫不怀疑来到这个世界的原因，但还是不能完全理解妈妈的所思所想。波留现在觉得也许自己一辈子都理解不了妈妈那种强烈的决心，以及支撑这一决心的东西。

“我所知道的是，”波留看着周围坐着的几个人说道，“那家诊所距离轻井泽十分钟左右的车程。听说九十年代前半期，具体时间不清楚，诊所关闭了。我调查了一下，当时日本妇产科学会许可的体外受精仅限于夫妻之间，而那家诊所从一开始就不符合有关规定，由于无视来自学会的再三警告，诊所院长最终被学会除名。但是诊所关闭后，那个院长的去向，以及本该存在的病历放到了哪里，这些问题的答案无从得知。所以，聚集到这里的我们……”

“等等！”树里一脸疲惫地打断了波留，说道，“我明白你说的话。可是大家并不都像你很早以前就听说这些事了，有些人几个月前才刚刚听说，你那么着急地往前赶，有人会跟不上的。”

茱丽。关于茱丽的回忆突然涌入波留的脑海：年龄最大的女孩，具有强烈的正义感，总是带头玩耍的那个小女孩和眼前这个瘦瘦的女子完好地重叠在一起。后期才参加夏日聚会的波留一开始对好为人师的茱丽有些反感，很纳闷为什么大家都听她的指挥。但是很快，波留就和其他孩子一样开始依靠和信赖茱丽了。茱丽既不会说错话，也不会伤害人，更不会说人坏话。波留依稀记得她还说过因为自己是大姐姐，所以必须做出榜样来。那时波留还奇怪地想，她是谁的大姐姐呀？大家的？

“也就是说，你自己跟不上？”

话一出口，连波留自己也奇怪为什么会发出这种带有攻击性的尖锐声音。

3

否认，愤怒，然后是抑郁，这是病人被告知患有癌症后直到接受这一事实要经历的三个阶段，树里想不起来是在哪儿听到这个说法的。听了妈妈的那番话后，树里感觉自己也经历了同样的情感迁移。虽然听之前下了决心无论什么情况都会接受，可听着听着这种决心很快就崩溃瓦解了。一开始听贤人讲述时，自己是持否定态度的，不愿承认那些事实；听了妈妈的话后，心里又涌起一种不可遏制的愤怒。

树里想喊出来，为什么一直沉默到现在？又为什么不隐瞒到底？可哪句话都无法恰如其分地传递出内心的愤怒，树里也不知道自己因何而怒，她甚至想到了处于青春逆反期的孩子常说的台词“为什么要生下我?!”，可又觉得这个说法有些好笑。树里并不是埋怨生下自己的父母，对于不能生育的夫妇为了得到孩子的那种不顾一切的心情，树里现在也是感同身受的。当知道有可能生不了孩子的瞬间，树里才惊觉自己是如此强烈地渴望孩子，这种渴望和想得到某件衣服、饿了想吃东西的欲求完全不同，树里已经饱尝了这种心急如焚、挥之不去的想望。树里讨厌自己看到带着孩子的夫妇就会心生羡慕之情，因此很容易理解妈妈年轻时的选择。在成为自己妈妈之前的那个名叫“船渡凉子”的女子，在渴望孩子的烦恼中，凭借着从客户那里得来的一条消息，把希望寄托在一个不知能否信赖的诊所。树里能够深切地体会当年比现在的自己还大上好几岁的凉子内心的痛苦、愤怒、不安、恐惧、迷茫，还有那一丝希冀。

这以后就该抑郁了吧，树里以一种旁观的态度，略带几分调侃地预想着自己的将来，同时决定在抑郁到来之前要和妈妈好好聊几次，有些事情必须问清楚，必须再好好谈一谈，直到自己接受为止。

船渡凉子至今还清楚地记得当初决定不在大学附属医院接受治疗，而是依靠一家名不见经传的诊所时的情景，一切都历历在目。

诊所“一定程度地公开捐精人信息”的规定对于凉子来说意义重大，因为这么一来就有可能选择与丈夫类似的捐精人了。高高瘦瘦、头发和眼睛的颜色不是纯黑而是偏褐色的，凉子认为要是能找到与丈夫的这些特征相符的人选，比起什么都不知道的情况要强百倍。因此提议去诊所咨询的是凉子，而不是她丈夫。

去诊所探访后凉子吃惊地发现，文档里收录的捐精人信息比预想的多得多。不仅有身高体重，甚至还有最终学历、兴趣、特长、现在的职业等等。诊所方面还出示了每个捐精人必须提交的个人信息样本，上面有身高体重血型等详细数据、有无子女以及人数、学历经历、有无正在服用的药物以及种类、有无骨折及手术的经历、有无刺青、有无使用违禁药品的经历以及种类、优势学科、兴趣特长，甚至还有运动、音乐、艺术领域特长的填写及其证明的项目，看到这里凉子不禁莞尔一笑。病历方面则要求得更加详细，包括本人在内的家族三代的病史，在有无遗传缺陷的栏目下有一长串凉子闻所未闻的病名，以供选择打钩。

也许大学附属医院也有这样细致的数据调查吧，可凉子夫妇在之前去过的那家并未见到类似的文档。在这家诊所里，捐精人通过了上述信息调查后，还要接受专业医生的面试，通过后才可以进行捐精登记，诊所里一名比大学附属医院的护士更和蔼友善、富有人情味的接待员这么告诉凉子的。

诊所里环境整洁，但绝不是冷冰冰的。小碎花图案的奶白色窗帘，苔绿色的布艺沙发，墙上挂着沃霍尔[1]的版画。供人翻阅的不是健康或医学杂志之类，而是时尚杂志。凉子很

[1] 安迪·沃霍尔（Andy Warhol，1928—1987），美国画家、电影制片人。流行艺术运动的代表性人物。

意外地发觉在这里自己不是病人，而是顾客。在医生和病人的关系中，总感觉病人是弱势一方，而在这里彼此的关系是对等的，这真是一种冰水激面般的冲击。在意识到这一点的同时，凉子做了决定。

还远没到夏季休假的时间，轻井泽大街上已是人头涌动。在一家临街的咖啡馆里，凉子让丈夫谈谈他的感受。“比我们之前去的医院要好吧。”丈夫有些艰难地吐出了这句话，之所以“艰难”，凉子当时认为是丈夫选词谨慎的缘故。

“我也觉得是！”听到丈夫和自己感觉相同，凉子兴奋地喊了一声，看到丈夫示意自己小点声后，凉子压低了声音继续说，“比大学附属医院好多了。虽说费用要高些，可也感觉是多买了份安心。还有，最难得的是我们没被当作病人看待。”

“这一点我也感受到啦。”丈夫点头赞同。

一周后，凉子向公司请了假，瞒着丈夫一个人去了诊所。凉子此去不是接受诊疗，而是抱着一名“正式顾客”的心态去行使探听更详细信息的权利。凉子并未强烈意识到这点，不过这么一来让她原本紧张的内心放松了许多。和原先在大学附属医院的经历比起来，凉子的感受截然不同：去大学附属医院得先预约，会诊当天面对那个想匆忙结束话题的医生，凉子曾非常焦虑地在意过自己的措辞，害怕自己说得过头了；而在这里，预约会面的一个小时内，什么都能彻彻底底地聊，甚至那种大可付诸一笑的小小的不安情绪也可大胆倾诉。

那一天，凉子在候诊室里遇见了早坂碧。

碧正在读一本包了书皮的文库本[1]，被叫到名字后进了诊疗室。看着她走进去的凉子打算和她说上几句话，事后凉子认为当时的自己已经陷入了一种兴奋状态。碧从诊疗室出来后，是凉子主动搭话的，说自己预约了四十分钟的面谈，如果碧不着急，能否在面谈后聊几句。碧显出有些吃惊的样子，但还是微笑着告诉凉子大街上一家咖啡馆的名字，并说自己会在那里等候。两人熟悉后，碧曾笑着描述凉子当时的状态："一副背水一战的架势，让人没法拒绝。"

在碧指定的那家咖啡馆里，凉子了解到碧和自己有着惊人的相似经历。年龄相近、结婚年限也接近、两人都住在城里、都是因为丈夫一方的原因不能生孩子。碧比凉子早来诊所，已有过两次治疗经历，但进展不顺利，目前正在进行第三次挑战。凉子很感激第一次见面碧就能推心置腹地说出这些，暗自觉得两人可能会成为特别要好的朋友，于是提出互留联系方式，碧也没拒绝。

那天碧说等丈夫下班后过来，他们夫妻会在轻井泽的一家饭店留宿，于是凉子便和她在咖啡馆分了手。

最终凉子的丈夫是在这之后不到半年时，同意在那家诊所接受治疗的。这段时间船渡和早坂两家人交往甚密，早坂

---

[1] 袖珍本。日本以一定的装订形式持续刊行的小型廉价丛书。

碧怀孕的消息是促成凉子丈夫做决定的契机。至少那时候的凉子是这么想的，丈夫说出“我们也试试吧”正是因为近距离见证了早坂夫妇的喜悦。

“事实上并非如此吧。”听了妈妈的这番话，树里小声嗫嚅着。关于爸爸的记忆一年比一年淡薄，现在已没法清晰地想起他的模样，却能切切实实地理解他当时的心情。树里认为自己至少比年轻的船渡凉子更能理解。

当爸爸说比之前的医院要好的时候，那种费力表达的情形，树里想象得出那一定是爸爸自卑的表现。从那一刻起他已完全依赖于凉子的判断了，把决定权交给了那个抓住一线希望正准备向前迈进的健康年轻的妻子。朋友夫妇的成功对于他来说，不是向前踏出一步的契机，而是再也不能回头的“断崖”。这或许只是自己想太多了，当然树里也没法把这种想象告诉妈妈，她说不出口。可是妈妈肯定知道吧，因为她刚才说“那个时候是那么想的”。树里突然有些好奇早坂夫妇后来怎么样了，于是把自己想到的直接开口问了妈妈：“难道早坂夫妇就是弹的爸爸妈妈？”

“是啊。”妈妈回答，接着又说，“正如我预料过的，我们成了关系极好的朋友，直到某个时期。”

“某个时期？是到聚会结束吗？”

妈妈既没肯定也没否认，在树里的敦促下，继续讲述往事。

捐精人是和丈夫一起选择的，选的是尽量与丈夫相似的人。个子高高瘦瘦、运动能力比艺术才能突出、瞳孔和头发是褐色的。在选择学历时，凉子内心掠过一阵莫名的紧张，一直以来接受的教育都在告诉她，仅用学历判断一个人是多么的愚蠢，凉子也自认不会光凭学历去判断人的能力。即便凉子自己，虽说是私立大学毕业的，但也不是一流的大学。可是当眼前同时出现国立、公立、私立大学以及职业高中的选项时，凉子发觉自己还是在试图做出某种判断，比起名不见经传的大学，自己终究还是倾向于选择名校毕业的捐精人。看得出丈夫也是一样的想法，他也想选择一个比自己优秀的人。

自从第一次造访轻井泽的诊所起，自己就陷入一种轻度亢奋状态，关于这一点凉子是后来才意识到的。在选择捐精人的时候并没有感觉，也没有想过丈夫当时说不定也处于亢奋状态。不是作为病人而是作为顾客在做选择，不知不觉两人都对选择权投入了极大的热情，当时的心态夸张点说觉得自己拥有主宰一切的能力，最起码知道决定权在自己手里，有一种奇妙的万能感。当多年以后的现在，女儿问起这些事时，凉子当然没有把当时的状态一五一十地说出来。

凉子换了种说法告诉树里：“我们想让生下来的孩子拥有我们两个不具备的优秀素质，当时觉得是可以做到的。”凉子认为这么说并没有错。当时她发自内心地祈愿孩子将来能够具备众多优秀素质，丈夫也应该是这么想的。比自己成绩好、比自己健康、比自己漂亮、比自己运动能力发达、比自己有艺术才华、比自己……比自己……经过这番彻底、客观的审视后，发现自己原来是个普通平凡的人，但也没觉得有什么不自在，自尊心也没有受挫。总之当时唯一想望的就是赋予将来的孩子一切美好的事物。

就这样，凉子和丈夫选出了一名看起来完美无缺的捐精人。

如果一次人工授精不成功，不会再进行第二次。这是凉子夫妇在接受治疗前以及决定接受人工授精后，用尽所有可能利用的时间，充分讨论后达成的共识。他们不打算像早坂夫妇那样毫不气馁地进行第二次、第三次挑战，这一点也是反复讨论后做出的一致决定。就是在这样的第一次尝试中，凉子怀孕了。

凉子觉得活在这个世上，没有比怀孕更开心的事了，她不知道用什么样的言语来形容这份喜悦，丈夫也喜极而泣。在享用庆祝宴的餐厅里，两人接受了周围人的祝福，感动得泪流满面。那天夜里，丈夫对凉子说出了那段时间以来的真实感受。事实上凉子丈夫在去诊所咨询时以及后来的那段时间，都是很困惑的，决定接受治疗也只是因为没有退路，他心里其实一直在怀疑这么做是否正确。可是今天，终于能够真正感受到这样的选择是对的，切实体会到自己就要成为父亲了。“我要当爸爸了！只有我是这孩子的爸爸！”丈夫这么说着又哭了起来。

比凉子早怀孕的早坂碧在快要进入安定期前流产了。可早坂真美雄、早坂碧这对夫妇和凉子夫妇之间并没有因此产生隔阂，凉子和丈夫两个人一起安慰早坂夫妇，鼓励他们再试一次。

凉子是在怀孕进入安定期后才告诉家人的。她自己的母亲，还有公公婆婆都对这一事后通告感到不快。凉子父亲是在她上初中时去世的，母亲凭借一己之力把凉子还有弟弟妹妹们送进了东京的大学，供养他们到毕业。当母亲知道凉子不孕的原因在丈夫时，甚至还劝过凉子离婚。凉子坦陈的非配偶间人工授精的方式，到最后也没得到思想保守的母亲的认可，母亲还在电话里让凉子别再回家了。凉子请弟弟妹妹帮忙求情也无济于事，从亲戚口中得知母亲还说“我从头到尾就只有一儿一女”。公公婆婆倒没做得这么绝，但明确表示了不赞同的态度，特意打电话给凉子说什么“你就算生下来了，也不是我们的孙子”。那年新年凉子还曾和丈夫一起回老家探过亲，从得知怀孕的第二年新年起，凉子公公就传话来说只让丈夫一个人回去。

但这些事并没有消减怀孕带来的喜悦，凉子心想只要自己觉得好就行，管他们呢。

亲人们冷淡拒绝的态度使得凉子和早坂夫妇越走越近。

流产后的早坂夫妇在凉子面前并未流露出悲伤的情绪，而是成为凉子倾诉的贴心听众，还把父母亲戚推荐的有关怀孕、育儿的书籍借给凉子。就在凉子即将临盆的时候，碧经过几次治疗终于成功怀孕了。大概是经历过一次流产的缘故吧，真美雄对碧的照顾超乎寻常，不仅雇用了分别专管做饭、打扫和清洗的几个保姆，甚至不让碧到超市购物。所以生孩子前，凉子整天都往早坂家跑。早坂真美雄在父亲经营的一家制造录音器械的公司工作，住在世田谷区一幢看起来不像是他们这个年龄层的年轻夫妇住得起的豪宅里。大概三百多平方米的范围内有一半是铺满草坪的庭院，还有一幢西洋风格的小楼。在面向庭院的客厅里，凉子经常和碧喝茶聊天，有时也说些和丈夫不能说的话。像是，“你还是以老公为基准选择了捐精人吗？”“要是孩子和老公一点都不像该怎么办啊？”总之，凉子和碧无话不谈。

碧和凉子不同，是有着坚定信念的。凉子看得出这是她和真美雄商量后的结果，因为真美雄也说过几乎同样的话。

“我们不在乎捐精人是谁。”这就是碧和老公商量到最后的结论，“我们都想孩子想到了这种地步，我们这种迫切的愿望就已经决定了这个事实：这个孩子就是我们的。”这个坚定不移的回答不久也成了凉子的观点。“所以我们不打算把这些事告诉将来的孩子。不是隐瞒，而是从一开始他就是我们的孩子。”凉子也接受了这个说法。很快，凉子陷入一片迷茫中：自己的信念仅仅只是拾取了碧的观点吗？还是和自己丈夫商量后得出的结论？

“我们生下孩子后，不想在城里养育孩子，要到自然风景优美的地方买套房子。”碧摩挲着还没有隆起的扁平肚子，神思向往地说，“一个能四处打滚，充分嗅到泥土气息的好玩的地方。对了，我们一起在那里度夏吧，在院子里支上帐篷，捉捉虫什么的。”凉子虽有些惊讶于碧那种买房犹如买双袜子的轻松口气，一边也不禁沉浸在幻想之中。将来和自己的母亲以及公公婆婆在乡下过年过节已是不可能了，要是碧在乡下真的置办了那么一所屋宅，自己也可以让孩子去体味大自然了，于是半开玩笑地笑说：“好啊，一定要叫我哦！”

一九七八年凉子平安产下一名女婴，取名为“树里”，是丈夫取的。他在病房里战战兢兢地抱着刚生下来的婴儿，低声解释说，接到凉子要生产的通知后赶往医院，在等候室里等待的时候，看到了窗外一棵枝叶繁茂的大树，美得好似一幅画，自己都看入迷了，想到自己和凉子从今往后要为这个孩子创造一个任何时候都能安心回归的安乐窝，必定要像那棵树一样美好的安乐窝，于是就取名叫“**树**（的故）**里**”。丈夫害羞似的说完了这番话。

气氛沉闷的聚会最终没有任何结果。波留说出要寻找父亲的话，可是谁都没有那家曾经存在，现已消失的诊所信息。

波留先说了一句“我还有工作，得回去了”。此话一出，大家也都开始准备离开了。贤人说了句还会组织大家聚会，而积极响应的只有纱有美一人。树里不想和其他人一起拖拖拉拉地走到电车站，于是走到大路上后就叫了辆出租车，一个人坐了进去。

“你去山庄吗？”接到雄一郎的这条短信是在聚会过去了两周的时候。

4

在小田原换乘的电车和从东京坐过来的一样，车厢里都是空荡荡的。电车缓缓启动后，并排坐着的树里和雄一郎不约而同地打开了刚买来的“车站便当”[1]的盖子，两人不禁相视一笑。在乘坐东海道铁路干线电车的一个半小时里，两人之间竟变得亲密无间起来，完全没有了在贤人家碰面时的拘谨，这让雄一郎感到既踏实又放心。贤人家聚会后雄一郎曾应纱有美之邀见过一面，度过了一段很难说是融洽相处的时

[1] 日本各大电车站台上出售的各具特色的便当。

间，越发显得这会儿和树里在一起时的珍贵。在那一个半小时里，树里告诉了雄一郎她妈妈的事：树里妈妈是怎样去的那家诊所，又是怎样怀上孕的。所以在吃鲷鱼饭[1]时，雄一郎也讲起了自己的妈妈。雄一郎听来的消息不如树里详细，都是断断续续了解到的，主要都是树里妈妈讲的那些事之后发生的，关于参加聚会的母亲们是怎么认识的。

在爸爸的葬礼上见过后，雄一郎和妈妈又通过电话聊了好几次。电话中雄一郎没能像树里那样详细询问，雄一郎妈妈说话也没有树里妈妈那么条理清晰。

“所以我要说的没你那么详细哦。”雄一郎事先声明后继续说道，“那家诊所对患者之间的交流好像没什么特别限制。只要患者提出想要咨询诊所里已经生育过的人，诊所也会安排见面。我妈妈当时见的就是茱丽你的妈妈。”

树里停下手中的筷子，目不转睛地看着雄一郎，仔细地听了下去。透过雄一郎身后的车窗，能看见一片灰蒙蒙的天空，车内的热空调开得太大了，树里都出汗了。

雄一郎的妈妈俊惠，是在快要生产前一个月请诊所的人介绍认识树里妈妈的。她先前和雄一郎的爸爸，也就是自己的丈夫虽然没有进行过多次充分的交流，但通过人工授精生

[1] 将切碎的鲷鱼肉放入大米中烧煮成的调味饭，亦指加了鲷鱼鱼松的饭。

孩子这事确是双方的意愿，在之前的几个月俊惠也没有什么疑问和不安，可临近生产时她却突然害怕起来。事后回想起来，那些可能是快要生产的人都会有的不安：孩子生下来后得了重病怎么办？自己成不了好母亲该怎么办？但当时俊惠认定这些不安和自己经历了不同一般的怀孕过程有关，所以就请求诊所给介绍个有生产经验的人。

当时凉子简直像是在做志愿者活动。她亲口对诊所交代过，要是有人想了解情况，可以把她介绍出去。凉子是三年前生下女儿的，正在抚育中。她十分耐心地倾听俊惠颠三倒四的讲述,而后说出自己的意见。

“我不可能再去琢磨什么‘假如孩子没有出生’这种假设，想来你也一样。所以根本没什么好担心的。”类似这样的话，凉子通过变换说法和措辞一遍又一遍地反复开导俊惠，听着听着俊惠也就对自己原先的担忧一笑了之了。后来，凉子还到俊惠生产的江东区医院探望过，她抱起刚出生的雄一郎，不断地重复说着：“太好了，真是太好了！”俊惠看着凉子，觉得她比自己的父母还要高兴呢。

雄一郎出生后，俊惠和凉子的联系虽说不是很频繁，但一年也有好几次。俊惠和家附近一些有着同龄孩子的母亲们也渐渐熟悉起来，可心里面“我的孩子和别人的不一样”的想法在一段时期里总也挥之不去。和凉子不同，俊惠从来没和丈夫认真讨论过，是否将诊所有关的事情告诉儿子。每回一提起这事，两人就会为鸡毛蒜皮的问题吵起来。当然，俊惠和丈夫结婚前就是如此，动不动就言语刻薄地争吵，但这也是俊惠喜欢丈夫的很重要的一个原因，两人之间什么都敢说，很是轻松自在。而为这个问题吵起来后，她心里总会留下一种说不出来的厌恶感，渐渐地也就不再提这件事了。所以说，凉子对于俊惠是个特别的存在，不同于自己父母，不同于拥有同龄孩子的母亲们，和自己丈夫也不同。对他们说不出口的事都能和凉子开诚布公地讨论，为此俊惠也下意识地认为不应该和凉子太频繁地联系，因为一和凉子说话就会不由自主地想起雄一郎生物学上的父亲来。

凉子招呼俊惠去御殿场的山庄度夏是在雄一郎快三岁的时候。据凉子说，同样在诊所怀上孩子的一对夫妇在那儿有座山庄，可以住上几天。俊惠只是对丈夫说，是朋友的朋友招呼去玩的。至于为什么这么掩饰俊惠也不知道，反正她没法直截了当地说，参加聚会的都是在同一家诊所怀上孩子的母亲们。

雄一郎第一次参加聚会是在刚满三岁的那年夏天。那年参加的家庭有凉子家、山庄主人早坂家，还有也是生了男孩的松泽家。年龄相仿的孩子们很快就玩到了一起，家长们也为此迅速地友好融洽起来，比在别的地方相聚时更快地打成了一片。

让大家惊叹的是这座山庄犹如一处小型高级旅馆，房间多得每家人住一间后还绰绰有余。早坂夫妇虽说钱多得超乎大家的想象，可为人诚恳热情，没有一点架子，很擅长款待客人。布置户外烧烤，策划舞会什么的，全靠他们自己张罗。

虽然俊惠没说来这儿的夫妇都是诊所就医的背景，可丈夫第二年还是知道了。好像是某个参加聚会的人以为他知道，就那么聊了起来。聚会期间，丈夫看起来还和上一年一样开心愉快，可回家后就和俊惠吵开了。“你听好了，”丈夫嚷嚷道，“那儿的男人都不是真正的父亲。今年来了新的家庭，明年还会再来吧。我们这些男人只要一直去那儿，就会不断地被提醒自己不是‘父亲’的事实!”听了这番话，俊惠受到的打击是双重的。第一是都到了现在，丈夫竟然仍觉得自己“不是父亲”。而凉子丈夫、碧的丈夫都是很坦然地认为自己就是孩子的爸爸。另一个打击是俊惠终于明白了自己去年为什么没有向丈夫挑明聚会的缘由，那是因为自己没能像凉子和碧那样，斩钉截铁地说出“只有自己丈夫是孩子的爸爸”。

“那以后你别去不就得了。”持续到深夜的争吵，最终以这样一句话收了场。“啊，我不会再去了。”丈夫虽然也这么说了，可第二年夏天当碧和凉子发来邀请时，丈夫依然向公司请了假，和前一年一样去山庄住了四天三晚。参加聚会的家庭每年都会增加，俊惠推测他们都和自己一样，是通过诊所和凉子或是其他母亲联系上的。大家都不提诊所的事，对在诊所怀孕这件事彼此都有默契。母亲们也像俊惠那样，时不时会找个意气相投的人，谈谈自己的不安和烦恼。这其中有与父母断绝了关系的人，有想着和捐精人见见面的人，还有最近和丈夫关系紧张的人。俊惠也和凉子，以及相熟后的贤人妈妈说过，夏日休假结束后回去必得吵上一架的现状。贤人妈妈说能吵吵架就不错啦，他们家连吵都吵不起来了。每年俊惠和丈夫都会重复上演“你别来呀——啊，我是不会再去了”这样的戏码，可丈夫还是一年接一年地参加了聚会，俊惠自然也没法开口问出“那你为什么要来？”这种话。

“我们当时倒是快乐无比，可对大人们来说就不全是那样了吧。”树里对并肩走着的雄一郎说。这时，两人从电车站坐上的公共汽车上下来，走在阴沉沉的天空下。

“我觉得一定也有些爸爸是不开心的。”

“要是那样的话，别去参加聚会不就好了。”树里说出了和雄一郎妈妈同样的话语。

雄一郎突然想起来了，树里的爸爸从某一年起突然不参加聚会了，但他觉得还是不提此事为好，于是默不作声地继续穿行在冷冷的空气中。

从大马路上拐弯后，眼前立刻出现了一条没有修整过的土路。笔直延伸的道路两边是一排树叶凋零的大树，记忆中的情景竟如此清晰地再现眼前，雄一郎感到一阵眩晕。

在雄一郎的记忆中，广阔无比的大地上只建有一座超级巨大的房屋，而实际并非如此。在一片开阔的住宅用地上有好多座规模相似的山庄，彼此间隔一段距离。走过两侧树木林立的土路，到处可以看到写有姓名的山庄指引牌，令两人大吃一惊的是，其中一块牌子上竟写着“早坂”，还注有“2031”的门牌号。

“这姓名牌是不是说明山庄还归早坂家所有啊？你妈妈提过这事吗？”

“妈妈说他们把山庄卖了，所以联系不上了。不过那是很早以前跟我说的。”

“那也是撒谎吧。”

“我上初中的时候和弹通过几封信。后来有封信说是地址错误给退回来了，我当时想他们是不是搬家了，要是搬家的话，是不是把那山庄也卖了？”

“也许指示牌就那么留着了。”

乌云密布的天空下土路显得更加幽暗，两人不觉加快了步伐。

按照“早坂”指示牌的引导，雄一郎和树里来到了那座从前夏日里流连忘返的山庄。

这是一座稳重结实的高级屋宅，现在看起来无论庭院还是屋宅本身都算规模较大的，但还是比记忆中的显得小些。在雄一郎的记忆中，山庄有大型旅馆那么宽敞，举行烧烤活动和篝火晚会的庭院有学校的操场那么开阔。从修剪齐整的篱笆墙处有一条弯弯的石子路通向山庄，远远看去那座木头房屋悄无声息、没有人气。

“从前周围没这么多树呀。”虽然山庄庭院入口没有正式的大门，树里在踏上石子路前还是猛地停下了脚步，仿佛前面有一座看不见的透明大门。

“可能记错了吧。我记忆里的也比这更大。”雄一郎觉着自己的声音从很远的地方传了过来，就像在没有水的泳池底部说话，声音混沌而缥缈。

“不对，没记错。这附近原本没这么多树，比现在敞亮多了。”本来是件无所谓的事，树里却寸步不让。

“屋里好像没人呢，怎么办，我们进去吗？”雄一郎顺着石子路走了几步，仔细观察了一番后说。原来山庄的大门是怎样的？大家一起吃饭的房间在哪儿？雄一郎都想不起来了。

雄一郎想起自己和纱有美之前的一段对话来。“小雄，你过得也不怎么样呢，”纱有美曾看似很开心地说，“太好了，大家也不全是成功的优秀人士。”纱有美是在把她自己和其他几个人做比较吧。住在整洁漂亮公寓里的贤人、职业歌手波留、事业顺利的插画家树里，这么一比，想必纱有美萌生了一种前所未有的情绪，说那番话时语气叫人不快，雄一郎听出来了。他自己也觉得每天过得不是那么充实满意，但被纱有美这么彻底否定，又觉得也并非如此吧。于是百无聊赖地回了纱有美一句：“是吗？”“你难道没点情绪？！人生被搞得这么乱七八糟的，你就没觉得懊恼、生气吗？”纱有美一脸严肃地问。“是被谁搞成什么样了?”雄一郎这么一问，纱有美立刻回答:“做出愚蠢决定的妈妈和那个为了钱整出精子的捐精人。”雄一郎惊讶于纱有美阴暗的思维模式，可经她那么一提，自己也禁不住想象起来。如果妈妈再多和爸爸谈谈，如果妈妈没有从和爸爸那没完没了的争吵中逃走，如果爸爸能对成为自己的父亲抱有更坚定的信念与决心，如果……如果……如果……诸多从那时候起就迸射四散的“如果”此刻仿佛被周围的一切吸走了一般，石子路那头的山庄寂然无声。

“等一下，等等!”耳边响起了树里格外迫切的喊声，雄一郎回头一看，见树里还站在石子路那一头，还真像有扇透明门挡住了她似的。“刚才的指示牌上写了房地产商的名字，管理物业的是太阳地产。我们先去那儿问问吧。”

雄一郎分不清她是出于紧张还是陷入了犹疑，树里说这话时脸扭曲变形，露出万分惊恐的神色。

两人原本担心地产公司会说山庄所有权是个人信息等等，不肯透露给他们，谁知孤零零一人坐在地产公司里的那位六十岁上下的男人，大概是觉得太无聊，竟给雄一郎和树里倒上了茶水，然后翻看着一本陈旧的登记册，爽快地告诉两人:“现在的所有人是原屋主的儿子。”

“他儿子是不是叫‘早坂弹’?”坐在折叠椅上的树里探身问道。

“嗯，是叫那个名字。我呀，是这么回事，我是五年前到这儿的，之前在一家房产公司卖房子。到退休年龄啦，可这年龄还是能干些活的，所以就找到这儿工作了，负责这儿的是我一个熟人。说到刚才那座房子啊，是儿子回购了父母卖掉的房产，这一带大家都知道哦。可我到这儿来以后还一次都没见过那家的儿子呢。”合上登记册后，管理人絮絮叨叨地说个没完。

“那就是说买回房子后，弹……早坂先生一次都没来过？”树里打断管理人的话，问道。

“是这么回事，不是所有人都会到我们这儿来。也有不少人会拿着礼物来打招呼客气地说请多关照，但不是所有人都这样。把父母卖掉的房产又买回来，大家都说这个儿子了不起啊！啊，这儿的员工不止我一个，现在都出去了，还有比我年轻的销售员……”

“您能告诉我们山庄所有人早坂弹先生的住址吗？”雄一郎被管理人无休止的唠叨搞得焦躁不安，于是横下心插了一句。本以为管理人会顺嘴吐出来的，谁知他往上推了推眼镜，看着雄一郎狐疑地问：“您二位和早坂先生什么关系啊？”

“我们小时候一起在那个山庄生活过，早坂先生一家对我们非常照顾，后来突然失去了联系，所以想起到这儿来打听消息。”树里说道。

“我相信你们说的是实话，可我还是不能说，这是规矩，本来山庄所有人的姓名其实也是不能说的。”

“拜托您了，现在您要是能和弹联系上向他确认这件事，马上就能知道我们不是什么可疑的人。”雄一郎虽然这么说了，可心里知道管理人不可能相信自己，以至于觉得好笑起来。要是树里一个人来可能还会好办些。雄一郎心里清楚，自己既没染黄发，也没戴鼻环，可别人就是会一眼看穿自己，一眼看穿自己是个没出息的小人物。

“哎呀，真的不行啊，规矩就是规矩。呀，不能总是闲聊啦，这个，喝完了吧？我拿去洗啦。”管理人说着匆匆忙忙站起来，拿起雄一郎他们几乎没怎么喝的茶杯往里间走去了。树里立刻站了起来，还想要再说些什么，雄一郎制止住她，转到柜台后面，打开刚才被管理人放到一边的登记册，飞快地翻看起来。文件是按门牌号码排列的，“2031”，刚才看见的数字一下跃入眼帘。雄一郎一边注意听着里屋传来的哗哗水声，一边翻看着。有了！雄一郎对树里使了个眼色，把登记册那一页朝向树里，然后站到里屋门口招呼道：“真是抱歉打扰了，我们知道住过的山庄没有转让给其他人就放心了，谢谢您的热情款待！”

正在弯腰清洗杯子的管理人转过身来，流水声停止了，他把茶杯放进沥水架后，脸上露出放松的微笑，朝这边走来。茱丽，你抄下地址了吗？雄一郎心里喊着。

“我们这就告辞了。真是太感谢了！”

“从东京来的？一路小心啊，要下雨了呢。”

雄一郎胆战心惊地回头看了一眼，登记册已放回到原来的位置，树里正微笑着对管理人说：“很抱歉我们提出了无理的要求。我们只留封信就回去了，您请放心。”

从地产公司出来后，树里立刻开始重复说着十一个数字，然后蹲下身，从包里掏出笔在手背上飞快地写了起来。一串数字，还有汉字和数字的组合，好像是手机号码和家庭住址。雄一郎往前凑了凑刚想看得仔细点，树里抬起头笑出声来。雄一郎也笑了，笑声仿佛把雄一郎带回了往昔岁月。笑着笑着，他突然有种想哭的感觉。

5

贤人看着坐在咖啡馆桌边的这个男人暗想，自己也是属于经济上比较宽裕的阶层，可眼下这个男人还不仅是这个层次。倒不是看到他穿的西服和皮鞋，以及一眼瞥见的那块法兰克·穆勒手表的缘故，而是从他身上散发的一种看不见的风度和气场上感觉出来的。贤人能够明显察觉对方一直以来享受的，现在也仍在持续的物质上的优越感。他不知道坐在身边的树里是否留意到了这一点，只觉得树里举止有些僵硬不自然，贤人想可能是紧张导致的。

“谢谢你们联系我！”

年龄应该和自己差不多的弹脸上浮现出了笑容，看不出那是发自真心的，还是一种社交辞令式的微笑。

“能见上面真的很开心。我们通过信的，你还记得吗？”

“记得记得，还让茱丽你用一些男孩名字署名呢。通信突然中断后，我还难受了一段时间。小贤你也好吧，想不到还能见上面。”弹很自然地叫着两人小时候的昵称，然后跟服务生要了一杯咖啡。

“等等，是信上写着‘寄送地址不明’给退回来的，难道你没搬家？”树里吃惊地探身问。

“咦？！”弹先是瞪着树里看了一会儿，而后哈哈笑了起来，“原来是这样啊！或许是我爸妈察觉出什么蛛丝马迹，读了你的信吧。”弹像是自言自语嘀咕了一句，又接着说，“先不管它了。你们去过山庄了？事先告诉我就好了。哎，不对，因为你们先去了，所以我们才能见上啊。”

“听说你父母把它卖了？”

“是，我上了高中后就不想再跟着家里人去度什么假了，一连好几年都没去过一次，所以就卖了。”

“可我们听说你又买回来了。”

“贷款买的，还在拼命还贷哦。但也才去过一两次。”弹笑说。

“你买下来真是太好了！所以我们今天才能重聚哦。”

“弹，你是知道的吧？聚会为什么不办了，还有关于那些……”贤人犹犹豫豫地说出了一直想问的问题。弹直直地看着贤人又笑开了，眼神真挚。贤人突然意识到面前的这个男人没有原先想的那么不可捉摸，他笑是因为真的开心，真的欣喜于朋友间的重逢。这个男人睡起觉来一定如死猪般酣甜，就像咲那样。

“啊，我知道你想说什么。我工作后才听说的，他们当时并不打算说，是我自己先调查了一番，然后逼着父母说出真相的。”弹对着树里做了个逼问的表情后，又笑开了。都说到这件事了，贤人很奇怪弹怎么还能这么嘻嘻哈哈、无忧无虑的。

“你们还有时间吗？我们换个地方接着聊，喝茶聊天虽说挺风雅，可我今天的工作已经干完了，说实在的，想去喝两杯。”

三个人都不太熟悉新宿一带的酒馆，出了咖啡馆后随便找了家就进去了，发现这是家年轻人聚集的酒馆。馆内光线幽暗，都是一个个用简单隔断隔成的小单间。哟，真便宜啊，打开菜单的弹发出一声感叹。贤人则在一边看着弹和树里轮流点了许多菜。

从咖啡馆出来寻找酒馆的路上，弹讲述自己的大概情况。弹的祖父最早经营的是制造录音器械的公司，弹的父亲进行了汽车专用音响设备的开发和制造，一下子扩大了公司的经营规模。弹大学毕业后在一家电机制造厂做了五年的“小学徒”后回到父亲公司，目前作为“见习总经理”在公司里“打杂”。说话间，贤人明显感觉到树里的紧张感在迅速消散，她的心情也豁然开朗起来。贤人不由得想知道弹这种真诚、率真、表里如一的性情，以及因此打动人心的本事，是在成长过程中获得的，还是与生俱来的天性？至少贤人自己的过去就不能说是无忧无虑的，虽然不能全归因于母亲挑明的那些事，但也不无关联。从前曾给贤人寄送过信件的那个陌生男人，也是通过非配偶间人工授精生下来的，但不是在那家诊所，而是大学附属医院。长大后才听闻自己出生的秘密，那个男人甚至烦恼到要自杀，然后开始大海捞针般寻找与自己相同境遇的人，目的是互相交流以及合力寻找捐精人“父亲”。虽然没见过这个人，贤人还是忍不住将他和弹，或者说把自己和弹做了对比。

啤酒端过来后，三人先干了杯。或许是第一次进这种便宜小酒馆，弹满怀新奇地环顾了小单间后，入神地看起大得出奇的菜单来。生鱼片大拼盘、私家现制豆腐、西红柿水菜沙拉，一道道菜依次上桌了。

“刚开始听说的时候，你也吓了一跳吧。现在呢，已经释然了？”树里冷不丁直奔主题地发问了。

“可不是，最开始我是吓了一跳。可怎么说呢，当时有点发蒙。虽说没有去怪他们撒谎，可听说什么不认识的人是自己的亲生父亲，一时半会儿真接受不了。‘那我到底算什么呢？’像这种问题，我也曾百般思索，想琢磨出个究竟来，后来想烦了，想够了。心想反正自己已经在这儿了，明天肯定会到来，明天来了肚子就会饿。再加上知道这事之前，我就隐隐感觉有什么不对，是直觉吧，曾想过自己是不是抱养来的，那么怀疑的时候也很痛苦。”

弹说话时，树里一直盯着他看。

“关于夏日聚会，你和父母谈论过吗？”贤人问道。贤人认为自己是去山庄拜访的人，所以主人那边说今年不搞聚会了，也只有听从的份儿。可弹在那之后一定还去过山庄。

“小时候就听大人糊弄了几句。长大后听到的说法，怎么说呢，更叫我哭笑不得。理由竟然是说要是孩子们之间谈起恋爱就麻烦了……”

“啊，怎么回事？”“什么意思？”树里和贤人同时惊问。

“你们不知道吗？”弹一脸茫然，道出了原委。

夏日聚会成为惯例后又过了几年，弹的父母开始怀疑诊所的捐精管理并非像他们说的那样严格。起因是一名在诊所怀孕的女子引发的官司纠纷。这名将近四十岁的未婚女子以“想在最后期限内生育”为由前来诊所就医，然后怀孕、生产，可孩子生下来后患有先天性心脏病。该女子以与契约不符为由提起诉讼，当然官司没能打赢，可是引起了媒体关注。即便是在当时，诊所这种让“没有男性伴侣却想要孩子”的女性怀孕的做法还是很罕见的。于是有家八卦杂志采访了一名自称捐精人的男子。报道中描述了这个匿名捐精人不无得意地说因为“比打工合算得多”，所以才做这事的。还说为了挣钱提供了好几次精子，诊所虽然要求提供详细的学历、病历背景，但其中有一半不需要证书，大部分人都是随便写写的。一位参加聚会的母亲偶然读到了这份杂志后，告诉了弹的父母。吃惊之余他们来到诊所确认报道内容的真伪。当然，诊所方面称报道谎言连篇，还说正在准备要告那家杂志。他们还出示了一份由某个捐精人提供的隐去姓名住址的证书。可弹的父母还是不相信，还去寻找过接受采访的那个捐精人，但最终没有找到。

疑心一起是没有止境的，事情发展到这步，弹的父母首先想到的是如果杂志上刊载的那个捐精人提供过几次精子的情况属实，那么在诊所接受治疗后生下的孩子中，有可能存在生物学意义上的兄弟姐妹。

弹的父母举办夏日聚会的初衷是想创造一个场所，让拥有相同境遇的家庭能够经常交流、诉说烦恼。这以后要是有什么事，相似立场的家庭可以团结起来，大人孩子们都能有所依靠、获得支持。可是，在孩子们一起长大的过程中，要是恋爱了怎么办呢？现在这年头也有不少才十几岁的孩子就发生肉体关系的。今后的三四年间，如果真的发生这样的事麻烦就大了。

“啊！”贤人不禁惊呼，眼前浮现出大人们抽打自己耳光，把自己和纪子拉开的情景，而后笑说，“真够蠢的！”是那个接吻让大人们陷入惊恐当中的吧，贤人这才明白过来，真是一群愚蠢的大人！

“是够蠢的。”弹有些伤脑筋似的也跟着笑了起来，“还不止那件事。还有更复杂的，大人之间的关系问题。总之一句话，对孩子们来说是乐园的地方，对大人们就不是那么回事了。以至于我父母还偷看茱丽的来信，背着我搞些‘住址不明’的把戏。”

6

弹从小到现在一直都极其客观地认为，妈妈是个冷静且聪明的女性。向妈妈询问有关出生隐情时，她并没有表现出惊慌不安的样子。她和爸爸两人纹丝不乱、条理清晰地讲述了事情的来龙去脉，语气既不迷茫也不困惑，始终充满自信，弹觉得也许就是因为妈妈的表现，自己才会坦然面对这些事实吧。

因此弹才无法忘记，妈妈唯有在谈及参加聚会的母亲们时，才会说出的那些激动的话语。

弹的妈妈碧是这么说的：参加聚会的并不都是像我们这样的夫妇，也就是说，他们并不都像我们一样想了又想、反复沟通、互相理解后才生下孩子。他们有的只是基于想要个孩子这种简单的想法，有的夫妇间并没有很好地商量过。聚会时的母亲们大多三十多岁，现在想起来，当时都还很年轻呢。还有的母亲因为没有丈夫，就向参加聚会的其他人的丈夫，倾诉自己时不时冒出来的对日常和将来生活的不安。

“那完全是一种错觉啊，”弹妈妈说道，“一年当中虽然见面的日子只有可数的几天，可是有的愚蠢母亲就产生了错觉：既然知道彼此间的隐私，那么这些人就比自己每天都见面的其他人要亲近。真是蠢透了！”

妈妈没有说出具体发生了什么，但弹能够想象得到。参加聚会的某位妈妈和另一家的爸爸好上了，还发生了肉体关系。弹心想自己的爸爸大概在那场纠纷中也扮演了一个角色。

夏日聚会中止后，弹只去过山庄两次。和树里、贤人说是上高中后就没和家里人去过，事实上上了初中就基本没去过了。

弹能轻易地想象出妈妈原本打算创造一个什么样的场所，她是想在一个广阔天空下有绿树环绕的地方，建立一个相同境遇的人互相支持的组织。妈妈是一个真心相信能办成此事的人，而这一切都失败了。那座山庄对于妈妈来说也许是一个美梦的残骸，成了一个令人厌弃的所在。可是她并没有反对弹重新买回那座没人搭理的山庄。当妈妈笑着说你好好努力、靠自己还贷时，弹又看到了那个熟悉、冷静且聪明的妈妈。回购山庄后，爸爸妈妈一次都没有去过。

弹听树里提过波留想要寻找亲生父亲，于是颇为冷静地认为虽说自己没想过这事，可其他人会想也是很自然的。关于诊所方面自己可能比其他人了解得都详细，因八卦杂志的报道去诊所进行调查的大概也就自己父母吧。刚进入九十年代诊所就关门了，医生也隐瞒了去向，弹父母还寻找过一段时间。但最终找到这个人的是弹，不过是关于此人的死亡公告。弹是在早报的一个角落里看到的，公告里写有“半田宪尚”的姓名，还说此人曾经营过“光彩诊所”，弹还拿去给妈妈确认过，这是一年前的春天发生的事。弹在互联网上搜索了一下，几乎没找到什么信息，只了解到半田宪尚关闭了光彩诊所后移居美国旧金山，在那里又从事过一段时间医疗相关的工作。

当弹提出想了解半田宪尚这个人时，父母给了他一本剪报册。翻开那本鼓鼓囊囊的剪报册，弹发现里面整整齐齐地贴满了从报纸和杂志上剪下来的褪了色的报道，都是关于光彩诊所的，按年份顺序排列。弹大致看了一遍，里面有正面的报道，也有负面的。特别是八十年代中期过后，也就是那次诉讼事件之后，大多是包含无聊嘲讽的批判性报道。

半田宪尚开办诊所前在东京都内一家大学附属医院的妇产科任职，七十年代中期在轻井泽开办了“光彩诊所”。他在某杂志的采访中曾放言：“我从不认为人生是平等的，但唯有出生和死亡是平等的。我从这两者的平等中感受到了人生的意义，因此我们每个人都有出生和生育的权利。在相信这一点的基础上，我从事了现在的治疗工作。”

在弹的印象中，诊所开业之初的半田宪尚是位充满了希望和正义感的医师，话语简洁直白，但不让人感觉伪善和欺瞒。后来不知是必然还是偶然的原因，当社会开始挺进“泡沫经济”繁荣期后，半田宪尚开始积极接受媒体采访，弹觉得他的话语也发生了某些变化。当有人抨击治疗费用高昂时，他回应说：“费用高那是理所当然的，费用高才能聚集起相应高素质的捐精人。”当有人指责他在进行生命交易时，半田立即回击：“事实上就是有人不进行买卖就得不到，才会产生需求。”当然，弹也知道撰稿人通过不同的写法，可以自由操纵一个人的形象，但他仍觉得这名医师和刚开业时相比发生了明显变化。某篇报道中说半田成了拜金主义者，弹赞同这个观点。这个半田医师事实上可能真的成了一名“金钱至上”主义者，又或许他是从“买卖生命”中获取了“神一般的万能感”。

在那场诉讼中，半田宪尚胜诉了。但是在一篇标题为“从事谎言和杜撰生意的诊所”的报道中，刊载了一张自称是捐精人和诊所原工作人员的照片，眼睛部分打上一道黑线，隐去了真实面目。他们声称捐精人的信息基本都是假的，还揭露说根据捐精人的学历和能力，患者要支付不同的费用。弹心想也许这就是那篇引起了父母怀疑的报道。那名原工作人员还说:“捐精人学历越高,或是在某个领域获得的成就越大,患者就要支付越高的治疗费用,她们当然是很乐于支付的,因为谁都想要个优秀孩子……可想到这些信息是由以挣钱至上的捐精人本人提供的……”

正如父母说过的那样,这篇报道出来后半田宪尚以“损毁名誉”为由起诉了出版方,并且打赢了官司。出版方出具了道歉书,还支付了一百二十万日元的赔偿费。有一张小小的剪报讲述了事情的经过。弹知道这件事绝对没有让父母放下心来。

弹专门找出有署名的采访记事,把署名记录了下来,并且没有告诉父母。然后在工作间隙通过上网查询和电话询问出版社,开始寻找这些报道的撰写者。大部分人都联系不上了,只找到了两个人。让弹惊讶的是其中一人还是自己熟悉的作家,这名作家大学毕业后做过一段时间记者工作,用的都是真名,三十岁过后成为作家并开始使用笔名。还有一名是现在还给报纸杂志撰写采访记事的自由撰稿人。弹给出版社发了一封信以联系作家,而自由撰稿人有自己的主页,弹往那儿发了一封邮件。他暗自寻思,两人可能都不会回复,万一要有大概也是自由撰稿人吧。可想不到是作家按照弹附在信中名片上的邮箱地址发送来了邮件,邮件中说可以见面聊聊。

弹是去年十二月和作家见面的。

这件事,弹既没有和父母说过,也没有告诉久未谋面的树里和贤人。但总有一天会说的，弹觉得就算不是所有人，其中也一定有几个人是特别想知道真相的。有像波留这样特别想知道亲生父亲信息的，也有想了解诊所信息的，还有自己这样并不明确到底想知道些什么，只是被某种奇异的力量驱使着去调查的。

弹脑海里滑过一个念头：当年聚会时的小伙伴哪天能在山庄再聚一聚就好了。他没有想过其中可能会有性格不投的人，也可能会有不想聚会的人，只是觉得大家应该都会怀念往日情谊赶来聚会的，就像最近见到的树里和贤人那样。他们之间有一种有别于小学同学的亲密感，肯定聚得起来。弹是这样想的，就像妈妈曾经那样。

面对这些笑逐颜开前来欢聚的小伙伴，自己应该说些什么，又该怎么说呢？弹陷入了沉思。事情的真相就像他的父母曾经担心和犹疑过的那样，对于这一切自己到底应该怎样解释为好呢？

7

慎也从那以后再也没有乱扔过东西，或是说过什么威胁的话。还和往日一样高高兴兴地去上班，下班回来也没显得特别疲累，有时会给阿由美洗澡，有时还会主动清洗饭后的餐具。为此纪子认为那天是自己不好，不应该只做好了饭扔进冰箱，就跑到娘家去待到那么晚。就算那天情况特殊，父母说了一番足以改变自己人生的话，自己也是身体僵直地听完后才有力气站起来，可慎也什么都不知道呀，生气是理所当然的。

今天又是星期三，纪子带着阿由美回娘家来了。可这回纪子没有午睡，连饭都没吃，只待了几十分钟后就匆匆忙忙回家了。事实上纪子也已经决定今后必须改掉每周都回的习惯了。每周回一次娘家的做法从世俗角度看也有些出格，纪子推想大部分丈夫对这种做法都不会感到开心。

“我们是不是不说那番话更好呢？”

新年年初第一次烹饪课结束后纪子回了趟娘家，当纪子手忙脚乱地收拾东西准备回自己家时，餐桌边坐着的妈妈突然问了这句话。纪子回头一看，妈妈正在给泡红茶的茶壶里重新灌上热水。

“那番话？”

“就是和爸爸三个人一起说的，关于你的事，从前的聚会什么的。总觉得说了那番话后你每次都逃也似的赶回家……”

“没那回事。”纪子说完这句后陷入了沉默，她没法说出那天慎也大发脾气的事，说了肯定会让父母担心的。妈妈要是太过担心，没准会向慎也说些没必要的话。于是纪子又加了一句，“跟那个没关系。”

“我当时是这么想的，要是你和茱……那个插画家联系上了，万一她真是那个‘树里’，要是你从她嘴里听来各种各样和聚会有关的事，我感觉不太好。我们原先没打算说出来，可又实在不乐意你从别人口中听说真假参半的话，所以我们就自己说出来了，可说了后……”

“我说了跟这事没关系！”听到纪子冷不丁地一声大喊，阿由美吓得哭了起来。“啊，对不起，妈妈没有生气。”纪子抱起阿由美安慰了几句，而后接着说，“跟那事没关系。超市到了傍晚很挤，三点左右去比较空，我想早点去。”

“是这样啊……这样就好……再来一杯红茶吗？没时间喝了吧？”

纪子抬起头，看到强忍住哭泣的妈妈正满含忧虑地看着自己。

想哭的人是我才对，往车站走着的纪子想道。乌云越聚越多，天空越发阴沉了。纪子的鼻尖冻得生疼，她将抱在怀里的阿由美的帽子往下拉了拉，重新给她戴严实些。

纪子完全不知道该从何理清思绪。每回刚想梳理一下父母说过的话，脑海里立刻浮现出慎也扔过来的空罐，身体和大脑也就僵硬起来，变得没法好好思考问题了。纪子没有完全消化和理解父母说的那番话，但也并非一点都不理解，她连自己更愿意是哪一种状态也不清楚。父母轮番讲述事情经过的时候，纪子只觉得耳中有一阵远远的轰响，阻碍了自己细致地思考问题，直到现在那个声音似乎还在耳边回响。

纪子曾多次点开偶然发现的船渡树里的个人主页，每次都能看到蹦出来的邮箱地址，都快能背诵了，可是纪子没有发送邮件联系过。纪子基本上可以确定，那个问出“你想起来了吗？”的人肯定就是那个“茱丽”，正因为这样纪子才更加犹豫。

和茱丽联系上后又能怎么样呢？有关聚会取消的原因，还有聚会家庭的共同点，这些纪子想知道的已经全都知道了，她不清楚树里是否也都知道了。要是不知道的话，纪子觉得对她说话就必须谨慎小心。可要是她也已经知道，那又该同她说些什么？怎么说呢？纪子真不知该从何谈起。

“大家要在森林里聚会喽！ NON，你在哪里啊？”

主页的背景直到昨天还是冬天光秃秃的树丛，今天已经变成春天的景色了。所有的树木都萌发着嫩芽，五颜六色的花朵开始绽放，画面上的那句话也变了。纪子立刻明白了“NON”叫的就是自己，脑海里立刻自动把它转换成了呼唤自己的稚嫩声音“小纪”。[1]

---

[1] “小纪”的日语罗马音标记为NON。

“森林已是春天的装束，所以我们要在森林里相聚。打开记忆深处的那扇门，你还记得吗？”

纪子用手捂住了嘴，不这样的话就会大声哭出来了。掩口的同时，她还使劲咬住自己的食指，咬得生疼，总算忍住了号啕大哭，只是从右眼流下了一道泪水。“妈——妈，妈啊——妈！”脚边响起了阿由美的叫声。纪子用带有牙印的手指拭去眼角的泪水，猛地点开了主页上的通话栏，在随后出现的对话框里开始输入文字。“妈——妈！”阿由美温暖的小手拍打着纪子的小腿。纪子一口气写完了内容，看都没再看一眼就摁下了发送键。然后飞快地弯下腰抱起蹲在脚边的阿由美，把脸埋在孩子柔顺的黑发里，深深地吸了一口甜甜的气息。

当天夜里，纪子收到了树里的回信，她凑近屏幕读了好几遍。

树里在回信中写道：“我抱着一线希望在主页上写下了那段话，没想到真的找到你了！”让纪子吃惊的是，树里似乎已经找到了那个时候的小伙伴们，雄一郎、弹、纱有美、波留，还有贤人。看着眼前排列的名字，纪子却想不起任何人的长相，只对“小雄”“小纱”这些名字有些许印象。她也想不起来自己和谁最要好了，只回忆起几个呼喊“小纪”的稚嫩声音。

更让纪子吃惊的是，树里提到大家计划在五一黄金周假期到山庄聚会，还说：“要是你能休假的话，也来参加吧。大家不一定都能来，要是你害怕一下子见那么多人，我可以先和你见个面，或者你想最先见见贤人？（笑）”

听到浴室门打开的声音后，纪子慌忙关上了邮件窗口。“阿由美交给你啦——！”慎也话音未落，纪子已飞跑到更衣处，从慎也手中接过光溜溜的阿由美。纪子用浴巾给阿由美擦着身，感觉自己的心脏怦怦直跳，都蹦到嗓子眼了。

真没想到这么快就能见面了，这之前自己都磨蹭了些什么啊？为什么没有尽早给茱丽邮件呢？浴室里传来慎也哼唱的声音，好像在洗头，甚至还听到了洗发香波起泡的微弱动静。干吗要考虑聚会时说些什么呢？不说话也可以呀，就是想见见面嘛！只是想见见而已。阿由美不知说了句什么，自己乐开了，纪子也笑了。五一黄金周、一个半月后、重回那座山庄。纪子给阿由美套上小内裤后，帮她穿上了睡衣。阿由美咯咯地发出了清脆的笑声，浴室里传来慎也的冲水声。正在给阿由美梳理头发的纪子突然停了下来。

怎么跟慎也说好呢？找个什么借口出去一天呢？还是别说回娘家了吧。说和朋友见面？或是有同学会？慎也倒也不是那种不允许参加这类活动的丈夫，说不定还会高高兴兴地送自己出门呢。可浮现在纪子脑海里的却是那天的慎也，那句嘶吼出来的“你都干吗去了你！”，还有那些“哐啷啷”滚落的空罐。

浴室的门拉开了，纪子吓得一激灵，全身都僵硬了。

“嘿，你们怎么还在那儿。”慎也拿起浴巾擦拭着身体。

“啊，嗯……抱歉，挡住路了。”纪子抱起阿由美走出了更衣室。

只听见慎也在身后兴致颇高地喊着：“小由美，能和爸爸一起洗澡到什么时候呀？”纪子回到客厅，把摆放在餐桌上的笔记本电脑的电源关了。

茱丽！啊，茱丽！我在这儿呀，我在这儿！纪子抱起阿由美，贴着孩子的小脸蛋在心中默默地呼喊。

8

最一开始纱有美就是单纯地觉得开心。小时候，一年之中虽然只有几天在山庄和小伙伴们一起度过，纱有美内心深处却一直认为那段回忆是激发自己生命能量的源泉。从记事起能够和自己亲密无间交流的，不，是承认自己存在的就只有那些小伙伴。

可现实却不是这样的。波留看起来一副名人派头，相当傲慢。纱有美能感觉到她的话外音：和你这样一无是处的普通人说话真是白费劲。树里呢，可能是知名度没那么高的缘故吧，倒没有波留那么傲慢，但总觉得难以接近。纱有美猜想大概是得知了出生秘密后的表现吧，也就是说，树里想隐瞒这件事。她肯定是害怕和原来的小伙伴们来往后，那个秘密会被朋友、周围的人，说不定还会被老公知道。

贤人看起来很冷酷。听说贤人在召集大家方面确也出了一份力，可他绝对不像自己这样只是单纯地想见见面，而是抱有某种更加阴暗的、不可告人的目的。纱有美看到小时候曾经爱慕过的雄一郎还是那副样子，没什么变化，觉得开心极了。而且他既不是波留那样的名人，也不像树里那样有个幸福的家庭，看起来也没贤人挣得那么多。在他身上纱有美既没发现拒人千里的感觉，也没感受到冷酷无情的态度。所以第一次会面的那一天，大家分开后纱有美单独约了雄一郎，想和他再说说话。

聊了一会儿后，纱有美发现雄一郎和自己境遇十分相似。在雄一郎满不在乎地聊身世的时候，纱有美无意识地对自己和雄一郎经历的事件进行了正负分类，并且试图分辨出谁更加不幸。雄一郎妈妈弃他而去是个大大的负面事件，可是朋友遍地这一点比自己强；雄一郎爸爸离家出走，他从十几岁开始就一个人生活，这真是不幸；而反反复复变换工作这点和自己一样，这扯平了；现在雄一郎有工作，自己没有，略逊一筹。就这样，纱有美在听的过程中不断地做着比较判断，结论是雄一郎比自己过得差。虽说纱有美不想承认，可对于这个结论她有一种奇怪的欣慰感，还有点沾沾自喜。纱有美觉得不管说什么雄一郎都会理解的，波留、贤人他们肯定不能理解的事，雄一郎就能理解，而且不会否定自己。因此，纱有美在头一回去的那个车站的站前酒馆里，对雄一郎说了一番话。纱有美的开场白是："小雄，你过得也不怎么样呢。""是吗？"雄一郎好像完全没有认清自己的现状，纱有美吃了一惊，旋即说得更仔细了些。

"我们的人生被搞得这么乱七八糟的。我不责怪母亲们去那家奇怪的诊所，可你不觉得那之后很糟糕吗？随随便便发起了夏日聚会，又突然不办了。我希望有人告诉我这一切是怎么回事，不是波留和贤人，而是更早些时候从妈妈嘴里。你明白我的意思吗？"

雄一郎回答说不明白，又接着解释："我的人生……没有'人生'这个词听起来那么了不得，也没被什么人搞得乱七八糟。"说完还略带嘲弄地笑了笑。或许雄一郎并没有嘲弄的意思，可在纱有美看来是那样的。于是她生气了，毫不留情地喊道："你被妈妈抛弃了，又被爸爸抛弃了，高中也退学了，现在也是能过一天算一天，大概是成不了波留那样的名人了，也不会像树里那样正儿八经地结婚过幸福日子，也不会像贤人那样有个好工作，这不是乱七八糟又是什么？！你难道没点情绪？人生被搞得这么惨，你就没觉得懊恼、生气吗？原本你妈妈就不该把你扔给没有血缘关系的爸爸，而你爸爸应该对你担负起做父亲的责任来。”纱有美没有发觉手边的柠檬气泡酒中的冰块已经融化，还在不停地说着。

“是被谁，又把什么搞得乱七八糟了？”经雄一郎这么一问，纱有美才明白眼前这个人不是在嘲弄自己，可能只是有那么一点愚钝而已。纱有美忽然觉得雄一郎很可怜：不会思考，也搞不清楚自己遭遇了什么。

“做出愚蠢判断的妈妈和那个为了钱整出精子的捐精人。”纱有美换成一种循循善诱的口气。雄一郎听闻后径直看着她问：“你一直都是这么活过来的？”

纱有美一开始不太明白雄一郎的意思，稍作思索后才知道这句话是在体贴自己一直活得很痛苦，眼泪哗的一下流了出来。

和雄一郎发生关系是在一周后。纱有美那天特别想和雄一郎再说说话，于是打了电话，见了面后又硬是要雄一郎陪自己喝酒。那天都是纱有美在说自己的事，从聚会停办到现在的经历。雄一郎静静地听着，时不时回应一句。纱有美对他这种安静的状态感到紧张，为了缓解紧张就喝酒，一来二去喝多了，等纱有美意识到时已在路边吐得一塌糊涂了。吐完后疲惫不堪，就让雄一郎背着自己去了一家情人旅馆。纱有美还记得是自己主动脱下衣服的，还说自己不想就这样做一辈子处女，恳求雄一郎让自己经历一次。事后纱有美沉沉睡去，醒来时发现雄一郎已经离开了。从第二天开始，雄一郎的电话就打不通了，无论是用公共电话还是固定电话打，他都不接。

纱有美开始有种不快的感觉，好似浑身灌满了不知从哪儿冒出来的来历不明的黏糊糊的液体。一直以来支撑自己的那段记忆仿佛被什么东西玷污损毁了，不，或者正如妈妈说过的那样，记忆本身可能就是一个彻头彻尾的谎言。

二月里，纱有美突然回了趟连过年都没回的妈妈家。摁响公寓门铃后没人应答，纱有美开门进去发现妈妈不在家。屋里比当年自己在家时更乱，东西散落在屋子的各个角落。直觉告诉纱有美，妈妈又换情人了，而且新情人还没开始出入这里。

左等右等妈妈总也不回来。窗外的光线暗淡下来，纱有美肚子饿了，于是随便拿了一个妈妈买的方便碗面吃了。吃面时，汤汁飞溅到餐桌上摆放的一张公共费用支付单据上，看着那块褐色的污渍，纱有美觉得一股怒气直冲脑门。

从小到大纱有美虽然觉得妈妈对自己不是那么感兴趣，也一直为此叹息不止，但她一次也没有厌弃和疏远过妈妈，一直以来都像个单相思的女孩那样，默默祈愿能得到妈妈的爱。可现在纱有美突然醒悟了，想明白了。

把自己的生活搞得乱七八糟的罪魁祸首正是妈妈！纱有美不清楚当时的具体情况是怎样的，但妈妈肯定先是想要个孩子，生下来后又没了兴趣。妈妈总是说因为有了你所以怎么怎么样，听起来像是说因为有了你所以我在拼命努力哦，但这句话真正的意思是如果没有你的话就不用这么费事了，很早以前纱有美也琢磨过这个问题。那会儿就算想到这点了也丝毫不觉得难受。可是今天，这些想法在纱有美内心激起了不同的反响。“要是没有你，我就更能随心所欲，就有更好的条件去工作，能和自己喜欢的男人相处得更融洽，可是有了你，有了你什么都不顺了。”那个女人就是一直对我这么说的。

凝视着污渍的纱有美不觉陷入一段往事的回忆中，是关于夏日聚会的。眼前出现了妈妈的身影，那是谁的爸爸呢？妈妈和那个爸爸脸贴脸地低声细语，还亲密地挽起了胳膊。

纱有美恍然大悟，说不定聚会中止就是因为妈妈吧！妈妈和参加聚会的某个爸爸发生了关系。那到底是谁的爸爸呢？想不起来了。但是在这个不见妈妈身影的家里，纱有美对她破坏了聚会这一点深信不疑：糟蹋了聚会的正是这个蠢货妈妈，这个男女关系混乱的妈妈。

纱有美将吃剩的面条倒进洗碗池边上的三角垃圾筐，把空的纸碗放进洗碗池后，看了看手表，七点多了。刚才一直下意识地认为等一等妈妈就会回来了，直到现在才想到也有可能不回来了。纱有美拉开碗柜的抽屉，看到一堆便笺纸和文具当中混着一张折叠起来的一万日元钞票，纱有美把它塞进牛仔裤裤兜后，向妈妈的房间走去。纱有美打开了房间的壁橱门，将所有的抽屉依次拉开，她自己也不知道在找什么。

但是她想找到点什么，必须找到点什么。如果找到，应该就会明白寻找的理由了。

9

树里总觉得有点不踏实，心想要是没请她到家里来就好了，但很快又打消了这个念头。这有什么好担心的呢，虽说不太了解，但也算是个熟人哪，既不是怪人也不是什么坏人。

“贤人那儿也挺漂亮的，你家也可以上杂志哦！”纱有美刚坐上沙发，立刻又站起身四处溜达起来。她大大咧咧地走进厨房看了一通，又来到走廊里，打开树里工作间的房门。

“你喝红茶，还是咖啡？”树里问道，想让纱有美回到沙发这边。

“我一辈子都住不上这样的房子啊。”

“说什么哪，不就是个极其普通的公寓嘛。”树里走进厨房，准备泡一壶红茶。她不明白为什么这么心神不定，于是回想起在贤人家时那个不停地说见了面真开心的纱有美来。在大家都少言寡语的那天，只有纱有美天真地为重逢而欢喜，那会儿的她看起来比实际年龄小多了。树里不知道自己面对这样的纱有美在戒备着什么，三天前接到纱有美想见面的电话时并没有这样想，只是觉得挺高兴的，还想着和她聊聊弹和纪子的事情呢。可不知为什么现在又不想和纱有美说起和弹见面的事了，树里自己也觉得莫名其妙的。

“茱丽，你现在过得特幸福吧？”

树里抬起头，隔着厨房操作台看向纱有美。

“是啊，特幸福呢。”树里故意开玩笑地模仿了纱有美的用词。

“那，我能问你吗？从小到现在你一直都特幸福吗？”当树里将放在托盘上的红茶放在纱有美面前时，纱有美笑问，目光深处却流露出一种走投无路的绝望神情。

“要谈这个话题，我得先知道你所谓的幸福是指什么？必须在这个前提下才能讨论吧。”树里在对面坐了下来，对刚才纱有美的问题既没有敷衍作答，也没有嘲讽挖苦，“在我看来，特别高兴的事、特别开心的事都是‘点’，而幸福是‘线’。人不可能一直都很开心，所以也不可能一直都是幸福的。但只要有那么一瞬、一天，或者说得更宽泛点，有那么一件想来很开心的事，我就觉得幸福。”

“点也好线也好，我从来没觉得开心啦，幸福啦什么的。”纱有美打断树里说道，随即将视线转向了窗外，像在捕捉什么。

“这么说来，各人对幸福的理解不一样呢。可能幸福的定义还是挺狭隘的吧。”

“我妈妈根本就没认真考虑过，就想要个孩子。当时虽说也有男友，可并没有打算结婚。那人高中毕业，什么工作都干不长。妈妈觉得要生孩子的话，就得和更优秀的人一起生。像什么国立、公立大学毕业的，在大型企业工作，或是医生、学者什么的，再或者是因体育特长推荐上了大学的现役运动员。不是这些人的孩子就不想要，所以就去了那家贩卖名人精子的诊所。”

纱有美说话间，树里故意没有再细听下去。她知道纱有美也是最近才知道身世来历的，很容易想见她必定也经受了同样的打击，但她和自己还是有些什么决定性的不同，树里的直觉告诉她：要小心不要认真地听取面前这个人说的话，绝对不要真心诚意地和这个人交往。

是盐烤马鲛鱼呢，还是用香草清蒸？耳边流淌着纱有美滔滔的说话声，树里故意分神去想晚饭的菜式。

“孩子呢？”这句问话犹如一记棒喝惊醒了树里，蓦然抬头发现纱有美正面无表情地看着自己。“噢……”树里略带嘶哑地应了一声，喝了一口红茶，茶水冷且苦。“是不想要孩子？”

“是生不了。”树里冷不丁蹦出这句后就说开了，“原因不在老公，是我。我生病后卵巢只剩一个了，所以比别人难怀孕。”树里不想对纱有美说实话的，可还是说了，“我觉得必须和老公认真商量一下进行什么专业的治疗，刚要这么做时又知道了自己的身世，我打算还是先想明白自己的事再说。还有就是……”说着说着，树里感觉现在的感受似曾相识，过往的一切又清晰闪现。“你一定要照顾好大家，一定要对大家好哦！”当年妈妈就是这样再三叮嘱的，所以树里一觉得纱有美可怕时，马上就会产生内疚之心，还担心这种想法会被纱有美发觉。虽然不想接近纱有美，最终还是更友善地对待了她。树里非常吃惊这些已经忘却了的、消失了的往事竟能如此神速地重现脑海。

“这么说，你是想要孩子的。可在不知道我们的父亲是谁的情况下，还想要吗？”

走开！树里心底不可抑制地想呐喊，走开！走开！走开！走开！

“想要孩子，是因为你觉得来到这个世界是件好事，对你来说的确如此，一直都那么幸福。我从没想过要孩了，因为我怎么都说不出来，我无法对那个生下来的孩子说这个世界是多么美好啊。而茱丽你就能这么说，是吧。”

“呀，糟了！快四点了，我得去买晚饭用的东西了。”

走开！树里说话时小心谨慎地不让这声嘶喊脱口而出，她将自己的和纱有美的茶杯都收拾回托盘，颤抖的双手使得杯子发出刺耳的碰撞声。

你说什么？树里反问一句后，敦头也没抬，盯着眼前的饭碗静静地说："我是说你让人捉摸不透，总是心不在焉的，说话的时候心思也不在这儿。"

树里本想反驳才不是那样呢，可嘴一张倒哭出声来了，自己也吓了一大跳，程度可能比吃惊地张大了嘴的敦更甚。

树里心想，敦凭什么说得好像我伤害了他一样，他都不知道这几个月我经历了什么，我神思忧虑，到现在都无法自拔。想到这儿，树里不禁深刻反省起来，是啊，敦不明白是当然的，我没有告诉过他呀！他觉得我捉摸不透也是自然的。树里吸了吸鼻子，深呼吸了一口后开始讲起自己的身世来。

"我妈妈用了不是我爸爸的精子，通过人工授精怀上我的。"话一开口，树里不假思索地说了下去，"我刚从妈妈那儿听说的。本来是想跟你商量要孩子的事情，是接受治疗呢，还是尝试人工授精之类的办法。可后来顾不上说了，我首先得接受自己的身世，然后才能重新考虑要孩子的事。这些都是和你商量之前的准备，所以没和你说。对不起！"

"不，是我该说抱歉！"敦把左手端着的饭碗轻轻放到餐桌上后，就一直盯着桌子正中，屋里静悄悄的，谁都没说话。"可是……"长久的沉默后，敦终于开口了。树里默默祈愿：求求你了，别说，别说那些谁都会说的大道理，那些安慰的话，那些愚不可及的话。求你了，别说！

"可是，那也不是什么特别的事。"敦还是说了，"医学已经进步了，应该有不少人用这种办法了吧。只要看看爱你、抚养你长大的妈妈就知道了。我是说……你的身世，又不会影响我们要不要孩子的决定。怎么说呢，如果想要孩子，心情上就不会有什么改变。”尽是些树里不想听的话。

“是啊，现在是常有的事了。”树里不想再听下去，于是回应了一句。

树里想起刚才自己在思考“来到这个世界是件好事的理由”时，不知该如何作答的情形来。树里一次都没有认为来到这个世界是件不幸的事，可这么想和“来到这个世界是件好事”是一回事吗？自己为什么那么想要孩子呢？对自己这一瞬间的犹疑，树里突然感到害怕起来，这种心情无论如何都不能跟敦说，因为他不可能理解。

10

贤人也听闻过作家的大名，大概他曾在自己那家广告代理公司的其他部门委托过业务。

根据野谷光太郎的个人简介，他应该四十出头了，但看起来才二十多岁的样子。就连边说“你好”边伸出右手来紧紧握手这种很容易显得做作拘谨的动作，野谷光太郎做起来也是那么自然，给人平易近人的感觉。在广告公司宣传策划部工作的贤人，有很多接触文化人的机会，但是和野谷这样没有架子、率直纯朴的作家打交道还是头一回。据弹说和野谷只在去年年末见过一次面，可眼前这位谈笑风生迎接弹到来的作家，看起来像是弹学生时代的友人。

野谷光太郎的事务所位于代代木一座商住两用楼里，这是一套光照条件不太好的陈旧的带厨房两居室，贤人他们经过的饭厅和这间八张榻榻米大小的房间地板上都堆满了书本，四壁也是一堆堆高耸至屋顶的书本。房间里只有一台超大型的电视机、沙发和塞满了书本的书架。贤人猜想隔壁的房间大概是作家的书房吧。

“您周六也在工作啊，很抱歉百忙之中打扰了！”弹对着走进厨房的光太郎打了声招呼。

“你们喝咖啡吗？我这儿也有啤酒和威士忌哦。”

弹瞅了贤人一眼后，笑着说：“日头还高着呢，喝咖啡吧。”

光太郎隔着茶几坐在弹和贤人对面，他给两人端来了冲泡在马克杯中的咖啡，自己面前的玻璃杯里却是看似威士忌的液体。

“这儿是工作室，老师几乎每天从早到晚都在这里埋头创作。”弹刚一开口向贤人介绍，光太郎就哈哈大笑地说：“不是跟你说过嘛，别用那些恐怖的敬语，叫我‘老师’什么的。

我家在武藏野市，到这儿来倒不全是因为忙，在家里没法一个人静下来做事啊。”

“非常感谢您百忙之中抽空见我们。”贤人也表示了谢意。

“好啦好啦，不用客气。直接谈正事吧。”光太郎挥了挥手说道。贤人发现作家的手掌厚厚的，结实得很。

“我们想谈的是去年跟您打听过的那件事。”

“啊，光彩诊所吧。”

“我们想联系一下上次提到的那个诊所职员。今天来的松泽先生也是在那家诊所出生的，由于各种机缘，拥有这样背景的人今年都见了面。其中有一个人急切地想了解她生物学上的父亲，不是出于‘自我认知’这些心理上的问题，而是想知道父亲那边的病史。我们也知道要找到生物学上的父亲很困难，可因为有您这个渠道，我们不能坐视不理，想尽一切可能寻找当年的捐精人。”

贤人在一旁静静地观察着正在听弹说话的光太郎。他发现这位刚才从一开门就一直笑容满面的活力四射的作家，眼睛里其实并没有笑意。听完弹的解释后，光太郎拿起放有冰块的玻璃杯，慢慢地送到嘴边抿了一口，而后说道：“正如我之前所说，你们要找到那个女孩的生物学上的父亲几乎是不可能的。而在了解那个几乎不可能知道的真相的过程中，倒是有可能获知许多你们不想知道的事实。即便如此，那个女孩也要这么做是吗？”

“是的。”弹回答。贤人从旁边看见弹脸上挂着沉稳的微笑。

“我写的书初版大概发行三万到五万册，”光太郎突然说出一些贤人不明就里的话来，“主页的点击量一天大概是两千左右，连载方面小说加上专栏，一个月有十回。只要我和杂志社要求，”光太郎捡起脚边的一本杂志给两人看，“我确保能拿到四页版面，要是内容合适八页版面也是可能的。当然啦，连载也一样的。”

贤人一边留意观察旁边弹的动静，一边看着光太郎。光太郎身后是一扇没挂窗帘的窗户，在这扇打开了几厘米宽缝隙的窗户对面，可以看见一面有些肮脏的灰色墙壁。“我想说的是，你们是否可以让我把这件事写成纪实文学，作为交换，我会全力协助你们，你们以我的名义做什么都行。我会在主页、杂志、报纸上撰写文章，寻找几几年到几几年间在轻井泽诊所提供过精子的人。我来开口的话，反响要比你们大得多。当然其中也会夹杂嘲讽和虚假信息，但即便是把这些去除掉之后，也会比你们单独行动更有可能获得准确的信息。这么一来，找到捐精人就并非不可能了。”冰块融解沉入威士忌中发出了轻微的动静，“涉及你们个人隐私的内容我一概不写，也不会为了追求趣味性和离奇感去编故事。如果需要，交稿给编辑部前可以先让你们审审，如果有不合适的，我二话不说就会删掉。我们也可就此事进行公证。”

贤人竖起耳朵想听听弹怎么回答，可他什么都没说。

于是贤人自己试探着问了句："这么做，对您有什么好处呢，通过帮助我们？"声音既不抖也不哑，很平静。

光太郎又一次举杯将酒一饮而尽。公寓楼虽然建在路边，房间里却静得像密室。光太郎站起身，贤人下意识地有点紧张起来。只见光太郎走向厨房，往空杯里又倒了些酒，然后走了回来。

"说来可能和你们没什么关系。这几年我遇到了创作上的瓶颈，书的销量虽有波动，总体来说卖得还好，连载方面也是，已经排到三年后了。可怎么说呢？"光太郎双手把持着酒杯不停地转动着，眼睛直盯着看，"我觉得所做的事情没有任何新意，只是例行公事。而通过撰写与你们相关的纪实文学，我预感这是我作为一个作家开拓的全新领域，其中缘由恕我直言。"

光太郎说着，挨个扫视了一下弹和贤人，这使得贤人突发奇想：要是曾和这个人做过同学，会对他留下什么印象呢？

"因为确实有意思。在日本这类事还是被视为禁忌的。而在欧美不同，美国就有一个收集与好莱坞明星长相相似的人的精子库，对此并没有什么是非评价。为什么在我们国家就被视为禁忌了呢？为什么就不能讲述呢？从写那篇报道起，我就一直对这件事情抱有兴趣。写成小说不行，写小说就逊色了，我想写成纪实文学。这个素材很有意思，肯定行得通。”

“我们没见几次面，您就不吝言辞地说了这么多，真是感激不尽。”弹终于开口了。当贤人看到他脸上依然挂着笑容时，突然产生了一种陌生感：这个男人、这个早坂弹，到底是谁？为什么还笑得出来？只听得弹继续说道：“关于刚才那件事，我们现在无法立刻给您答复。我们必须征求其他人的意见，特别是那位想寻找父亲的女孩。所以请您稍待几日，我们会尽快回复。”

光太郎的第二杯酒也快喝完的时候，弹顺势站了起来，贤人紧随其后。关门之前，作家笑吟吟地说：“任何时候都可以联系我，邮件、手机都可以。”这时候作家的眼中实实在在地洋溢着笑意。

“事情越搞越复杂了。”走往车站的路上，弹苦笑着说。

“最先要问的应该是波留吧。我怎样都行，找不找得到父亲都无所谓。”

天高云淡的天气，路上往来的都是学生模样的青年男女。

“贤，你有没有想过自己可能生不了孩子？”走着走着，弹突然问道。

“没想过。我都有两次让人堕胎的经历了。”贤人对这个突如其来的问题大吃一惊，这反倒使得他和盘托出了事实。

“是嘛！”弹停下了脚步，一脸愕然地看着贤人。路过的年轻人都不满这个身材魁梧的男人挡住了道，从他身边绕了过去。弹似乎还想说点什么，向前走了几步，看也没看贤人地说：“我从没和女人正式交往过。”

11

从早上开始，不，是从昨天晚上开始，纪子心里就没着没落的。洗碗的时候还摔了一个盘子，真正入睡时已是深夜两点了。

纪子临出门前，慎也还面带笑容地说了句“今天你可以在外面好好玩，不用急着回来的”。慎也几天前就说过，今天公司要为四月份换岗和跳槽离职的人举行欢送会，自己要负责组织，回家估计要坐末班电车了。所以纪子很早就知道今天不用做晚饭了。

最近纪子收到树里的一封邮件，其中提到波留邀请树里去参加一个地下演唱会，一般来说波留是不会在那种局促拥挤的表演场所唱歌的，不过这次是作为朋友的演唱嘉宾献唱。波留说现场不会有太多人，正好可以去听听。其实，演唱会是地下的还是在音乐厅，场地狭窄还是宽敞，对纪子来说都无所谓。

树里在邮件中还对纪子发出了邀请。那家音乐厅位于下北泽，六点开演，所以和纪子约定的碰头时间是五点半，在站前的一家咖啡店。波留七点半到八点之间登台演唱，所以晚点去也没关系。波留最晚唱到八点半，如果有时间的话那之后还可以见见波留，来不及不见直接回去也行。

纪子最后一次去音乐厅还是大一的时候，她不知道该不该带着孩子去音乐厅，这不是因为过着和音乐厅无缘的生活导致的困惑，而是自己的情绪波动得厉害，一直激动难耐。这次去将会见到树里、贤人、波留，还有弹。纪子虽然已想不起来这些名字对应的脸庞，可自从得到慎也的许可后内心一直难以平静。

本来纪子没想到慎也会答应让自己出来。刚巧听慎也提到欢送会的事，就想着或许能行，于是开口说道："那天恰好是我朋友举办音乐会呢。"慎也回应说："那天不用做晚饭，很难得的机会，你就去吧。"纪子吃惊地问："真的可以吗？"慎也笑眯眯地说："偶尔出去参加一下这类活动也挺好。"慎也真是这么说的。他可能以为是纪子中学时代的朋友在文化馆或是租了个场地演奏乐器、唱唱歌什么的，纪子也没再做解释。到了那天，纪子犹豫了半天，还是把阿由美放到娘家了，她跟妈妈说十点前会来接孩子，趁着阿由美熟睡的间隙出发了。

到达下北泽之前，纪子摔了两跤。心里太乱了，所以也没觉得疼痛和不好意思，只顾着一个劲地朝见面地点赶。到达咖啡店时，比约定的时间早了二十分钟。每每有客人进店，纪子都会探出身子确认一下，所以当听到有人喊“小纪”时，吓得蹦了起来，手里的咖啡杯也差点脱手而出。

纪子转过头目不转睛地看着站在自己身后的女子。高挑挺拔的身材，风度优雅，虽然不是什么美人，但自有一种美丽从容的气质，一身清爽大方的打扮，不像是杂志里的那种类型，有些异于常人的地方。这是树里，茱丽！纪子原本是在心里欢呼的，不觉中喊出声来。

“是啊，我是茱丽。好久不见哦，小纪！”树里说着，在纪子身旁坐了下来。

在和树里滔滔不绝的聊天中，纪子暗想，即使完全没有了记忆，却还能这么快地熟络起来，还是因为从前曾经相处过。纪子把所有想到的事情一股脑说了出来：中学时代、大学时代、结婚、孩子；怎么找到树里的；父母听到树里的事情后慌了神，把自己叫出来挑明身世；等等。

“这么说来，要是没有我的博客，小纪你就可能不会知道这一切哦。”

看到树里说话的样子有些伤感，纪子赶忙说：“可要那样的话，我们就见不着了呀。”纪子还想要说些什么，可树里的视线落到了手表上，说道：“都过六点了，我们走吗？或者在这儿聊到七点？”问话的语气就像哄小孩子，纪子觉得有点不好意思，该不会让树里认为自己平时不怎么和人交流，一直很封闭吧？

“贤人……先生和弹先生呢？”纪子跟在树里后面出了咖啡店，两人走在灯光映照的马路上，提到贤人时，纪子有些不知所措地加上了“先生”的称呼。

“弹今天有点勉强，根据工作的情况，可能会在之后和我们会合，演唱会后。小贤说是下班后直接去音乐厅。演唱会结束后，要是有时间的话我们一起吃个饭说说话，没问题吧？”树里灵活地穿行在一群群年轻人中间，问道。

“演唱会后，那是八点以后了吧……九点能结束吗？”纪子一边小声询问，一边飞快地计算着先回到娘家，再从娘家到自己家所需的时间。

“九点？结束不了吧，不过可以先撤哦。”

“树里你也结婚了吧，那么晚回去没关系吗？”纪子吃惊地问，心想九点结束不了，那是要喝到十点、十一点吗？现在又不是学生了。

“什么呀?！小纪，回家晚了要挨骂吗？……啊，是有孩子吧。”树里看了一眼手表，加快了步伐。树里的背影在纪子看来仿佛是个遥不可及的幻影。

最开始演唱的是个手持尤克里里琴[1]的女子。会场里很空，可以自由地四处走动。树里和纪子坐在角落里的椅座上

[1] 小型四弦拨弦乐器，形如缩小的吉他。用作大众性歌舞的伴奏乐器，在夏威夷流行。

看演出，浮现在昏暗灯光里的观众大多是二十多岁的女子或是情侣。七点过后，人渐渐多了起来。每进来新的客人大门就会开一下，外面走廊的灯光就会“哗”地投射进来。七点二十分时，持尤克里里琴的女子鞠躬致意后退入后台。就在这前后，大门又开了，明亮的光带射入会场，有几个人走了进来。纪子睁大眼睛，观察着走进来的人群。

“小纪，手机里有孩子照片吗？”听树里这么一问，纪子掏出手机，让树里看锁屏背景。“呀，真可爱！”树里凑近手机赞叹道。纪子手里拿着手机，眼睛却再一次看向入口处，这一次在进门的人群中看到了要找的人。

尽管纪子已经不记得贤人的长相，尽管他穿着几乎快要隐入昏暗光线中的暗色服装，尽管他若隐若现地穿行在人群中，纪子还是认出了朝这边走来的正是贤人。纪子喉头发干，心脏扑通扑通地跳得发疼。树里在说着什么，可纪子觉得那声音一下子变得缥缈虚幻起来。往昔的一切如潮水般涌来，清晰得让纪子甚至错以为自己仍是个四五岁的小女孩，全身都体会到了那浓烈、鲜明的一切，那些景、那些音、那些人、光、水，还有那温润的感觉。“小纪——！”仿佛听到了无数个稚嫩的声音在呼喊自己，他们不是想象出来的，他们都是真实存在的朋友呀！纪子猛地回过神来，眨了眨眼睛，自己为什么曾以为他们都不存在呢？一定是和他们分开后太难受的缘故。纪子眼中的贤人渐渐模糊起来，犹如水中观景。纪子心里呼喊着，我给这个人写过信，我曾经好长一段时间给这个人写过信！

“好久不见啦。”贤人有些害羞地笑着，视线一下子落到树里手中拿着的手机上，“哟，纪子的孩子？和纪子真像啊！”“我也觉得像。叫什么名字呀？”树里问。纪子张嘴想说“阿由美”，可鼻涕眼泪一下子流进嘴里，酸涩的感觉让纪子甚至想笑。纪子努力想说出孩子的名字，可发不出声音。

“难不成叫小露比？”贤人笑着看向纪子。小露比、小露比，好像在哪儿听到过，是什么呢？

从来翘首以盼的都不是圣诞节，而是夏日聚会！这时耳边突然爆发出一阵热烈的欢呼声和鼓掌声。树里和贤人都飞快地看向舞台，纪子也是。只见白色强光的聚射下，一个身材小巧的女子抱着吉他坐在舞台上。纪子的视线重又飘忽起来，眼前出现了嘻嘻笑着的孩子们烤曲奇饼的情景，大人们在喧闹变幻的光影里没完没了地跳舞。还有，接吻。纪子耳边响起了一个声音在说：“无论遇到何事、无论身处何时，你们都永远相爱吗？”纪子记得自己还说我什么都没带，贤人还安慰自己，没关系，明年再说吧。“那就请接吻宣誓吧。”话音未落，一个小女孩儿“啊”地惊叫了一声，就是当年那个短短头发、大大门牙，现在正在眼前歌唱的女孩儿。

音乐厅里挤满了人，直到刚才除了舞台和吧台外其他地方都是一片昏暗，现在四处都被荧光灯照得熠熠生辉。听众席上摆着一排排折叠桌，上面摆满了啤酒罐、纸杯、装满了薯片和百奇长条饼干的纸盘，人们站在桌边、墙边谈笑风生，纪子不知道这些人都是干什么的，但感觉都是音乐界人士。穿着皮夹克和牛仔裤的贤人还好，纪子觉得穿着白裤子、深蓝针织上衣的树里和苔绿色连衣裙的自己与周围是那么地格格不入，纪子有些张皇地看了看四周，心里希望快点换个地方，但又想立刻就和树里、贤人说说话，两种念头交织纷扰，简直让她有点坐立不安了。

“不觉得就我们像是局外人吗？去外面等好了……”话说了一半，纪子不觉吃惊地张大了嘴。只见波留从撒满了盘成圆形的电线和不知是什么的器材的舞台上轻轻一跃跳了下来，径直向纪子他们走来。

“大家好。”波留面无表情、语气生硬地打了个招呼。纪子醒过神来后发现自己使劲握住了波留的双手，说着：“太好了！真是太好了！波留，你就是波留啊！就是那个教我们咖啡里放冰激凌的波留呀！”纪子说话间又在刚才满溢眼前的往日图景上叠加了新的内容。还以为自己忘了那些岁月呢，真是的，还以为真忘了呢！稍不留神，纪子就差点要张开双臂一把抱住小巧的波留了，但她还是勉强忍住了这股冲动，因为波留一脸尴尬地看着树里和贤人。

“我还有个干杯的环节，结束后我们去哪儿吃个饭？

弹呢?"

波留既没说好久不见了呀,也没有询问什么,只是抬头问了贤人一句。

和二十几个陌生人干了杯,喝干了纸杯中的啤酒后,波留和纪子他们一起进了一家主做冲绳菜的酒馆。四人围坐在餐桌边,纪子还是无法平静下来,挨个看着三个人的脸,嘴角绽放着笑意。和贤人对视上后,正在打开菜单的贤人问了句:"小纪,要吃什么?"

"和大家一样的就行。"纪子看着贤人回答。

四个人人手一个大啤酒杯,没有碰杯就各自喝了起来。纪子本以为能听其他人说说他们的经历,就像自己刚才告诉树里那样,可最先开口的波留很唐突地问了贤人一句:"事情有什么进展吗?弹不来了吗?那个人是弹的熟人吧,叫什么来着?"

"弹说他要是能来,会给我打电话的。"树里摆弄着手机说。这时贤人扑哧一声笑了起来。

"波留,你之前就是这样,太性急了。我们今天还是第一次见到小纪呢,她可不知道我们在说什么。"

"但是,她知道的吧。"波留瞅了一眼纪子说。纪子立刻明白了她指的是什么,于是小声说我知道的,话一出口就停不住了。

"也是最近才听说的,也就几天前。我不敢相信,家里觉得我可能要和茱丽见面,这才慌里慌张挑明的。我吓了一跳,倒不是谈话的内容，而是……”

“既然这样，那就省去好多口舌了。”波留打断纪子说。纪子有些愕然地闭上了嘴。“我想找到父亲，越快越好。目前贤人和弹已经和采访过诊所的作家接触过了，我刚才就是问他事情进展得怎么样了。”波留飞快地解释了一下。

纪子呆呆地看着波留，心想或许这个人和我熟悉的波留已经判若两人了。在失去联系的漫长岁月里，她是作为专业歌手在活动、成长的，或许在长大的过程中养成了这种冷酷、傲慢、无视他人感受的习惯，眼前波留的态度和散发的气质就是这样的。可奇怪的是，在纪子看来，只不过是那个小小的波留，那个刚刚从记忆中冒出来的波留，在大家面前拼命地装出一副大人相而已，她不过是为了逗乐大家，在夸张地扮演大人而已。这么一想，那个火急火燎、说话直愣的波留在纪子眼里真是可爱极了。

“寻找父亲这件事办得成吗？波留你想见他？我就没想过。可能是我刚听说这件事，还没回过神来吧。”纪子插了一句。波留理都没理，继续说了下去。

“你们和那个作家见过了吧，情况怎样？”波留朝贤人那边探了探了身子，问道。头发染成粉色的店员开始在桌面上摆放装有海葡萄[1]、蔬菜豆腐[2]和卤肉的盘子，树里则给大家

[1] 日本冲绳产特色海藻，形状像串串绿色的葡萄。
[2] 日本冲绳菜肴中炒菜的一种。以豆腐为主加上蔬菜做成，有苦瓜豆腐等。

分发了碗碟筷子。纪子明白了波留不想说与那件事无关的话，但她就是想说。像是在等待插话的机会，纪子也和波留一样向前探了探身。就在这时，她突然一惊。

纪子想起刚才半开玩笑地说自己一直过着与世隔绝的日子，现在看来那根本不是什么玩笑，自己的的确确就是过着封闭的生活。想到这里，纪子轻轻地摇了摇头，怎么会这么想呢？慎也对自己那么好，也很疼爱孩子，今天还说了让自己好好玩的话。这么一想纪子赶紧看了看手表，还有十五分钟到十点。

“作家问我们可不可以写成书，如果可以他就会尽全力帮忙。说是只要他出面就会有强大的号召力，比只靠我们自己效率要高得多。”

“你们不会已经同意了吧?!”正在分菜的树里失声叫道。

“还没同意呢，就我们两个也决定不了啊。当然啦，作家也说了他不会暴露我们的具体身份。”

四周的音乐声突然变大，纪子发现其他三个人都不说话了。笼罩餐桌的气氛和几分钟前完全两样，变得张力十足，让人紧张起来。看着盘中油亮亮的卤肉，纪子试图整理自己的思路：父亲、书、号召力、具体身份。“你都干吗去了你！”突然脑海中一声慎也的怒吼扰乱了纪子的思绪，纪子觉得自己必须回去了，可她又本能地认定必须听完正在讨论的这个话题。

“我可以公开姓名。”波留说完，树里和贤人都看向她，“要是用了我的名字，效果岂不是会翻倍？我虽说不那么有名，可比起文中只是提到‘匿名不公开年龄的某人’的说法来，‘hal正在寻找父亲’的说法岂不更具宣传力。”

“贴上野谷光太郎和歌星hal的标签的确更吸引人，可是负面效应也不小。首先可能会跑出一大堆带有戏谑成分的冒名顶替者，还会对你的音乐妄加评论。”贤人冷静地分析。

“那就成了别人的笑料了。”树里颤抖着声音说。波留看也没看他们，拿起树里盛的蔬菜豆腐猛吃起来。

纪子终于明白了他们在讨论什么。他们都想寻找生物学上的父亲，有人声称可以帮助他们，但条件是把这件事写出来。虽然听明白了，但纪子还是搞不懂其中的含义，好似在听人讲某个遥远国度的风俗般。她也终于明白了这些一起度过童年时期一小段光阴的朋友们，如今和自己处在两个完全没有交集的世界里。可是，即便如此，在过往的种种细节清晰重现的今天，纪子眼中的波留、树里和贤人依然不同于陌生人，在他们容颜的深处，纪子还能看到各自童年时候的影子。“有件事我想问一下。”树里用手指拭去附在啤酒杯上的水珠，静静地说，“波留，不管你寻找的父亲最终是什么样的人，你都有坚定的自信说自己来到这个世界是件美好的事情吗？你都能够对那个人说谢谢您让我来到这个世界吗？”

波留盯着树里看了一会儿，随后微微一笑说：“不是那么悠长浪漫的童话故事。他是什么人无所谓，我只想准确地知道那个人和他的家族病史。”

贤人飞快地看了一眼纪子，纪子看到了贤人眼中流露出对自己的体贴。“必须回去了！”这个想法盖过了继续留在这里的念头，于是纪子站起身来。“必须回去了、现在必须回去了！”——纪子静静地想着——可是已经回不去了。

12

对面坐着的女人大概五十五岁上下，身上的毛衣已有些起球，除了结婚戒指外没戴任何饰物。波留一眼看出对方生活不太宽裕，但是散发出一种独特的优雅气质。正是这种气质使得波留他们无条件地相信了这个女人说的一切，包括她在诊所工作的时间是从七十年代末一直到诊所关闭。女人说话时低着头，有时会抬起眼睛，视线停留在对面波留和弹的喉咙上下的位置，或是坐在他们旁边的树里的胳膊附近。

波留觉得女人心里可能在感叹，这些孩子一个个都平安出生，都长这么大了！当然啦，也无从得知她是否真这么想。现在的季节在东京已经用不着穿冬装的厚外套了，而轻井泽这边还很冷，在这家靠近新干线车站的咖啡馆里还开着暖炉。要说的话都说得差不多了，但是又不能起身离开，大家都有点尴尬地坐在那里。

作家野谷光太郎近三十年前曾经采访过这个女人，当时她就是那家倍受瞩目的诊所的员工。她的联系地址竟神奇地粘贴在当年采访的剪报本上。可是弹按照电话号码打过去时却是叫另一个名字的人接的。后来弹委托了侦探事务所，以近三十年前的地址、姓名和年龄为依据，找出这个名叫桥家贵子的女人。她在大约十年前，因为公公去世，搬到同一个城市的丈夫老家去了。

弹和她联系后告诉大家，桥家贵子答应见面，也没表示出为难的意思。只是因为平时要照顾婆婆，所以只有在把婆婆托付给护理机构的日子里才能放心外出，后来定下来的日子就是工作日的今天。时间安排上比较自由的树里和波留，还有请了假的弹就这样来见面了。

当弹问到捐精人信息时，贵子回答说病历之类的资料都没有了。自己虽然没有处理关闭诊所的相关工作，但在打官司的时候，估计诊所把不利的病历都处理掉了。那些打官司时使用过的材料，虽然没有亲眼见过，应该也在诊所关闭时一并处理了。“那是为什么呢?”树里问。贵子回答说:“关闭诊所的时候院长已经决定要去美国了，而且根本没打算再回来。”她听院长的意思是不想再过问自己处置过的病例了。

“那又是为什么呢?”这回是波留发问了。

“我想是太失望了吧。”贵子回答说,“院长没有跟我们这些职员详细说过,我也就是猜猜而已。院长最初是抱有极大期望的,他说的话可能听来有些不可一世,他常说医疗是为了救助人类而存在的。AID,也就是人工授精的目的也在于此。进入八十年代后,诊所开始涉足‘借腹生子’,也就是现在说的‘代孕’。他大概认为这是一种使命吧,认为所有人在这一点上必须是平等的,所以诊所也欢迎未婚女性和同性恋者。可结果还是没能打破禁忌的壁垒,如果是宗教观、道德观方面的问题,那还有商量的余地。可事实并非如此,也就没有了讨论的余地。说实话,最后有点破罐破摔了。对于那些在诊所治疗过的病人,说不好听的,最后都放任不管了。”

弹又问了是否有伪造身份、经历、病历等信息的捐精人。关于这个问题,波留在来的新干线上也听说了。“那只不过是个传言。”树里安慰道。而波留听闻后受到了打击,但更发愁的是她完全失了方寸,不知接下来该怎么办了。

“虽然难以启齿,但确有其事。”贵子头也不抬地盯着桌面回答。

贵子开始在光彩诊所工作的时候,申请人就已经不被要求提供相关文件了,仅通过一次审查就可以接受光彩诊所的短期综合体检。也就是说,只要通过了半田院长的诊断,谁都可以成为捐精人。

贵子从别的职员那里听说一开始申请人是有义务提供诊断书、毕业证书、成绩证明等诸多文件的，还要经过包括面试在内的三次筛选。在家族病史方面，还要填写一大堆烦琐细致的项目。如果有近亲的死亡诊断书，还会要求提供。贵子推测后来由于捐精人数量很快地不足起来，导致筛选规定变得越来越松。以一名患者提出诉讼的事件为契机，诊所迅速受到社会关注，捐精人和患者都激增。贵子记得诊疗费就是从那时起变得昂贵起来的。当时，捐精人分为四组，患者可以从中进行选择。这四组分别是：智力和艺术感觉出众者；运动能力出众者；容貌风姿出众者，还有就是没有出众之处，但各方面平衡均等，都在平均水平以上的人。据贵子说，不管哪一种类型，越出众精子价格就越贵。

这其中有自称是时装模特的，有哥伦比亚大学毕业的，有参加过国民体育大会的田径选手，还有说是十三年前在同人杂志上发表的小说曾入围芥川奖的。可是这些经历都是真实的吗？……贵子低垂着眼睛说，有的人说自己在一流企业工作，可始终也没拿出过一张名片来证明。

“作为义务，这些捐精人可都是被强制体检的吧。至少他们的健康还是有保证的吧。”波留说。

“是的，再怎么说，对每个人的健康诊断还是没有问题的。”贵子回答。

“那个人肯定是没问题的。就是不知道那个人的兄弟姐妹、父母、祖父母中是否有视网膜色素变性症的患者。”波留在心里小声嘀咕着。

没有病历、没有记录，最重要的半田院长也已去世，所以是不可能找到捐精人的了。最终，谈话归结到了这个论断上。

“您还知道其他员工的联系方式吗？”树里似乎觉得自己想到了一个妙招，一脸兴奋地问。

“我只知道两个人的。一个到现在还互寄新年贺卡，但我估计很难从她那儿得到比今天更多的信息，她比我更早离开诊所；还有一个比我晚进入诊所，后来是一起离职的。”

“那您还记得比您先来的护士长，或是员工主任这些人的名字吗？”波留紧咬不放。

“有个叫佐藤惠子的是当时的护士长，经常配合半田院长的行动。其他的只记得昵称了，真名有些记不清了……”

“那位佐藤女士，当时住在轻井泽吗？”

“不好意思，诊所当时并不是个气氛融洽和睦的工作场所，所以也很少谈起住处、经历什么的……”贵子依然低垂着双眼。

“不是有个现在还互寄新年贺卡的朋友吗？”弹温柔地提醒了一句。

“嗯，怎么说呢，也许当年半田院长的考虑是做着那样的工作，不想让同事之间的关系搞得太亲密。可正因为这样，大家就更想和其他人聊点什么了……我和那个叫结城静的朋友年龄相仿，在休息日时还一起结伴吃个饭什么的。”

“你们都聊什么呢，是捐精人和患者的事吗？”

“是，因为和别的朋友不能说，诊所有保守秘密的义务。”

“你们是说些‘在有名的银行总部工作却不带名片出门是怎么回事？’这样的事来嘲笑一番吗？”话一出口，波留马上意识到自己的声音又过于尖厉了。

“不是那样的！”贵子抬起头，直视着波留断然说道，“我们会讨论如果结婚后生不了孩子该怎么办？因为我们都还单身，所以会这么想。我们觉得生不了孩子的原因是在于自己还是在于丈夫，心情和处理办法肯定是不一样的。在诊所工作后，自然而然就会产生这些想法。”

贵子一口气说完这些，一言不发地盯着波留看了一会儿，然后又挨个看了另外两人一眼，静静地加了几句：“诊所在管理和规定上越来越马虎草率，院长身上的确也存在外界热议的拜金主义。可是，尽管这样，诊所里还是有一种让人自发地严肃认真对待生育孩子的气氛，这是因为无论是院长，还是参与诊所成立的其他人都有一个根深蒂固的信念：他们都坚信生命和生育的平等性。”

“对于刚才您说的那个问题，您的答案是？”树里向前探了探身问。

“静说她理解前来诊所的女人们的心情，她的梦想是结婚后有一大家子人一起生活。我和她不一样，我不想为了生个孩子搞到要借助陌生人的地步。我们讨论说，不能说和父母任何一方都没有血缘关系的孩子就不是亲人，夫妻是一家人，收养来的孩子也是一家人。我们倒也不都是说这类话题，不过还是经常提到的。虽说当时连结婚对象都没有，说起这些来依然热情高涨。”

“那……”树里欲言又止，贵子朝她看了看，接着说了下去。

“神奇的是，我们的情况正好反过来了，我结婚后很快就怀了孕，所以才从诊所辞了职。现在两个大一点的孩子在东京工作，最小的还在身边。比我早些时候结婚辞职的静，后来生不了孩子，但她连不孕治疗都没做。贺年卡上也只有他们夫妻的名字，说不定她还记得年轻时热血沸腾的话语。或许她想通过贺年卡告诉我，当年我说的话是对的。”

大家陷入了沉寂中。大门口的铃铛响了起来，一群年轻女子鱼贯而入，每个人都抱着购物袋，大声说笑着坐到了桌边。

“您能告诉我们结城静女士的地址吗？”开口的是树里。

“我先跟她打个招呼，再告诉你们。很抱歉，因为现在有这样那样的问题。”

“那就请您多多帮忙啦！”弹低头致谢，而后看向树里和波留，催促她们动身。

三人在茶馆前和贵子分了手，走向车站的途中谁都没有吭声。在通往检票口的自动扶梯上，站在前面的弹回过头来问波留：“你是在想还是放弃为好吧？”

“不是。”波留回答说，“我越发想和野谷光太郎合作了。”

这是实话。波留认为如果完全相信贵子的话，那么现在看来寻找捐精人几乎是不可能的。即便见到了那个叫结城静的女人，也不会比今天有更多的收获。而那个到处都有同名者的原护士长佐藤惠子，看来凭他们几个人，即使是依靠侦探事务所也不可能找到。

他们在售票机上买好了去往东京的车票后，离下班新干线列车到来还有二十分钟，三个人都没有走向检票口，不约而同在检票口前的长凳上坐了下来。

“我和你们说过周刊里刊载过一个匿名捐精人的事吧？”弹说完，波留点了点头，“比起桥冢女士来，那个人的可信度更低，你们想见见那人吗？”

“能见到吗？”波留立刻咬住不放。

“听了今天那番话，你还想见吗？”弹又问了一遍。自从见面以来总是开玩笑逗乐的弹，这次脸上没有了笑容。波留忽然有些不安起来，仿佛回到了童年时代。那时候，作为山庄主人家的孩子，弹比其他人都更熟悉周围的情况。那条路危险啦，从这儿开始可以放心地走啦，不能从那儿跳下去啦，等等。弹认真说什么事的时候，大家都是听从的。可波留转念一想自己又不是小孩子了，于是慎重地点了点头。

“那个人不太可能是你的父亲，我和野谷先生都认为这个人有些可疑，很可能是假扮成捐精人接受采访的，二十多年前野谷就这么觉得了。”

“可是除了那个人以外，已经没有别的线索了呀。”

“想见就见吧。”一直沉默不语的树里开口说道，“波留去见见吧。我就到此为止了，我退出。想寻找父亲、寻找信息的人自己继续找下去好了。波留，你要是公开姓名去找生物学上的父亲，会引发很大的骚动吧，而且写故事的人还是野谷光太郎。你会直面很多人的好奇心、冷嘲热讽，说不定还有谩骂之类的。有人会说你是在炒作，你的妈妈肯定也会被卷进来。我明白你已打定主意接受这一切，有这样的心理准备，所以我觉得你大胆去做就是了。可我不会支援你，不管野谷光太郎写什么我都不会看，我会尽全力回避这一切。”

树里越说声音越大，声调还有些微微颤抖，说完后眼神坚定地盯着波留。波留对这段话的理解是树里认为没有见父亲的必要，波留明白这很正常。因为树里根本就没有体会过第二天有可能什么都看不见的恐惧感。

“那就这么办吧，你就到此为止吧。弹，能告诉我野谷先生的联系方式吗？”波留说。

“还得再听听其他人的意见吧，如果有和你同样想法的人，一起去寻找岂不更好？我晚一点先和野谷先生讲讲你的情况，再把他的联系方式用邮件发给你。”

树里站起身，向着车站内一家小小的特产商店走去。波留越过弹的肩膀看着树里远去的背影心想，她并不是真想买什么东西，而是不想听他们说这些事而已。

“不管你所寻找的父亲最终是什么样的人，你都能坚定地说来到这个世界是件美好的事情吗？”在电脑屏幕荧光的笼罩下，波留反复琢磨着树里说过的这句话。会是什么样的人呢？波留试着猜想起来：喜好赌博的？负债累累的？颓废落魄的？还是卑鄙无耻的，明知如同火上浇油，却依然为了钱去了诊所的？为了获得更多的报酬，这个人伪造了学历、家族病史和工作。要是现在还活着，知道自己还有个孩子，那家伙肯定会来搜刮一番吧。既会来自己这里，也会去妈妈那里。为了知道这个人的亲属当中有没有人患有视网膜色素变性症，为了知道要采取什么样的治疗方法，是否会导致失明，自己就要去见这个人吗？那个匿名的捐精人肯定什么信息也没有，可能还会撒谎。自己只会被捉弄，被越搞越混乱。不仅自己，还有妈妈也是。

电脑屏幕上显示的是弹的邮件内容，写有野谷光太郎的联系方式，据说野谷表示可以随时和他联系。

弹在邮件中还写道：“我说这话可能会让你生气，但还是请你好好考虑一下。虽说这是你个人的事情，但又不仅仅是波留你一个人的事情。恕我多言。”

波留看着这几句话陷入了沉思。不管自己要寻找的父亲是喜好赌博，还是仅仅为了挣钱，他没有去偷窃，而是选择了提供精子。结果，是帮了一个想要孩子的人。再加上这个人也不一定是什么没出息的人，说不定是个普通人，也有可能是个了不起的人。想到这里，波留才发觉自己的想法中有些非常幼稚的部分。比如说，“父亲”这个词让自己想起的是只见过照片的木之内宏和，年幼的波留一厢情愿地让这个木之内宏和承载起了完美无缺的父亲形象：高高大大、身材魁梧、笑容可掬、说话沉稳、笑声爽朗的男人，会打篮球、做得一手好菜、包容力强——波留认为父亲肯定就是那样的人。因为总是无意识地和这个根本不存在的父亲做对比，波留已经对好几个恋人主动提出了分手，理由就是总觉得他们不够完美。

“我必须要知道父亲是个什么样的人！”这个想法让波留浑身兴奋起来，她滑动鼠标将野谷光太郎的联系方式拷贝了下来。

第四章

1

结城静和桥冢贵子完全是两种类型的人。树里觉得要不是通过贵子的介绍见到结城静的话，绝对不会将两个人联系起来。一头染成褐色的短发，剪裁得体的蓝灰色针织上衣配一条紧身黑裤，脸上精细地化过妆，戴着夸张的耳环、项链，走起路来丁零作响。可看上去既不奢华也不低俗，相反给人一种赏心悦目的感觉，全身上下散发出一种气息，告诉对方她正享受着穿衣、选首饰、化妆、聚会以及生活带来的乐趣。

“这儿的点心特别好吃，要是你还吃得下的话，尝一个？”静打开手写的菜谱向树里劝道。

“那……我就点个水果塔……”话音未落，静孩子似的瞪大了眼睛兴奋地叫道：“我正要向你推荐这个呢！”随后大声向柜台深处的女店主说，“来两个水果塔！再续点红茶。”

和贵子有着贺年卡往来的静住在静冈县的伊东。通过贵子得到静的许可后，树里他们联系上了静，她表示可以见面，完全没有问题。树里是鼓起了极大的勇气跑来会面的，可是静知道的并不比贵子多。据她说不要说处理了哪些病历了，就连当时的病历都没见过，甚至都不记得有佐藤惠子这个人。

弹和波留早就估计到了这种情况，所以当初并不赞同树里联系结城静的建议，今天也没有一同前来。树里暗想，自己也并非没有预计到这个结果，也想过即使见了面也不会得到什么新信息，可为什么还是要来呢？这时候，水果塔端上来了，面饼上的草莓、猕猴桃、桃子和橙子闪耀着诱人的光泽，重新添加的红茶散发出醇厚的香味，树里开口说话了。

“您还记得捐精人都是些什么样的人吗？”话一出口，树里自己都觉得惊讶，怎么会问出这种问题。

“完全不记得了，也没跟他们说过几句话……”

“不是指那些。比如说态度是否和蔼，还是盛气凌人；看起来有教养，或是有奉献精神啦；看起来让人想亲近，或是不管在哪儿见到都无法亲近，诸如此类的感觉。什么都行，您自己想象的也行。来诊所的都是些什么样的男人呢？”树里惊讶于自己竟连这样的信息都想知道。

静凝视着树里身后店门的方向，仿佛穿越时空回到了过去。

“……我依稀记得有留下一好一坏两种印象的人，印象不好的人大多都是那种态度冷淡，向他搭话也爱理不理的人。这也可以理解，为了捐精他们只能在小单间里自慰，应该不是性格和品质上的问题，大多数都是由害羞带来的态度上的问题。好印象的人……对了，好像有个人总给我们买点心，那人看起来不太年轻了，鞋子总是擦得锃亮，我们估计那人可能比较富裕。”静收回了迷离的眼神，重新回到了现实世界，继续说道，“他们大都是二十多岁和三十多岁的人，由于刚才提到的原因，看起来都很拘谨，不多话，大多数时候不和你对视。这其中也有些特例，像父母亲一起陪同前来的中年人。对了，还有个人瞒着妻子来的，妻子发现就诊单后，打电话到诊所来引起过一场纠纷。我之前都忘了还有这些事。”看得出，这些刚刚从记忆深处重现的往事让静感到一阵欣喜。

“为什么那个人会对妻子保密呢？”

静盯着树里说道：“他妻子曾经两次流产，第三次还是难产，好不容易生下了孩子，所以发誓不再生了。而做丈夫的总在心底对那两个没有出生的孩子抱有歉意，无法忘怀。他觉得通过捐精能让这两个没能出生的‘孩子’看到世界……大概就是这么回事。”

树里看着静，静没有回避，迎向树里的目光，而后缓缓地笑了，“是，那是个好人。并不是所有人都这样，我也不了解具体情况，但他们中间确实有像刚说的那位认真考虑事情的人。”

树里单手托着盘子，开始吃水果塔，确实很好吃。面饼松脆有嚼劲，卡仕达酱的甜度恰到好处，各种水果果味地道浓郁，树里一吃就停不住口。喝了几口已经变凉的红茶后，看着眼前的空盘，树里问道：“我从桥冢女士那儿听说您没能生孩子。我知道这么问有些失礼，您没有后悔过吗？”

树里觉出自己耳根都红了。她明白这不该是对初次见面的人问出的问题，而且对方回答是否都与自己无关，但还是忍不住想问。

“我，怎么说呢？我不想把幸福定义为一种类型。我不能正常地怀孕生子，到三十多岁的时候终于明白了干等着是生不了孩子的了，那会儿和老公一起想了很多。我们想要孩子，而且我还在那种诊所工作，只要想要总会有办法的。可是，有了孩子就幸福，没有就不幸福了吗？一定是这样吗？于是我和老公决定了，我们两个人打算用一生来搞清楚究竟是不是这么回事，我们不通过其他手段生孩子，亲身体验一下今后将会是怎样的一种生活。”

“那后来……”树里刚一开口，静笑着打断了她的话头。

“这辈子不是还没过完嘛，结论还没出来呢。也许再过个五年会极其迫切地想要个孩了，也许还会咬牙后悔要是早生个孩子就好了。可到现在为止，我还没有过这一类想法，老公和我都是。我老公从原先工作的汽车制造厂辞了职，在这里开了家钓具店。我也开始画画了，办个展的时候就住在东京的短租公寓里。我们一年休假一个月周游海外。这些都是没有孩子才能做到的事，可我想即便有孩子也会得到同样的充实感吧。所以说是一样的，有没有都一样。有也好没有也好，自己的人生都要继续下去。”

从咖啡馆到车站很近，静说要送送树里，于是两人一起并肩走了起来。时间已过三点，可阳光仍如正午般耀眼，四周暖洋洋的。买好了票，树里颔首致谢后，看见静高高地举起一只胳膊向自己挥手告别，然后衣袂翩翩地走远了。

在微微晃动的车厢里，树里反复品味着静的话语。那个想赋予没能出生的孩子以生命的捐精人，也许就是自己的父亲。不，也有可能是静临时编出来的故事，因为她不想让一位专程来到伊东，不知道生物学上的父亲是谁的女子听到关于捐精人的可怕真相。可树里觉得即便是这样也行，是谎言也无所谓。不管怎么说，反正也不能确定捐精人具体是谁，树里愿意相信那个不知是谁的捐精人，以某种理由，不是经济方面的，而是出于人性方面的考虑打开了诊所的大门。

树里突然发现窗外是一片开阔的大海景象，她将脸贴近窗玻璃仔细观看起来。蔚蓝色的海面中央银光闪烁，远处海天相交处白茫茫一片，目力所及范围都是开阔的海面。可能是刚才太紧张了吧，竟没有留意到窗外如此壮阔的风景，树里头抵着窗玻璃暗自叹道。就在这时，一个念头倏地钻入脑海：见见爸爸吧，去见见爸爸！准确地说，是那个在一段时期里做过自己爸爸的人。也许那个爸爸已经忘了自己，也许不想和自己说话，甚至还有点憎恨自己，最不好的，也许他不会见自己。可不管怎么说，试着见一见吧！这么一来，我就能有所行动，就能做出决定了；就能立刻知道该怎么做、该做些什么了。远离岸边的海面渐渐与长空融为一体，放射出灿烂耀眼的白色光芒。

2

雄一郎住在公共住宅区[1]的一套陈旧公寓里。榻榻米草垫已完全褪色，厨房里的亚麻油毡黑乎乎的，窗帘、冰箱全都破旧不堪，上面都是黄色的渍印。纱有美踏入这间公寓后，下意识地和树里以及贤人的公寓做了比较，不由得愤愤然起来，为什么“他们”就能有那么豪华整洁的公寓，“我们”就没有呢?！这差距是怎么回事?！

“谁都不联系我，我也不知道现在情况怎么样了。”

纱有美知道雄一郎肯定对自己的到来感到头疼，于是用温柔的语调解释道。雄一郎没有开口请纱有美坐下来，她只好就那么站在厨房里，看见餐桌上放着水电费的缴费单和一袋切片吐司。

“但我也什么都不知道。”雄一郎从冰箱里拿出一罐啤酒，走进房间盘腿坐了下来。纱有美也跟着走了进去。房间里有

[1] 日本由住宅和城市建设公团建造的新村等公共住宅区。大致可分为租赁住宅和按户出售住宅两种。

一张和式矮桌、电视，还有一台CD录音机，也就只有这些东西。

“我不知道要去山庄的事怎么样了。你说，我们大家为什么要见面呢？”

“你不是说过想见面吗？”

“我是说过。可像这样见了面立刻就各奔东西的，不见不也无所谓吗？”

“那你打一开始不去参加聚会不就好了。”雄一郎用遥控器打开了电视，开始找台。

“你生气了？”纱有美问，还没等雄一郎回答，就又抢着说，“我也是没办法啊。雄……小雄你又不接我的电话，我和波留、贤人又搭不上话。所以就从树里那里打听了你的住处……”雄一郎左手轻握的啤酒罐上缀满了密密麻麻的小水珠。纱有美突然想为什么雄一郎不请我也喝一罐呢。

“我没生气。”雄一郎边换台边说，“看到你在等我，是吓了一跳，不过没生气。好在我没在外面喝了酒回来，现在晚上还是挺冷的。”

“不知道其他人是不是瞒着我们又聚会了。”纱有美在旁边看着电视问道。

“也许吧。”雄一郎对此一点都不感兴趣。

“为什么就把我们排挤在外？”

“不就因为你总这么想问题嘛。”雄一郎调到新闻台后，放下了遥控器，“就因为你说什么‘排挤’之类的怪话，他们才不叫的吧。”

“其他人看来确实又见面了。”

雄一郎“扑哧”一声笑了起来，纱有美也想跟着笑，却不知好笑在哪里。

“你为什么总说别人怎么怎么样？是你想见大家所以自己联系了，也见到了，这不就好了。其他人没有热情对你，那也不是他们的错吧。”

“那是谁的错？”

雄一郎飞快地瞅了一眼纱有美，又掉头看向电视。视线中冰冷的感觉让纱有美有点发怵。为什么大家这样对我？我又做错了什么？

“你为什么要把原因归到别人头上才甘心呢？别人可没兴趣捉弄你。”

“你这儿收留过离家出走的女孩子吗？”纱有美问道。她虽然听不太懂雄一郎刚才说的话，但能听出来是在数落自己，所以换了个话题。因为突然想起之前在网咖听到的关于“留宿男”的事来，心里觉得也不可能是雄一郎吧。

没想到雄一郎很快地回答了一句“你知道得不少啊”，又从冰箱里拿出一罐啤酒，看着电视继续说，“有人提出要住的话，我就提供住处。我不在乎有人同住，而且女孩子还能给我整理、打扫房间。”

“还能陪睡吧。那么做不犯法吗？”纱有美一副洞悉一切的得意表情。

“我不睡女孩，那种事太麻烦，我都事先说明是同性恋。”雄一郎冷冷地回答道，“我说自己是同性恋、是弃婴，缺乏家庭温暖，所以回家时看到屋里亮着灯就舒坦，这么一来所有人都放心了。编故事是很有必要的，特别是对住在陌生人家里的女孩。可说着说着我自己真觉得是那么回事了。我就是个弃婴，曾经在那个山庄生活过的弃婴，可能是我自己需要个故事，才能留宿陌生女孩。怎么说呢？在做一件没来由的事情时需要一个故事来支撑。虽说是谎言，可我编的故事倒更像真的。”

纱有美听不懂雄一郎在喋喋不休地絮叨什么，只是渐渐觉得有些害怕起来，眼前的这个男人到底是谁？

“既然这样，能让我也住这儿吗？”为了打消害怕的感觉，纱有美大胆放言。

“不行。”雄一郎眼都不眨地回答。纱有美刚想问为什么，雄一郎又加了一句，“因为你不是生人。”

纱有美一直认为自己是不幸的。没有可以称作朋友的亲近的人，不知道父亲是谁，妈妈对自己总是心不在焉。从没想过自己要成为什么样的人，都快三十岁了还没谈过一次正经恋爱。打工的公司单方面中止了合同，因为生活费捉襟见肘，最近才开始的另一个工作是确认和分类要发送的网购商品。和自己同龄的女孩子，不是漂漂亮亮地谈着恋爱，就是已经结婚成了幸福的家庭主妇。而自己还要每天八小时站立着辛苦劳动，连一件奢侈品都买不起。

之前聊天的时候，雄一郎说自己的人生并没有被搞得乱七八糟，也不觉得自己有什么不幸。纱有美当时听了很是吃惊，而现在则感到一阵恐惧的哆嗦。因为她突然意识到不认为自己不幸、不认为人生混乱的雄一郎，说不定正是因为无可挽回的破损才变成这样的。纱有美不知道用“破损”这个说法对不对，但也想不出其他词来。雄一郎的某些东西彻底破损了，他自己没有发觉，所以损坏的部分也无从修复。纱有美认定就是这么回事。

纱有美在便利店买了罐装啤酒、盒饭、膨化食品和巧克力后，向自己的住处走去。二月里回家那次，妈妈直到第二天早上也没回来，所以纱有美这段时间一直都没见过妈妈。妈妈还是经常会发来满是颜文字的短信，纱有美不怎么回复后渐渐地也发得少了，现在差不多一周一次，冷不丁会来一条短信：“你还好吗？正常吃饭吗？”纱有美想象妈妈大概是摁下“你”或是“正”字，输入法就会自动出来后补语句。和妈妈一样总发来短信的还有望月里菜，纱有美虽说没怎么回，可里菜还是一如既往地发。纱有美搞不懂这个只是曾经偶尔在一起打工的女孩为什么表现得这么亲密，最近开始觉得里菜有点让人害怕起来。

纱有美发现自己现在基本上和其他人没有交往，事实上从很小的时候起就这样了。这一点和一般人——比如树里、波留——比起来是不太正常，纱有美也隐隐觉得不开心。可是雄一郎又怎么样呢？雄一郎拒绝与他人产生交集的情形更加严重，纱有美意识到他并不是因为后悔与自己发生过那次关系才拒接电话的，而是为了逃避麻烦。

纱有美打开公寓的大门，在黑黢黢的屋里开了灯，然后走进里屋。她拿出刚买的盒饭，打算不加热就这么直接吃的时候，手机响了。纱有美瞬间反应如果是妈妈的话，接还是不接呢？拿起手机一看，屏幕显示是贤人，纱有美赶紧接了电话。

“我就直截了当地问一句，”贤人说，“你想寻找生物学上的父亲吗？”

3

一通长谈后，纪子一时想不出还有什么要说的，就那么慢慢地走着。婴儿车里的阿由美抱着贤人送的洋娃娃睡着了。今天并非周末，河岸边却满是来往的人群，路边的一排樱花树也已繁花怒放，纪子想停下脚步，抬头细细观赏，却被河岸边的人群推搡着无法驻足。纪子只好跟在排成长列的人群后面，缓缓地向前挪动。

“哪是看什么樱花啊，简直是来看人的。”走在纪子身边的贤人嘀咕了一句正巧也是纪子刚冒出来的感想，逗得纪子笑了起来，贤人也笑了。

“嗯，但我早就想来看樱花了。”纪子说。

“我也不知道哪儿有人少赏花的好地方。”

“我就想看这样的花景。人挤人，热热闹闹的，仿佛回到了江户时代呢。”

“江户时代？”

“置身于这样的繁花盛景中，你难道不会想起人们是从江户时代开始陶醉于欣赏樱花的吗？你没觉得自己好像也曾在那个时代流连忘返过吗？”听完纪子的话，贤人笑得直不起腰来。走在纪子前面的人停下了脚步，纪子也顺势停下来向路边的樱花树望去。只见在蕾丝花边般的簇簇樱花衬托下，弥散着近乎透明雾霭的晴空一望无垠。太美了！纪子在心中叹道。

纪子刚才对贤人说起了往事。虽说自小父母都在，也有朋友，过着极其平凡而幸福的生活，可一直在恐惧着什么。于是总是给一个想象中的朋友写信，写着信就不害怕了。不知不觉中也就相信那是一个想象中的朋友，但其实就是你呀。看来是自己掩盖了现实。长大后原本打算一直工作，可到底还是选择了结婚。生完孩子后曾经想要重新工作的，可怎么说呢？觉得已经无法和那些同龄的职业女性比肩竞争了。甚至连这些话也对贤人说了。而贤人则提到自己从小总会陷入一种糊里糊涂的发呆状态；父母离婚后，妈妈又结婚生了小妹妹，自己始终对那个新家庭有生疏感；常被女孩子追，又找不到拒绝的理由，一般都是马上交往起来，最终都是在精神和肉体上对那些女孩造成了伤害，自己也不明白为什么会弄成那样。妈妈也一直很害怕很担心。说到这里，贤人非常冷静地判断说妈妈一定是想到了传给我一部分基因的某个人很有可能就是这样的人。等妈妈把一切都挑明后，那种糊涂出格的举止才渐渐控制住了，也不再随便和女孩交往了。现在和恋人“非常普通”地生活在一起，但经常会有愧疚感：像我这样的家伙可以逍遥自在地装作“非常普通”的样子生活吗？

两人是通过手机短信联系后确定今天见面的。贤人工作的地方似乎气氛比较自由，说是加上午休出来两三个小时没问题。两人是在九段下的一家意大利餐厅会面的，从那会儿就一直聊到现在。纪子已经不记得吃的前菜是什么，主菜到底是鱼还是肉类了。

而今两人几乎沉默着走在熙攘的人群中，纪子同样感觉很自然，说不说话都一样。她想起曾认为贤人是自己双胞胎哥哥的事来，童年时的贤人还告诉过她双胞胎即使分开了，也会知道对方的情况。纪子感觉就是这样的，今天即使没和贤人交谈过，她也知道分开的这段时间里贤人是怎样长大的、他的喜怒哀乐、他经历的种种困难。不，不仅知道，还很清楚呢。

为什么会这样呢？自己和他几乎是陌生人呀，而且一直认定他只是个想象中的人物，都是已经遗忘到这种程度的关系疏远的人了。

可纪子还是记得一些事的。只要稍微一想，全部思绪就会一瞬间回到往昔的那段时光。

自己曾经害怕各种各样的事，不愿出家门，不想交朋友。在幼儿园紧张得都不敢哭，一整天都在盼望爸妈来接的心情中度过。那会儿什么都不想做也不敢做，就想那么长大，没有一个朋友，讨厌家以外的所有一切，学习什么的一概都不想做。自己一直待在阴暗狭小的世界，可只要闭上眼蹲下来就感觉不到局促和阴暗了。后来三岁的某一天，以及之后的几个夏天，正是贤人拉着自己的小手从那种状态中挣脱出来，带着自己到了一个充满阳光、鲜花、笑声、香味和伙伴的广阔天地里。

“我曾收到过一封陌生人的来信。”贤人开始讲起那件事来。那个男人和贤人他们同龄，也是通过非配偶间的人工授精手段，在一家综合医院出生的。他当时正在寻找同一时期、在同一家医院、以同样方式出生的人。“他拥有个人主页，说是自从得知出生秘密后非常痛苦，后来得知青春期时出入过同一家医院心理治疗内科寻求治疗的、同样遭遇的人绝不在少数，于是给我写了信。我在青春期时恰巧也去过那个诊疗科。”

纪子大概能猜出这件事后来的结果。路边成排的小吃摊飘来了酱油的焦香味，喝醉了的年轻人们嬉闹着从身旁走过。

“知道真相后痛苦的大有人在啊。而我从妈妈那儿听说后反而变轻松了，一种恍然大悟的感觉。那种大脑空白一片的感觉、不负责任的言行、浑浑噩噩的每一天……我找到了过往这一切毛病的根源，都是因为这个真相造成的。我不知道父亲是谁，也许一辈子都不会知道，在这一点上和一般人不同，所以尽想着自己活成这样也是没办法的事，一味采取逃避的态度。”

纪子抬头看向贤人，穿着黑色外套的贤人肩头飘落着几瓣樱花，一如刺绣般清丽，太美了，纪子又一次由衷地感叹。

“我们的思绪太乱了，也许正因为太乱了所以放弃了思考。你知道真相要比我早得多，估计已经反反复复琢磨过好多次了，现在依然还是理不清头绪吧，和我一样。”纪子就这么说着、笑着，时而又兴奋地观赏樱花，如痴如醉，开心地和贤人说着话、吃着东西，又时不时看看缓慢地朝着一个方向蠕动的人群。纪子反复思量自己说过的那句“思绪混乱所以放弃了思考”。“见到你真好！”纪子抬头看着贤人说，“要是真有神灵相助，说可以让我回到一年前。让我选择是否知道真相，我肯定会选择知道，选择这种混乱、逃避的状态。”

“为什么？”贤人问。纪子看见冷静少言的贤人眼中滑过一丝胆怯，一如害怕黑暗的孩童。

“因为我现在才第一次知道我不孤单。”

纪子说着，透过繁花间的空隙看向天空。婴儿车中的阿由美微微动了一下，“我不是孤单一个人”这种感觉就算怀着阿由美时也没能体会到。

随着一声砸落地板的脆响，纪子的手机碎成了两半。纪子异常冷静地看着朝两个方向滚落的零件，暗想手机竟如此脆弱。阿由美“哇”的一声哭了起来，纪子条件反射般抱起阿由美，紧紧搂在怀里。

“你傻不傻啊！真不知羞耻！”耳边传来慎也冰冷的嘲笑声。

和贤人是三点前分手的，五点回到家里，八点过后慎也也回来了，一家人吃了一顿和往常一样的晚饭。所以纪子不明白为什么慎也会在她洗澡的时候偷偷查看她的手机。或许他一直都是这么做的，只是碰巧今天找到了决定和贤人见面的短信，还有回来后向贤人致谢、说自己很开心的短信。

纪子的脑海里蹦出一串串应该向误解自己的、情绪激昂的慎也辩解的理由：“我和那个人什么事都没有”，“是小时候结识的朋友”，“我们是在同一家诊所、用同样的方法获得生命的”，“说不定还有可能是兄妹”，等等。可纪子紧闭双唇，刻意不让自己吐出一句类似的话语。不能说出自己出生的背景，不对，不能让他知道只是因为出生背景相同，我和贤人便“心灵相通”。才不要让他知道！

“知道是谁在养你吗？”慎也说着，使劲踢飞了地板上一堆过家家用的塑料玩具。这一来，阿由美的哭声更大了。纪子暗自思忖，这儿和我以前待过的地方一样，又小又黑，只要闭上眼睛蹲下来就感觉不到，既然这样——

“是你造成的，忘啦？”

——就必须离开这里。看到纪子微笑着回敬自己的样子，慎也瞬间惊呆了。纪子忍不住想笑，现在的自己大概也是一脸惊诧的表情吧。

纪子一边哄着阿由美，一边向卧室走去，而后飞快地将阿由美的衣服、内衣什么的塞进包里。耳边响起起居室的门重重关上的爆响，接着一阵遥控器或其他什么硬物被扔到墙面上发出的闷响声。一幅幅画面在纪子脑海里此消彼长：拥挤的电车、雨天的味道、小时候不擅长的事、害怕过的事、体育课、朋友们的快言快语等等。“现在没事了，没什么害怕的了。”纪子对着自己和阿由美喃喃道，就和当初写信时的心情一样。

4

波留曾听光太郎提醒过将要见面的男人，就是那个接受过采访的捐精人讲的故事非常有可能是带有嘲讽意味的，或是纯粹的假新闻。事实上听了一半后波留自己也有同感，觉得是在浪费时间，因此并没认真地听那人讲完，从中间起基本上就没怎么听了。

所以波留完全不明白为什么突然全身发起抖来。目送男人离开后，波留和光太郎又喝了点咖啡。出了茶馆，都已经能看见车站的标志时，波留的双腿突然不听使唤地颤抖起来，开始还以为地震了。接着双手抖起来了，肩膀也抖作一团，等波留回过神来，发现光太郎正抱着蹲到地上的自己往上拽。重新站好后，波留发觉这回是牙齿在咔嗒咔嗒地打战，一旁的光太郎关切询问的声音变得缥缈纤细，不断地回响在耳际："你没事吧，没事吧？"波留刚想开口回一句"我没事"，胃里翻腾的东西一下子涌到了嗓子眼儿，她忙不迭地转到电线杆后大吐特吐起来。光太郎蹲在旁边，一边反复问"感觉怎样？"，一边轻拍波留的后背。波留眼角余光扫见了光太郎的动作，后背却没有任何知觉。

"去医院吗？""坐出租吗？""去哪个安静的店里坐坐吧。"耳边响起光太郎一连串的问话。波留抬起头看了一眼四周，蓝天、高墙、映照天空模样的窗玻璃、满是汉字的广告牌，所有一切如影似幻、忽明忽暗。突然，一阵恐惧袭上心头：一切都开始了！"什么都看不见"的情景发生了！波留吓得险些狂叫起来，只好把右手大拇指塞进嘴里使劲咬住。接着她用左手指着一块还看得清的招牌，松开牙咬的大拇指，牙根颤抖着连呼带喘地嘶吼：“野谷先生，我什么都不干，带我去那儿！”

“说‘什么都不干’可是男人的台词哦。”光太郎一边把从冰箱拿出来的碳酸饮料倒进玻璃杯，一边笑着打趣。波留躺在一张超大尺寸的床上，瞪着天花板镜子中的自己。刚才波留指的就是这家情人旅馆，光太郎几乎是把她背进来的，波留刷过牙后躺到床上，闭眼调整呼吸，大概睡了十分钟左右。睁开眼时发现光太郎正坐在电视机前的沙发上摆弄电脑。

“我不是跟你说过嘛，那个报道本来就是捏造的，那家伙是个撒谎精。我都想象得到会发生这样的事，所以一早提醒过你，问你是不是真的要见那人。”

“嗯，不是您的责任，我只是吓坏了。”波留回应了一声，发现周围又清晰可见了，天花板的四角、镜子、荧光灯，都很正常，没有忽明忽暗。

“你可别信那家伙说的话。那是个货真价实的变态，说不定看到你难受的样子开心着呢。”

“我知道，我真的只是吓了一跳而已。给您添麻烦了。”波留坐起身，接过光太郎递过来的杯子，喝了一口饮料，一群小气泡在嘴里跃动起来。

“听我一句劝，还是别找了吧。”站在床边俯视波留的光太郎规劝道，“看到你刚才的样子，我就知道这事不是闹着玩儿的。你只要一说出口，以你的名声吸引来的人中九成会是刚才那样的家伙哦！见十个人会有九回和刚才的感受相同，而且还不能保证了解到事情的真相。”

波留点了点头，把玻璃杯放回边桌后说：“可我想知道父亲是谁的心情不是开玩笑的。”

“那怎么办？还找吗？”

波留盯着床罩，一个个扫视着上面散落的褪了色的花纹，思索着该怎么回答，最后终于说了句：“让我再考虑考虑吧。”

光太郎是和出版社的人一起找到那个三十年前接受采访的男人的。是波留请求他们找的，也是她说想见面的。

想不到那个男人指定的见面地点在东京都内，一家位于新大久保的连锁咖啡馆，波留和光太郎是一同前往会面的。光太郎介绍说二十多年前采访时，这个男人在茨城的一家电动机械厂工作。在男人到来之前，波留还问了光太郎他们是怎么找到这个人的。说是从工厂职员名单入手调查的，他们一一联系了所有和这个男人同一时期工作的人，就这样找到了一位去年退休的原工厂职工，据称直到几年前还一直和那个人保持着联系。波留刚听到这个情况时，耳边响起了一个陌生男人的招呼声：“您就是那位作家？”

由于光太郎事先和男人打过招呼，说这次采访是以光彩诊所的捐精人为对象，目的也和上次相同，因此省去了一切说明，直接开始问男人问题。男人似乎完全不介意没有预先说明的环节，非常流畅地回答了问题，连没问到的也哗哗地说了出来。

这个人和波留想象中的父亲形象截然不同。个子瘦瘦小小，脸上黑黢黢的，穿着整齐的衬衣、裤子，还披着一件针织料的外套，总体给人一种寒酸感。波留注意到这个人的五官长相太过端正了，不是这种年纪的男人应有的，而是青年时代的那种面相一直残留在了这张老去的脸上，所以看起来那么寒酸。

男人说他确实在轻井泽的光彩诊所做过捐精登记，而且提供过精子。当初是从杂志上看到广告才知道光彩诊所的。“我当初琢磨着该做件什么样的大事来作为三十岁的纪念才好。”说到这里，男人发出一阵怪异的笑声，“你们大概不会认为把那东西送给某人是件了不得的事吧。可我当时每天在工厂里拼了命地干活，只有老实肯干一个长处。我心里清楚像我这样的人既不可能一下子参加奥运会，也不可能成为名演员。剩下的就只有犯罪了，当然啦也没有犯罪的胆量和理由。所以就下决心让我的血脉遍布全日本。你们想想，结婚生孩子最多也就两三个，孩子结了婚再生孙子加起来也就十个，多的话十五个。可要是我的那玩意儿在诊所里好好发挥作用的话，岂不是能造出无数个子孙来？说实话，我不在乎钱什么的，不挣钱白给都行啊。即使不知道谁是我的孩子、他们都在哪儿什么的也无所谓，不知道还更好呢，那就会感觉各县各市都有我的子子孙孙啦。”

当问到他去过几次诊所时，男人得意地回答：“去过十次！”光太郎犹疑地说出听闻诊所对这种事是有限制时，男人又回答说：“没有没有，到最后诊所因为那东西不够用很是头疼呢，所以不管是谁捐几次都行。据说我的质量不错、成功率很高，以至于后来都是他们请我去的呢。”说完往椅背上一靠，又笑了起来。

当问到学历和获奖经历的作假问题时，男人的回答是：“大概有吧。应该不都是高学历的人，不过我可没作假哦。你们别看我这样，我可是以第一名的成绩从国立大学毕业的。”

姑且不论此人的言论可信度如何，波留首先想到的是这个人病得不轻。捏造事实、夸大其词之类的还在其次，此人控制不住地要说出自己头脑中极度膨胀的妄想，也许从三十年前起就一直这种状态吧，就算没人采访，他也会跟其他什么人说出来的。波留认为眼前的这个病态男人和自己没有任何关系，所以后来就没认真听下去了。只是最后问了一句：“您的亲戚中有失明的，或是视力明显变弱的人吗？”

“没有，没那样的人。我健康得很，从没住过院。我父亲是战死的，母亲八十八岁无疾而终。兄弟、亲戚中也没有一个得过什么怪病，所以说我那东西才会有那么高的评价嘛。我到了这年纪，血压正常，没有糖尿病，连老花镜都不戴。我连车站的电梯都不坐，都是爬楼梯，楼梯哦！”

"您有家人吗?"光太郎打断了男人没完没了的絮叨，问道。

"我的家人就是散落在全国各地的那些孩子。你这一提，我突然想起差点和一位家族史向上追溯七代和天皇家族有关的女士结婚的事来。婚没结成倒不是对方反悔的缘故，原因在我。我是这么想的，要是结婚生子了，那我那些在其他地方出生的孩子岂不是很可怜?我岂不是背叛了他们?所以慎重考虑后我决定对那些不知在哪儿的孩子自始至终保持忠诚。我也给美国的精子库做过贡献，在那儿应该也散播着我的子孙。了不起吧?"

这会儿在情人旅馆里，波留一想起男人的那番话，依然感到胃里一阵阵撕扯般的疼痛，她使劲闭上了眼睛。

5

贤人觉得大概是发生了什么事。和纪子一起赏花后没几天，接到波留的电话，说是不打算寻找父亲了。问起原因来，说是想好好珍惜作为歌手的身份，考虑到了弹和树里提过的公开姓名后的危险性。虽然完全不了解整件事的前因后果，贤人的直觉是波留在撒谎，一定另有隐情，但他也估计到波留是不会透露实情的。

紧接着第二天贤人收到了已离家出走回到娘家的纪子的一条短信，信中说与贤人的会面使得她找回了自我。贤人本想问发生了什么事，但最终没有问出口，他害怕自己和什么事情扯上关系。一想到如果纪子说扔下丈夫回娘家的原因在于自己，贤人不禁打了个寒战。

贤人觉察到了自己的恐惧，并为此深受打击，心里一阵害怕。

这就是自己。不想和任何事扯上关系，一直不停地逃避着什么的自己。这就是妈妈眼中出了问题的自己，以至于当时带着自己去看心理治疗内科，从中学时候起就一直是这样。

现在对方是纪子。纪子没说他们夫妇间发生了什么，贤人知道即使他们最后离婚了，纪子也绝不会把导致离婚的原因归到他头上。虽然知道这一点，贤人也没有勇气多问一句。他不想触碰到任何事，不想被卷入是非中。可为什么当初又给树里写了那封邮件呢？所有的一切都是从那件事开始的，没错，开始这一切的正是自己！

茶几上的手机震动起来，敲击着桌面发出比铃声焦躁得多的声音。贤人站起身，看到屏幕上显示的是树里，他对着看向这边的咲做了个“抱歉”的表情后，拿着手机朝卧室走去。

“小纱怎么说？”树里一上来就直奔主题，她问的是纱有美是否打算寻找父亲一事。

“小纱说想是想知道父亲是个什么样的人，可不打算真的去找。她不在乎野谷先生调查后写东西，当然啦，她自己也不想介入。”

贤人回忆起和纱有美的对话来。纱有美没完没了地讲，怎么都放不下电话。说是再见面后大家都变得更不幸了，虽然自己不想寻找父亲但想见见野谷光太郎，还提到那家伙也许只会使我们陷入更加不幸的境地，等等。贤人向来不喜欢没有结论的谈话，可他没有主动挂电话，因为他觉得纱有美的这种混乱状态正是自己引发的。

“打算怎么做呢，野谷先生那边？你问了吗？”电话里的树里将贤人又拉回到了现实。

“茱丽，我想问你一句话。”卧室的窗帘打开着，往下看去还是那条长长的热闹的商店街。贤人继续说：“你觉得我们重新相聚是好事吗？有意义吗？”

“说什么哪？突然这么问。”电话那头的树里笑了，“谈不上好坏，再说我们见都见了。当然啦，我也不知道今后我们是渐渐不再见面了，还是会继续这种关系。”

挂断电话后，贤人依旧握着手机看着窗外，耳边传来细微的叫卖蔬菜水果的声音。

回到饭厅，贤人发现咲已经吃完了饭，正坐在沙发上看电视。自己吃了一半的碗碟还放在桌上，贤人嘀咕着“不好意思啊”又回到桌边继续吃起来。咲正在看的是一档搞笑节目，电视里笑声一出，咲也跟着小声地笑。自从和聚会时的伙伴重逢后，周末以及平时的晚上贤人常常要出门，而且明显不是为了工作，对此咲一句都没有问过。就是现在，她也没问是谁的电话。咲绝不是一个感觉迟钝的人，贤人猜想她是为了抑制住想打听的好奇心才看电视的吧。

咲和贤人之前交往的女友一个最大的不同是，她从来不会问贤人“你在想什么?”“生气了?”之类的问题。贤人最初一直以为咲不是那种急性子、好奇心旺盛的人，对别人正在想什么完全不感兴趣，是个粗枝大叶的人。可最近一段时间来，贤人觉得她可能并非如之前想象的那样。只是咲比其他任何人都迅速准确地察觉出对方不想被人打听的事。

“这件事说出来也无济于事，我原本不打算说的。”贤人用叉子卷起一团已经冷却的意大利面后，说道。听到这个开场白，咲转头看了过来，贤人继续道：“不是什么有趣的事，也没有结论可言。”

电视里的笑声突然消失了，手握遥控器的咲朝向贤人坐着。贤人把杯中剩下的一点葡萄酒喝完后，一时间有些茫然，不知该从何谈起，不过他很快回过神来，说了起来。贤人先提到的是在那家光线幽暗的意大利餐厅里，妈妈说的那番话。结婚前的贤人妈妈是个颇有名气的模特，和当摄影师助理的爸爸结识后陷入热恋，结婚后就不做模特了。当时有不少惋惜的声音，可妈妈一心想好好经营家庭。原本以为很快就会有孩子的，可三年过去了，五年过去了，还是没有。妈妈到医院做了检查，说是没有问题，原因在贤人的爸爸。夫妻商量后达成一致，决定接受非配偶间的人工授精，后来生下来的就是松泽贤人。贤人爸爸辞去了摄影师助理的工作，找了另一个更加稳定的职位。贤人记忆中的爸爸是在一家电机制造企业的子公司工作。

贤人妈妈一直认为自己和贤人爸爸都是接受人工授精生子的方法的。而事实上随着孩子长大，夫妇间的关系举步维艰起来。于是妈妈意识到当初想生育、想要孩子的只有自己，是自己一心想要得到点什么来作为失去模特这份工作的补偿。“我认为是父亲的人在分手的时候对妈妈说了这么一番话。”这些话贤人不是在意大利餐厅听到的，而是后来过了很长一段时间，长大成人后才听妈妈说的，“‘你即使不结婚其实也会过得挺好的。或者说得到一个和自己一样美丽的孩子也就心满意足了。你毁了别人的梦想得到了自己想要的东西，已经不再需要我了吧。’”

贤人刚听到这番话时，觉得父亲真是个性格乖僻的人，可又搞不清事实到底如何。也许在他看来妈妈就是这样的人，不管怎么说离婚还不到一年，她又生下了另一个男人的孩子。可贤人还是觉得父亲的性格过于怯懦。当时接受非配偶间人工授精的夫妇有很多，纪子的父母就是一例，其中的很多人后来也成了父亲。而贤人小时候认为是父亲的男人被不是亲生儿子的贤人激起了自卑感，甚至在分手时还忍不住恶言相向。

贤人还向咲讲了夏日聚会的往事。同一境遇下的孩子们在不知情的情况下相聚在一起，然后又分开，要是就这么结束了也不错。对自己这种总是竭力避免和别人产生联系的人来说，保持这种结局是很正常的。“可为什么我又去寻找他们了呢？后来还找到了，我现在想的是……”贤人盯着冷却发干的意大利面小声说着。耳边仿佛响起了纪子的声音：“我肯定会选择知道，选择这种混乱、逃避的状态。”“因为知道我不孤单。”纪子为什么会这么想呢？我和纪子、树里，还有弹不是亲兄弟姐妹，共同拥有的过去加起来还不到一个月。想到这里，贤人继续说道：“那我为什么会想去找他们呢？”自己的说话声颤抖得厉害，仿佛是另一个人的声音。激动、哭泣、愤慨，贤人想不起来最后抱有这些强烈的情绪是什么时候了。自己的声音现在如此颤抖，是因为伤心，痛苦，还是害怕？

“或许我忍受不了有人什么都不知道，无法容忍有人逍遥自在、健康活跃，从不曾大脑一片空白，每天都在讴歌所有生活的瞬间。我希望不是这样的，即便是我这种人，再怎么样也不会抱有那么残忍的想法。可我也想不出还有别的什么理由，我实在不知道自己为何主动寻找他们。”

一双温暖柔软的小手轻轻握住了贤人那只拿叉子的手。不知什么时候咲坐到了贤人身边，用双手握住了贤人的手，然后静静地说了起来。

“你并不想伤害那些人，你是觉得自己的心情和想法他们或许能够理解，对吧？”

泪水一下子涌了上来，贤人眼前一片模糊，鼻子也一阵酸痛。贤人吃惊地发现自己第一次有这样的感受，有些不知所措，只是茫然地瞪视着滴落到裤子上的泪珠。

6

约定见面的地点在横滨未来港[1]一家酒店的咖啡厅，时间是星期日下午三点。树里前一天晚上就没睡好，总是刚一睡着立刻又醒了，一晚上来回折腾了好多次。每次醒来，树里都会看着天花板，想着明天该穿什么好。就因为这样，清晨时分树里还做了个梦，梦见自己在酒店的衣帽寄存处准备寄存外套时，发现里面穿的竟是泳衣，吓得魂飞魄散。

当那天树里真的站在酒店大堂里准备脱外套时，忽地想

---

[1] 又称 21 世纪未来港。日本横滨市推进的以临海地区为主的城市综合整治计划。预计在 186 平方公顷的土地上有就业人口 19 万人、居住人口 1 万人，1983 年起动工兴建。

起了那个梦，还紧张了一下。当然，外套里好好地穿着衣服呢。出发前从早上九点开始，树里不停地脱脱换换，最终决定穿的是黑色七分裤配淡蓝色衬衫。

咖啡厅在二楼。出了电梯，树里朝咖啡厅走去。随着离咖啡厅越来越近，树里的心跳也越来越快，过分紧张得都引起了轻微的耳鸣。

在咖啡厅入口处，树里告诉穿制服的服务生一个姓，那是之前一段时期自己也用过的姓。树里爸爸之前说明了一下，因见面的时间适逢人多所以事先预订了座位。

树里看到服务生指引的桌边似乎已经有人坐着了，可她不敢正视。等服务生离开后，树里才终于缓缓地从一双擦拭得锃亮的皮鞋一路向上看到脸部，那个自己八岁前都与之在一起生活的爸爸。

“把你叫到这么远的地方来，抱歉啊。”爸爸笑眯眯地说。

往昔的记忆瞬间都复苏了，树里被压迫得呼吸都有点困难起来。她接过爸爸递来的菜单，两手微微颤抖，点了欧蕾咖啡，说话时声音都沙哑了。爸爸看起来是个刚步入老年的普通男人，和树里记忆中的不太一样了。戴着眼镜、几乎一头白发、手背上有褐斑。尽管如此，树里还是在这张陌生的男人脸上看到了从前熟悉的面容，低垂的眼角、一头茂密的直发、一笑起来脸上就会出现两道明显的直纹，甚至连握着自己手时那种潮湿、温暖的感觉也瞬间想起来了。树里用门牙死死地顶住舌尖以防自己控制不住地哭出声来。

“我也很抱歉，突然说要和您见面。”树里竭力使声音显得既不哑也不抖。

“总觉得怪怪的，我们之间这么客套起来。不过也是，好多年没见啦，难免生疏了。”爸爸笑说。

“您住在横滨？”树里不知道该怎么切入正题，只好问些不是很想知道的问题。

“是，在神奈川区。这附近和二十年前比大变样了，未来港线开通后，最近更是热闹起来了。樱木町附近从前可是相当冷清哦。”爸爸肯定也在说些自己也觉得无关紧要的话，树里也只好附和了几句。

随后两人时不时陷入颇为尴尬的沉默中。在离开咖啡厅一同走往车站的路上，树里终于说出了想问的问题。

“我……都跟妈妈打听过了，关于我是怎么出生的。”

走在身边的爸爸“嗯”了一声，似乎早就知道这一切，包括树里现在想问他什么也了然于心。于是树里放心地说出了最想问，又是最难以启齿的问题。

“您没能把我当作是自己的孩子吧？”

小时候要仰起脸看的父亲如今只比自己高一个头。可肩并肩走着时，树里竟如此清晰地重温到了儿时和爸爸在一起的感觉。只要和爸爸在一起，周围好似环绕着一种强大的、静谧的气场，使得幼小的树里觉得安全放心，总是不自觉地想靠近。那种静谧安全的感觉妈妈周围也会有，但是不一样。妈妈的犹如满月，而爸爸的好似白雪，树里想起了小时候感受到的差异。

“不是因为那个。”爸爸还是静静地回答，“原因不在那儿，不是因为你，而是我自己。”

爸爸停下了脚步，树里也停下来看着他。前往车站的人流并没有露出不满的神色，而是很自然地绕过这对父女继续前行。树里突然觉得他们两人好似突兀插入河面的木棒。

“有一家不那么整洁漂亮的小酒馆，这个时间应该开门了。”

爸爸有些困窘地笑了笑，说道。

“是自卑感吧。”爸爸说出这句话时，两人已在酒馆里喝了一轮啤酒，刚换上日本酒打算继续喝。树里刚要给爸爸斟酒，爸爸没让，而是自己把凉酒倒进了小酒杯，同时说出了这句话。

这家酒馆位于过了车站又走了很远的一条小巷的深处。店面很小，除吧台外只有四张桌子，虽然刚过四点，座位已基本坐满了。大都是五六十岁的单身客人，有的塞着耳机在看赛马报，有的正入神地看着四角已油渍斑斑的电视。并排坐在吧台边的树里和爸爸，在打开大瓶啤酒前还和在咖啡厅时一样说些不咸不淡的话，喝到第二瓶时才零零星星谈了些近况，到第三瓶时爸爸终于试探着问树里关于那件事知道多少。然后就是现在，爸爸刚向吧台里穿着围裙的老板娘要了日本酒。

“自卑感?”树里用小酒杯迎住爸爸递过来的小酒壶，重复了一句。

“你都了解得那么详细了，大概也知道我们是自己选捐精人的吧。我们，不，是我自己后来为这件事备受折磨，至今还有些无法忘怀。公司里有个比我们稍晚些时候有了孩子的年轻人，在孩子出生前曾一起喝过酒，当时有人开玩笑地说了句要是孩子生下来后堕落变坏，或者是个特别爱惹是生非的家伙该怎么办，那时大家已经听说他妻子怀的是个男孩。那年轻人马上回应说，什么样的孩子都行！只要能平安无事地生下来，哪怕脑袋笨点、智商低点也行，真的是什么样的都无所谓。我当时觉得那才是要成为父亲的普通男人的想法。”

树里一动不动地凝视着眼前的一碗油炸豆腐炖菜，生怕漏听爸爸的一句话，连旁边一个男人的打嗝声都觉得刺耳碍事。

“那一刻我醒悟到自己错了。我所希求的东西比平安出生多多了，在选择捐精人的时候。选的时候我是这么想的，比我头脑灵活的某人，比我运动神经发达的某人，比我在艺术方面优秀的某人，比我乐感强的某人，比我在性格、长相、运气方面都要好很多的某人。”

爸爸给自己倒了些酒，仰头一饮而尽。然后看着头顶上沿墙贴着的一排写着菜式的小牌子，大声地报上菜名点菜："炖牛肠、醪糟黄瓜、牛肝刺身。"瞟了树里一眼后，又加了一个油炸肉饼。

"你得过一个奖，还记得吗？"

"是吗？"树里反问。

"是，绘画方面的。"爸爸点头道。树里不记得了，只好默默地听着。

"大概是上幼儿园的时候吧，也可能是小学。是整个东京都规模的比赛，你的画得了银奖，好像是年龄最小的获奖人，我和你妈妈都高兴得不得了。可高兴之余，我下意识地想到那大概是捐精人遗传的基因时，心里一冷。"

"来啦！您的醪糟黄瓜、牛肝刺身，还有炖牛肠！"穿着围裙的老板娘把盘子依次摆上吧台后，又匆匆转过身去了。爸爸用手抓起一片醪糟黄瓜吃了起来。

"就是从那会儿开始嫉妒起来的，对那个比我强的某个人。虽说是自己要这么做的，可还是自责不已。这个，好吃哦。"爸爸指了指牛肝刺身的盘子，树里拿起一片，蘸了点盐味酱汁吃起来。

"还有那个夏日聚会，也很痛苦。"爸爸看着手中的小酒杯，笑着说，"听你妈妈说有这么个聚会，她想参加，我就同意了。那样的地方应该很让人放心的，孩子们很快就打成一片，大家心情都不错，还是免费的。可是……去那儿的父亲全都是没有生育能力的男人，这个事实每一年都会深切地感受一次。不仅如此，那是谁来着……”爸爸又要了一壶日本酒，给自己续上后，又给树里倒了点，“是谁不记得了，好像是个单身妈妈，实实在在地爱上了从未谋面的捐精人，完全是一种幻想。单是幻想中的形象还不够，还把幻象和现实中某人的爸爸重合上了，应该就是山庄男主人。酒喝多了会坏事啊。她缠上了男主人，总是毫不客气地说我们这些其他父亲的坏话。”

树里回想起了自己中学时代的推测，就是那个聚会里有人乱搞男女关系的推测。因为曾经这么推想过，所以对爸爸的话并没有那么吃惊，也没觉得受伤。但是不得不承认，如果没有那个乐园般开心的夏日聚会，或许爸爸就不会弃家而去。

“您和妈妈提出过不去参加聚会吗？”树里在爸爸吃着炖牛肠时问道。这时一盘油炸肉饼摆在了爸爸面前，爸爸把肉饼挪到树里面前笑说很好吃哦，然后回答了树里刚才的问题。

“说过，我说我不想去，也讲了理由。可你妈妈说她想去，说也是为了孩子着想。所以后来我就没再去了。”

是这样的，爸爸后来确实不再去聚会了。

“我们当时是无话不谈的夫妇，那么做有利也有弊。因为有些话即使说了也无法互相理解，我那时候才知道。还有，我们在你出生前，知道有那家诊所时，真是进行了一番长谈，讨论如果还是怀不上孩子怎么办，不管之前还是之后我都没再和别人进行过那么漫长的交谈。可是唯有一件事我们没谈到，那就是有了孩子后怎么办，只有这一条没商量到。”

爸爸自嘲地笑了，而后突然正色道：“家庭也好，父亲的角色也好，都不是自然而然形成的，也无法自然形成，而是要决定去‘当’才行。我就是没决定好当父亲，给你取名字的时候，我错以为自己已经成了‘父亲’。”

是啊，树里听妈妈说过自己的名字是爸爸取的。树里喝了一口日本酒，开始吃油炸肉饼，真的很好吃。

“我在做和画画有关的工作。”树里说着，心想自己虽说没有太大的名气，说不定爸爸已经知道了呢，自己给取了名的女儿，用这个名字从事工作。一个念头在树里头脑中掠过，不，也许爸爸还知道自己上了哪个中学、从哪个大学毕业、什么时候结的婚、什么时候开始成为自由职业者的。

“哦，是嘛。你本来画画就很棒。”

爸爸这么一说，才打断了树里的浮想，不禁感叹是啊，这个人就是个于己无关的陌路人而已。不，是他自己决定要做个陌路人的。树里不置可否地笑了笑，给油炸肉饼盘里的圆白菜丝浇上了调味汁。

爸爸在听到树里的职业时，也露出了一般人听闻后的表情，“啊，是个特殊的工作，肯定很了不起，可是又不太清楚怎么个了不起法，不知该怎么往下打听”，就是这样一副神情。树里觉得说不定是自己想多了，她推测或许现在自己的这番话又一次伤害了爸爸，和小时候获奖的那次一样。

“好吃吧，肉饼。”爸爸得意地说。

“嗯，好吃极了。”树里笑着说，终于明白了现在的爸爸已不再是幼时心目中的“爸爸”了，今天第一次在对话中没有使用敬语。

7

每次等额本金还款后，弹总有一种遭遇惨败的感觉，像是花了数千万日元买了一个纸糊的破玩意儿。父母出手后又被自己买回来的那座山庄的贷款还有三年才能还清。可是所花的费用不止这些，还有维护费、雇人清扫费和保养费。弹倒不至于经济困难到付不起这些费用，而是怀疑山庄有无必要花如此代价去获得，毕竟买下后仅去过一次。

弹一直在琢磨今天午休时分去银行拿到的文件上显示的贷款余额，所以直到有人拍他肩膀才回过神来。坐在长凳上的弹抬起头发现野谷光太郎站在眼前。

两人在高架桥下一家烤鸡肉串店的吧台边并排坐下，碰杯后分别喝了啤酒和烧酒。尽管店门大开，但厨房里飘出的油烟和客人抽烟的烟雾使得店里白雾缭绕。迄今为止，还没有一个人同意野谷光太郎的采访计划，大多数人都说野谷可以按自己的计划行事，但他们不想介入。连原先答应可以使用自己姓名来推动采访的波留，也突然说不干了。弹觉得野谷一定知道个中缘由，只是不想说出来，所以也就没追问。

“那您打算怎么办呢，野谷先生？”说要一起喝酒的是野谷，可是他什么都没说，所以弹才这么问。一盘加了鹌鹑蛋的萝卜泥放在了眼前。

“我是这么想的。”刚说了个开头，光太郎又陷入了沉默。他用筷子打散了鹌鹑蛋，和萝卜泥搅拌在一起。烤鸡肉串还没端上来，野谷倒了点酱油先吃了起来。“我不想伤害你们的感情，但我还是想一个人继续采访下去。当然啦，我绝不会给你们添一点麻烦。”

身后响起了一阵笑声。光太郎继续吃着萝卜泥，直至最后吃个精光。

“那不是蘸着鸡肉串吃的东西吗？再来一盘吧。”弹看了不禁说。谁知光太郎圆睁双眼道：“什么？这不是小菜吗？我之前一直这么认为的呀。”

“我倒是一直和烤鸡肉串一起吃的……”

“喂，大哥！”光太郎招呼店员问，“这个是怎么吃的？”

“啊，那是清口小菜，给您再来一盘?”一个年轻店员说。光太郎和弹对视后大笑起来。这下弹彻底明白了光太郎想要独自一人继续采访的心情。

“您是一旦开始了，不干下去不罢休啊。”弹小声嘀咕道。

“啊?噢，你说的是采访吧。”

“今天这个萝卜泥，要是我的话，怎么吃都无所谓，可您就非得问个明白。”

“没那么夸张。”光太郎有些不好意思地说着，又开始搅拌起一盘新端上来的萝卜泥。这时烤鸡肉什锦拼盘端上来了，弹和光太郎又各自添了些啤酒和烧酒。

“我不会再问你们什么问题了，尽管放心好了。我也不想写原来在轻井泽的那家诊所的真相。我这人哪，做记者的时候就明白了一些道理，绝不能用文字去伤害一个人，这就和绝不能用利刃伤害人的道理是完全一样的。所以我不会伤害你们中的任何一个人，我会尽最大可能考虑周全。可是，你也知道有些事是不可预知的，比如什么事会怎样地伤害到一个人。所以说，如果你不排斥，等我大体构思好了我们一起讨论讨论。也好给我提提意见，像是‘这个最好不要写出来’‘这写的是什么呀?你根本就没搞懂’之类的。但树里小姐就说过我写的东西她一概不会读，所以我想着也许你也会觉得不痛快……”

“没事，”弹答道，“我可以看。我自认您是一位年长的好友，所以随时恭候。只要您请我吃烤鸡肉串就行。”弹说完有些讨厌自己。这是一种熟悉的感觉，自己从小就知道说什么会讨人喜欢、做什么会得到赞许。他猛然回忆起那个夏日聚会是唯一不用这么做的地方。于是弹说出了真心话：“说实在的，我自己也想知道会因为什么感到不痛快。”想了想后，弹又接着说了下去。

“我呢，野谷先生，从来没和女人正经交往过。朋友嘛，虽说不缺，但没有长期保持交往的。上学的时候、工作以后，不论男女都喜欢接近我，可都保持了一定距离，而且一直都是这样，我也想象不出这以外的其他关系是怎样的。”

店员端上一盘浇好汁的烤鸡肉串，光太郎又点了炖牛肠和冷豆腐。店里客人们的高声谈笑、店员们大声重复报菜名的声音，混杂在缭绕的白色烟雾中形成一股股旋流，可弹说话时觉得这一切竟是出奇地静谧。

“听父母讲那些事时，我其实是松了一口气，因为之前总觉得自己是个弃婴。所以说看到其他人在争辩要不要见父亲时，我其实是很吃惊的。见到您之后听说了那个无聊的冒牌捐精人的事，我就想也许确有其事吧，什么假学历啦，假富人啦，肌肉男啦，唯有伪造病史我不愿相信是真的。不，就算那个生物学上的父亲是个正经人，这说到底是我的主观认识，我并不觉得会比现实中的父亲更优秀、更值得尊敬。当然我没有像树里那样抱有强烈拒绝的态度……”

光太郎静静地听着。弹说完后吃了一串滴着酱汁的烤鸡皮，又喝了几口啤酒，这时他想到一件事，于是开口问道：“您觉得我缺少点什么吗？这和我的出生有关系吗？就算不这么想，您会在写这件事时，把我这样的人当成有某种欠缺的人来写吗？”

光太郎两手抱臂，盯着桌面上的鸡肉串看了一会儿，突然伸手拿起一瓶五香粉撒到烤葱段鸡肉串上，然后大口地吃了起来。弹刚问完，就觉得自己问得有些奇怪，不知所云。旁边这位只是个作家，既不是神灵也不是精神科医生，他能知道什么呢？他肯定会说，你没什么欠缺，或者说谁都有不足之处等等，诸如此类不痛不痒、不会伤害自己，又能够顺利推进谈话的说法。

“萝卜泥。”光太郎用筷子指着刚吃完的第二盘萝卜泥小声说了句。弹以为他想再要一盘，却听他继续说道：“刚才你说这是和烤鸡肉串配着吃的，而我却以为是个小菜，其实都有点不对，可哪个都没有错。也就是说这萝卜泥有两种命运。”

“命运？”弹不觉笑了起来。

“如果你不在这儿，萝卜泥就不会有第二种命运。你所看见的、触摸的、品尝的东西都和别人不一样，我不是在说表面话，事实如此。从事神职的人和罪犯都有各自不同的世界，所有人的世界都是不同的，有烦恼也有悲剧。如果你不存在的话，你所看见的世界也会消失，就这么回事。萝卜泥就不会和烤鸡肉串一起吃，不过如此而已。你没法和女人交往、维系不了长久的朋友关系，这样的你和谁的世界相比有欠缺吗？萝卜泥随便怎么吃都是可以的！”

弹对光太郎的这番话似懂非懂，有点云山雾沼的感觉。唯有一点弹是明白的，作家表达的既不是虚情假意的托词，也不是漫无边际的空头安慰。

“你听过波留的歌吗？”光太郎问。弹摇了摇头，他知道波留是个颇受年轻人欢迎的歌星，可对她的活动和歌曲没有兴趣，“你听听吧。找找看吧，你所说的‘欠缺’什么的。按你的说法，那孩子也应该有。”

弹一口喝干了杯中剩下的啤酒。突然内心深处一阵隐痛，倒不是光太郎说让他听听波留的歌引起的，而是奇怪为什么之前自己会对她的歌不感兴趣呢？

8

关于是否服用排卵诱发剂，要接受了排卵、卵管、荷尔蒙等几项检查后才能决定。树里虽说是自由职业者，但也不是今天立马就能削减工作量。即使是现在开始回绝工作，那也得一年或是一年半后才能得到充分的休养时间。所以说，这段时间树里既要跑医院又要兼顾工作，一下子变得忙乱起来。

树里知道敦心疼自己，在外面吃晚饭也从没表示过一丝不满，真是太贴心了。要是去医院检查累了，敦也会主动清洗衣服、打扫卫生。正如众多朋友评价的那样，敦确实是个好老公。“可有时不知为什么我也烦躁得很呢。”树里说这话时正和妈妈并肩走着，“敦检查后什么问题都没有，我的压力可就大了。虽说他也帮忙做家务，可每天在家的是我呀。”树里也知道自己说的话不占理，只是想发发牢骚而已。明知如此还说出口，树里感到特别自由放松。

道路两旁绿荫浓密，枝叶间镶嵌着淡蓝的晴空。不久前，娘家附近的这条路两旁樱花还在盛放，望去像是一片片淡粉色的轻云。

“这可是你自己决定的事哦。从今往后敦也轻松不了啦。”

“话是这么说。”树里想象着身旁的妈妈年轻时的样子。那个和爸爸多次谈话，将理想和希望重叠，准备迈向未来的妈妈。那个“未来”到底有没有具备使她幸福的所有要素呢？很显然妈妈失去的要比得到的多得多。树里又想到了老公敦、爸爸，然后又回到妈妈，以及他们曾经或许想做的事。树里开口问道：“妈妈您是不是只要想到是自己决定的，就能非常平静地、义无反顾地接受任何事情了？”

今天树里不用去做检查和治疗，难得空闲。她也没什么特别要说的，只是把妈妈叫出来在娘家附近的咖啡馆喝喝咖啡，现在正在公园里散步。

“倒不至于。但现在我和你一起说敦的坏话不觉得有点奇怪吗？”

树里回想起自己鼓起勇气向敦挑明出生秘密时，敦却说那没什么大不了的，现在想来他当时也只能那么说。估计他也比较吃惊，不知道该说什么好，但又拼命地想顾及树里的情绪。虽然树里了解这点，但依然对敦的话感到失望，而且以后只要一想起来肯定还会反复地感到小小的失落。每次树里都会意识到敦和自己有多么迥异。树里没跟妈妈说这事，因为觉得没法说明白。树里又想起和结城静见面后，看着车窗外的大海突然决定要和爸爸见面的事来。跟妈妈说了后，她既没表示赞成也没反对，只是把联系方式告诉了树里。

说实在的，和爸爸见面后，树里很失望。树里知道爸爸没有说谎，也明白他是真心诚意地面对自己说了些掏心窝的话。树里还是第一次见到谈及自卑感的成年男人。

可那个人不是“爸爸”，是个“放弃”了当爸爸的人，树里对这件事极度失望。不仅如此，树里对妈妈也感到了前所未有的失望。妈妈在树里心目中是个坚强温柔，意志坚定的人。可是从爸爸的话语中窥见的妈妈却是树里无法理解的。

“坚强”成了“刚愎自用”，对孩子的“温柔”成了对丈夫的“残酷”，“意志坚定”也成了“倔强固执”。宁可求助于素不相识的第三者也想要孩子，父母和自己断绝了关系也依然不改初衷，知道伤害了丈夫却还把“为了孩子”放在第一位。这样的妈妈是极其陌生的女人，树里觉得自己无法理解那样的女人。树里失望的正是这点。

那天和爸爸在车站分手后，微醺的树里坐在未来港线电车上，陷入了沉思。

这么说来，还是不见爸爸为好？不下决心见他就好了？

回答是否定的。如果不和爸爸见面，树里现在连失望的感觉都得不到，当然也包括对妈妈的失望。

这份失落和敦的话语引起的失落有某些相似。

要是没和敦说起自己的出生秘密，也许就不会有失落感了吧？没错，如果不说，如果不直面相对，连失落感都得不到。

妈妈她——树里这才发觉爸爸和妈妈也是这么做的。

虽然他们都知道会让树里失望难受，也很清楚已说得太晚了，可还是选择了面对面地说出真相。

可能还有一种更为强烈的情感超越了不能被理解带来的失落感，所以我们才会勇敢面对、才会说出真相。

想到这里，树里决定了：我要生孩子，我要为生孩子而努力。这么一下决心，树里倒觉得其实在很久以前自己打算和弹、波留一起与贵子见面时就已经做好这个决定了。

树里和妈妈在自动售货机上买了热咖啡后，不约而同地在一张长凳上坐了下来。

“大家都还好吗？弹，小纱他们……”妈妈有些吃力地吐出了这几个名字。树里想象不出妈妈是怎么看待这些孩子的重聚的。

“小纱最近来过家里……”树里知道妈妈不喜欢背后议论别人，她曾多次提醒独生女的树里：“你是大姐姐哦。”弄得树里真像有兄弟姐妹似的。树里有些拿不准现在要说的算不算背后议论别人，断然否定后才开口说道：“我跟小纱说自己生不了孩子烦恼时，她回说我一定觉得来到这个世界是件幸福的事。她自己不这么想，所以也不想要孩子。妈妈您当时为什么想要孩子呢？是觉得自己幸福，对能够来到这个世界充满感激，所以也想让自己的孩子拥有同样的想法吗？”

“怎么可能！”妈妈仰天大笑起来。树里想不到妈妈会如此朗声大笑，不觉愕然。只听妈妈笑过后说：“这世上真有这么想的人？不，也许有吧，什么样的人都有啊。我可没那么想过，就是想要孩子而已。知道不能生的那一刻渴望来得尤其强烈。我年轻时，女人不像现在这般自由。结婚、生子都是应当应分的，父母都是这么教的。在我细想这些问题前已经不知不觉认定要这么做了，包括要做母亲这件事。”

路上没有行人走动，眼前空寂一片，树里突然有种时光停滞的错觉，可脚边蕾丝花边模样的树影还在静静移动着。

“您从没后悔过吗?”树里问。问过后树里才发觉自己真正想问的是以后无论发生什么自己也不会后悔吗?虽说这是谁都无法预知的事。

“是指后悔生了你这件事吗?”妈妈说着，眯缝起眼睛看向天空，“你知道什么是‘无所畏惧’吗?你在和敦说要进行不孕治疗时，是不是无所畏惧的?就是那种‘我想这么做，所以我要去做，既然决定做了就一定能成功’的心理状态。我曾经就是这样的，生下来的是你也好，不是你也好，我从未后悔过。后悔的只有一件事，”树里看着妈妈，她仰面迎着阳光继续说道，“我太轻看幸福了。”妈妈转而看向树里，笑了。“我和你爸爸在诊所看各种信息时，尽想着要选最好的学校、最好的相貌、最好的生活、最好的收入，当时认定那么做是对将要出生的孩子全身心的热爱。但是我们忽略了一点，那就是奉献给孩子最重要的幸福的保证，绝不是那些条件。那会儿太年轻啦，想不到这点，想不到这件事在以后的岁月里会一直追逼着我们。”

“可是，若是有条件好的和差的两种，谁都会选好的呀。”

“是啊。可重要的不在那里。所谓热爱，是孩子生下来后才能给予的。孩子从生下来就和我们拥有不同的世界，在那个世界里什么是幸福的，我们是不知道的。”

刚才还在头顶附近的太阳，现在已经移到了眼前的树梢上，满树绿叶也因此变得金光灿烂起来，既像在嬉笑又像在发怒。妈妈知道树里和爸爸见过面了，可什么都没问，因此树里也什么都没说，她觉得这样挺好。

“我听了波留的歌了。”妈妈说，“那个聚会最终是在大人们的惶恐不安中结束的。妈妈们特别想和其他人一起分担这种不安，优先把这件事放在了考虑爸爸们以及夫妇间的关系之上。有的妈妈在幻想中恋上了从未谋面的捐精人，并且把那个理想形象和聚会中的一位爸爸合二为一了。我自己也很羡慕碧的一家人，甚至有些嫉妒。聚会中间，有传闻说捐精人信息是捏造的，大家一下子慌了神。说实话，我好几次都在想，要是没有什么聚会就好了。那么一来我就不会和你爸爸离婚了。可是听了波留的歌后，我又觉得有聚会真好。我们可能是些不称职的父母，可是我们确实给了你们什么，那孩子的歌中有一种力量让我这么认为。树里，事情一旦开始了，就永远不会结束了。你算是开始了吧，决定的时候就已经开始了。现在不该是为此烦恼的时候。”

树里眺望起眼前那片几乎完全遮挡住了暖阳的密林，眼前突然出现了爸爸淡淡的身影。那个年轻时的爸爸正坐在医院简朴的等待室里，神定气闲地看着窗外那片沐浴在阳光下熠熠生辉的浓绿树荫。此情此景是那样地真切，树里不仅看到了，甚至还清楚地知道那个不自觉地张着嘴巴看着窗外的爸爸在想些什么。“喂，凉子，你还不知道吧，这孩子来到的世界是如此的美丽感人啊！”“树里”，爸爸想到这个名字后站了起来，轻轻地跳了一下。“树里”，对，就叫“树里”。爸爸无数次地在心里呼喊，树里甚至也听到了那些无声的呼喊。

9

没什么变化，也没有恶化的先兆。每次医生这么说，波留在放心的同时，又害怕将来还是会失明。“某一天”总会失明的，而这个“某一天”不是现在，所以波留总是莫名地为不知道“某一天”何时到来而惴惴不安。

那天波留从医院回来后一直待在工作室里，然后和六点才来的须藤以及事务所的真锅奈美绘一起，到附近的一家酒馆浅酌。从医院回来后，波留显得比平时更活跃，不停地说啊笑啊的，因为害怕不和别人拼命谈话就会不自觉想要吐露隐私，如果将一切说出来，波留怕无法自持。

九点整聚餐结束。“哎，等一下！”奈美绘叫住了正准备离开的波留，“能跟我去事务所确认一下明年的日程吗？”

“什么呀，刚才说一下不就好了嘛，尽说些无聊的。”

“抱歉抱歉，光顾着听你说话，把这事忘得一干二净，有几项是明天前必须确定的。刚也在事务所。须藤今天没什么事了，可以回去了。辛苦了。”

和须藤分手后，波留和奈美绘并肩走向事务所。事务所很近，用不了五分钟就能到。微醉的奈美绘又开始絮叨起那些醉酒后就会发的牢骚，好在我们独立了，之前不知被人榨取了多少钱财，等等。波留早已听腻了，但现在可以像个木头似的不用吱声，倒也松了一口气。

当看到事务所楼下的信报箱前突然冒出两个黑影时，波留第一反应是要被杀了，被那个寄过奇怪信件的脑子不太正常的歌迷杀了。也许和波留想到一块儿了吧，奈美绘发出了一声刺人耳膜的尖叫。

“很抱歉我们冒昧来访。”奈美绘凄厉的喊声过后，开口说话的是纱有美。

“我说过这样不打招呼的‘伏击’不好。”在一旁抱怨的正是雄一郎。

“你们是谁？你们谁啊？”奈美绘还在大声嚷嚷着。

“是我熟人。”波留轻抚着奈美绘的后背说，“是认识的，没事没事。”

波留让雄一郎和纱有美在事务所的一间屋子里等她，她要和奈美绘先确认完日程。附近也有深夜营业的酒馆、咖啡馆什么的，波留不想在那种随便的气氛中和他们说话，打算商量完事情后和他们在这里稍微聊会儿，早点打发他们回去。

十点过后，结束了确认工作的总经理刚和妻子奈美绘回家去了。“真没关系？”奈美绘瞅了眼来访的两人后问波留。“没关系，都是熟人。”波留笑说。

波留和两人面对面地坐在相当于公寓客厅的屋内沙发上，这是波留平常接受采访的房间。波留也没请两人喝茶，只冷冰冰地甩出一句话：“到底怎么啦？”从决定不找父亲那刻起，她就认为没必要再见这两个人了。因为已经没什么事需要找他们了。

“总觉得大家背着我们在偷偷干些什么，我们来是想向你打听到底是怎么回事的，目前是什么情况？”纱有美开口说道，“那个作家，是要写关于我们的一些事吧。波留你是赞成的对吧。那你们打算怎么办呢？你和作家两个人要去调查什么吗？”

“弹的手机最近一段时间总是没人接，贤人又说他什么都不知道……这人又说想要问问你作家之类的事，而我们只知道这个地址。”雄一郎说。

“就为问这个来的？”波留很吃惊竟然是这么回事，于是问道，“贤人没问你们要不要找父亲吗？你们回答他要找了？”纱有美摇了摇头，波留继续说，“那不就完啦，如果想找，就和那个作家联系，问问他该怎么办，行吗？我告诉你们他的联系方式？”

“‘该怎么办’是指什么呀？”听纱有美这么一问，波留有些不耐烦起来。

这两个人连自己想了解什么都不知道，比如说生物学上的父亲是谁啦，诊所的信息啦，等等。他们不知道自己想了解什么，也不知道该做些什么，却还在坐立不安地想知道点什么、想做点什么。既然这样只能靠自己行动起来，他们却毫不怀疑地坚信总有人会为他们做点什么。

“我事先声明一下，不管是那个作家还是别的什么人都不会为你们做什么，也不会随便带来你们想要的东西，你们要只是这么等着的话，对方什么都不会做。”

“什么意思?！我可什么都没说啊。”纱有美明显地表示出了不快，声音也变得尖厉起来。

“波留，你说要打出自己名字和作家一起寻找父亲这件事，是我们哪儿听错了吧。”一直轮番盯着两人看的雄一郎开口问道。

波留看着他说道：“是真的，只不过我放弃了。”

“为什么?”纱有美问。

这样的人波留见多了。渴望得到东西，却依赖于他人，自己没有超能力却指望通过心灵感应使对方为自己做什么。一旦想要的东西得不到手，就会怪罪到别人头上，还会跺脚、发怒、哭泣、懊恼不迭，可是自己的双脚还是没有行动，还偏偏就是这类家伙会说什么“hal是靠关系才登上歌坛的”，“hal没什么实力，之所以挺受欢迎，那是因为她故意不露脸搞噱头”，“该完蛋了吧，那个hal”。他们不知道别人为了得到想要的东西，要忍受多少痛苦和艰难，要努力奋斗才行。他们也不知道如果不这么做，就不会有收获。

波留想到不如就把事情的真相告诉他们。

“你们想知道为什么吗？”波留缓缓地笑了，从口袋里掏出香烟来。

“想知道。发生什么事了吗？”纱有美直愣愣地盯着波留问。波留没有立刻回答，脑海中闪过原本想告诉两人的事实。

是这样的，我只见过一个人，不过那也足够了。

你们知道吗？诊所开了一段时间后，对捐精人的身份、职业和学历等方面放松了要求，所有信息由本人申报即可。你们想那样的地方正经人会去吗？肯定是谎话连篇啦，都是些撒谎和想捞钱的家伙。

可我觉得那也没什么。就算有人吹嘘他是东京大学毕业的，也没伤害到什么人。如果有人为钱所困，而谎报学历捐精的报酬就能多得三万日元的话，也可以理解他去做这件事。就算是说了谎想捞钱的人，他们的所作所为也不是偷窃，更不是抢劫杀人。这些人不管撒了多少谎、想捞多少钱，他们还是想为渴望孩子却又无法生育的人出份力。所以我觉得那也没什么不妥。但是，小纱、小雄——

我只见到了一个人，那是个极其卑劣、变态的家伙，是个痴心妄想狂，和那些贪婪的、依靠他人生存的人没有两样。那张让人恶心的、五官端正的脸，年轻时肯定挺有女人缘的。所以自我感觉就好起来了，自以为是起来，某一天才发现没人理会他了。他觉着自己本应成为更了不起的人，却发现一无所有。不是自己不去争取，而是被某人任意夺走了。这个混蛋就是坚信这一点。他所想的是把自己的精子散播到世界各地，当想到自己的子孙遍布全国，甚至海外时，他一定会嘿嘿自乐吧。

那是一种复仇。一直以来都无所作为，却把一切都怪罪到别人身上的那个男人，到最后还是想把原因归结到别人身上，这是一种处心积虑的对整个世界的复仇。当我知道有这样一种人时真是备受打击。我自己也不是什么圣人，也不能说是个善人，但也很少见到心理如此阴暗的人。

波留眼前闪现出一幅幅图景。惴惴不安地跟在自己身后的小纱、飞跃进河水中狂笑的雄一郎、大家一起偷偷喝咖啡小声谈笑的夜晚。突然，波留觉得屋里变得一片漆黑，她下意识地抬头看看天花板，纱有美和雄一郎也跟着向上看了看，为了掩饰自己的失态，波留猛吸了一口烟，顺着自己刚才的思路想下去。

那个人有可能就是你们的，嗯，是我们的父亲哦。野谷先生说他是个假冒的，可我觉得也有可能是真的。你们只要招呼他，就会高高兴兴地出来见面。如果告诉他有可能是他的孩子，他会欣喜地拥抱你们哦，因为复仇成功了。怎么样？你们见吗？

“想知道的话，就告诉你们。”波留朝着两人喷出一口烟，开始讲述。

“我确实一开始是打算和野谷先生一起寻找父亲的。我有非找不可的原因。我的眼睛出了毛病，很快就会看不见了。这是一种遗传性的疾病，要是父亲一方有同样患此病的人，就能知道这种病进展变化的情况以及进行过什么样的治疗。所以我决定利用自己的名声寻找父亲。可后来我放弃了。”

波留把烟头在烟灰缸里掐灭后，又点上一支吸了起来。纱有美和雄一郎目不转睛地紧紧盯着波留。这两个也和我一样不知道父亲是谁，波留心想。

“至于为什么放弃了，是因为见了一个野谷先生找到的曾做过捐精人的人。”

虽然对面的两人都没有出声，但波留通过极细微的空气波动感受到了他们的惊讶。不知道他们自己是否意识到了，波留觉察出他们极其迫切地想知道这一切。她自己原本也是这样的，眼疾的事是第一位的，但不仅为了这件事，还有另外的原因使得自己想了解父亲。是高高的个子？胖胖的？亲切和蔼的？优秀出众的？和照片中的“爸爸”有什么不同？

“当然啦，那个人是你我生物学上父亲的可能性接近于零，但不是零，毕竟他曾经做过捐精人嘛。”

“是个什么样……”发出嘶哑声音的是雄一郎。“是个什么样的人呢？”纱有美接过话茬小声问。就是那个胆小如鼠、爱哭鼻子、害怕被人冷落的小纱。

是什么样的人？是最卑劣的、脑子坏掉了的……波留竭力克制住一阵上涌的恶心，掩饰地吸了一口烟，若有所思地看了看两人后继续说了下去。

“是个普通人。”说着说着波留脑海里又浮现出往日景象来。小小的新郎新娘举办了婚礼呢，甚至还宣誓接吻了呢；爸爸妈妈们不在的时候大家一起偷偷地喝咖啡；好像记得茱丽是梅格、我是乔、贝丝是小纱、最小的艾米是小纪。“就是个普普通通的人，还有些绅士风度哦。说是当时四十多岁，现在应该超过七十了，看起来显年轻。态度温和，也认真回答了我的问题。我最想知道的还是他为什么要去做捐精人。”

波留抬头看向别处。墙上贴着去年巡回演出时的海报，沿墙摞着一堆装着宣传品的纸箱。百叶窗帘卷起一半的窗外一片漆黑。波留停顿了一下，思索着接下去该怎么说。

“他说他妹妹不能生育孩子，他亲眼看到了妹妹为此烦恼的过程，所以切身体会到了想要孩子却无法生育的人的痛苦。偶然间从电视上知道了诊所的消息后，才头一回知道不能生育的原因不仅限于女性。他也同意诊所院长的观点，就是说我们的生活状态可能是不平等的，但是生命是平等的。人的出生和死亡，只有这两件事是绝对平等的。他非常赞同这个观点，于是就想着自己能否发挥点作用。他首先和妻子探讨了这件事。”

话音刚落，只听得有人咽了口唾沫，声音显得格外响亮清晰。波留想也许是雄一郎或是纱有美，也有可能是自己吧。

“他对妻子说，自己想为那些想做父母却做不了的人出份力。那么一来也就会产生和自己有血缘关系的子女。他问妻子怎么看待在某个陌生的地方生活着与自己有血缘关系的人，如果妻子不赞同，他就打消这主意，再去寻找其他能够发挥作用的途径。听他这么一说，他妻子……”

波留停了一下，她早就忘了指间还夹着一根烟。等意识到时，那根烟已快燃尽了，手指第二个关节处火辣辣地刺痛起来。波留忙不迭地揉灭了烟卷，在心里重复着“他妻子……”，又从烟盒里抽出一根烟来。

“他妻子一点都没反对，而且极力赞成他的做法，因为她也听过朋友诉说不孕的烦恼。后来他捐过五次精，都是妻子陪着一起去的。因为诊所有规定不能和出生的孩子见面，所以他们总是在默默祝福能生出健康优秀的孩子，这些孩子能够幸福地生活。诊所也确实给了些报酬，但那都是可有可无的。对他来说，捐精就和向灾区捐赠是一样的。所以就是谁有困难了，自己又有力所能及的本事，那就不能当作没见过没听过，必须尽己所能给予帮助，就是这么个想法吧。顺便提一句，他毕业于四年制私立大学，毕业后作为系统工程师从事计算机相关的工作，六十岁退休后又在子公司工作了一段时间，现在也不干了，和妻子两人一起生活。他们喜欢一起登山，现在还在爬哦。”

纱有美和雄一郎一动不动，沉浸在波留的讲述中。波留眼前出现了一个从未谋面的男人形象，一头卷发、慈祥的笑脸。没错，是爸爸！妈妈深爱的爸爸。卷发已几乎变白，脸上还有数不清的皱纹。只在照片上见过的爸爸，也随着波留的长大变老了。这个已步入老年的男人拥有一张比波留曾几何时幻想过的理想父亲的形象更加清晰的面庞。波留凝视着“爸爸”，接着刚才的话说了下去。

“那个人说我几乎不太可能是他的孩子，但能见到我还是很开心。说我健健康康的，成了个有出息的人，很好地接受了自己出生的事实。不管是出于什么原因，总之他很感谢我前去见他。还说因为没有一起生活过，所以我们之间还不能算家人，他也不是我父亲，但是他一直以来都在遥祝我们幸福快乐，今后也会这么做。”

“波留！”波留的耳边突然掠过一声从未听过的爸爸的声音，“波留，不要害怕哦！你还有音乐，就算眼睛看不见了，还有别的方法去感受光明，所以不要惊慌。”

波留最早学会的乐器是钢琴，第一次作曲是在最后一次夏日聚会结束后。一个个音符在波留手下串联成美妙的音乐，她开心极了，为了不忘记那首曲子，一遍遍地弹啊弹。为了炫耀自己的演奏技巧，有时候还会闭着眼睛弹上一曲。只要闭上眼，弹奏的乐曲必定会幻化成一幅幅景象。透射出点点阳光的密林、闪烁跃动的水珠，那是在禁止游泳的水潭边嬉戏时的光和水呀！自己演奏的音乐正是那光、那水、那笑声，还有夏日、汗水、青草的氤氲。十岁的波留发现不是音乐带来了景象，而是自己把这些无法用语言描述的美好记忆封存进了音乐。

“所以说，我不打算再找下去了。”

波留从眼前清晰的“爸爸”形象上转移开视线，重又看向对面的两个人。两个人还是像刚才那样屏气凝神地看着她呢。波留接着说：“那个人不一定是父亲，可那是个好人。他当初不是图钱，而是出于单纯的善意才去诊所的。我想也会有很多和他不一样的人，可我见到的就他一个。我觉得足够了，就和野谷先生说不想再找了。”

波留看见一动不动的纱有美的右眼滚落下一滴泪珠。波留不知道她为何流泪，也不想问。

“我是想知道眼疾的情况，但现在也不想问了。就算病情恶化，我也有看到光明的办法。”波留站起身，打开了房门，敦促两人离开，“我说完了。已经很晚了，你们回去好吗？我明天还得早起。”

两人慢吞吞地站起了身。在经过扶着门的波留身边时，雄一郎突然停下了脚步。

“我那儿曾住过一个离家出走的女孩，”雄一郎仍是低着头，小声咕叽着，“那孩子特别迷恋你，你的歌就是她的依靠。我想当面告诉你，有东西可以依靠，真好！”

先行几步的纱有美回头看着雄一郎，一脸诧异。

“所以呢？”

看到雄一郎似乎还不想即刻离开，波留有点不耐烦地催促道。雄一郎抬起头，有些不好意思地笑了。

“嗯，就是——谢谢你！”

雄一郎抬头迎着波留的目光说完，转过身走了。走进电梯的纱有美和雄一郎看起来像两个无助的孩子。

电梯门关闭后，楼层显示的数字渐渐变小，当确认数字变为“1”后，波留一下子蹲了下来。什么私立大学、工程师、爱好登山，真是编了一堆五花八门的谎话啊！自己可能连系统工程师具体是干什么的都不太清楚。波留张口想笑，可发出的却是一阵呜咽。

“我保护了！”波留自言自语，也不知是在对谁诉说，“是的，我保护了他们！我是不是做得很棒？他们没事了吧？那些孩子已经没事了吧？”波留孩子般放声大哭起来。

“波留，谢谢你！”波留仿佛又听到了雄一郎的声音，真切得犹如耳边细语。

10

下车后的弹看到久置无人的院落和房屋不禁感慨，虽说定期委派了专业人士打理庭院里的树木花草，可没人居住的房屋还是给人荒芜破败的感觉。走进屋里后，弹首先把所有的防雨套窗[1]和玻璃门窗打开。草坪上的草长得老高，杂草丛生，树木茂盛、郁郁葱葱的，让人感觉植物有一种爆发式迅猛生长的能力。

打开窗户，拧开燃气和水管的阀门后，弹换上带来的运动服，开始大扫除。打开吸尘器后，弹计划着吸完尘后打理院子，除完草后晒被褥，最后是采购。从今天五月一日开始连续五天弹将住在山庄，其他人明天会陆续到来。弹发出的邀请是黄金周有时间的人尽可以来山庄聚会。可他无法估计实际上会有多少人来、有多少人住。前些日子联系说要来的只有树里。屋里和屋外的院落一样，都是两个月请人打扫一次的，可每个房间都是大团大团的灰尘。这儿比东京凉快多了，下车时甚至感到寒浸浸的。可这会儿抱着吸尘器上二楼时，弹的T恤都湿透了，紧紧地贴在背上。

弹边除着草边想，买回山庄后只来过一次。是因为害怕什么吧？可害怕什么呢？这座山庄所有的不仅仅是夏日聚会的回忆，这里还是弹一家三口过去常来的地方。父母是以“再没什么机会去那里”为由卖掉了山庄，弹却认为是因为这里后来变成了一个让他们忌讳的、不堪回首的地方，以至于

[1] 也叫防雨门或木板套窗。日式房屋中装在玻璃门窗的外层，用于防风、防雨、防盗，保持室内温度。

想卖掉它。而自己是怕打开这些尘封往事才不敢来的吧。

而事实上今天真的来了以后，并没有觉出山庄有想象中那么大的威力。勾起了一些往事回忆不假，可也没有满脑子充斥着往日情怀而不可自持。拔完杂草，弹简单地打扫完庭院，晾完被褥后，冲了个澡。热水、凉水出水都正常。

接着弹开车去了附近一家大型超市，买了烤肉用的木炭和今明两天的食物、酒品。回到山庄后，他坐在客厅外侧走廊的木地板上喝着啤酒。夕阳西斜，茂密的树丛像被撒上了一层金粉，熠熠生辉。“哦嘿嘿——”周围突然响起了一声高亢的鸟鸣，引得弹回想起附近庙宇中饲养的那只孔雀来，它叫什么来着？竹下？菅原？叫什么来着？想不起来了，弹笑了。

这时弹看见大门边有人影晃动，拎着个红色的波士顿包。心里一紧，一瞬间错以为自己还是个孩子。那会儿大人们总是这样出现的，一手拎着包，一手牵着孩子。“呀，小弹！”“呀喔——弹！今年也请多多关照哦！”“弹，又长大啦！”那时候大人们看见弹的反应真是各式各样。

树里站在了喝着啤酒的弹面前，她开玩笑地喊了一句：“呀喔——弹！”

看着面前微笑的树里，弹觉得她也是在向自己身后的那座山庄打招呼。

弹和树里面对面坐着，餐桌上摆着树里做的晚饭。在东京见面时弹倒没觉得什么，这会儿却有些不好意思起来，只顾着喝葡萄酒，喝完了又斟上。树里把弹买来的材料熟练地做成了汤和沙拉，还烤了牛排配上土豆和胡萝卜。

“来之前还以为会更伤感呢，怀念感动到哭之类的。”不知树里是否也和弹一样有些羞涩，她环顾着屋子说道。

“家具全都不一样了。父母卖房子时都处理了，我后来只买了最低限度的必需品。”弹说。他之前唯一一次回这里就是收新家具的时候。

“你不觉得开始一件事情很美妙吗？”树里突然说道。弹往树里那杯几乎还没怎么动的酒杯里又倒了点酒，然后等树里说下去。“开始某件事，也就是创造一个从没存在过的世界，是件多么美好的事情！如果我们的父母不想要孩子、决定不生孩子，我们就不会坐在这里哦。”

野谷光太郎好像也说过类似的话，就是那个“萝卜泥的命运”问题。

“还有，要是你父母没有邀请大家到这里聚会，我们根本就不会认识。所有的一切都是有人想到了、决定了，然后现实就一点点发生变化了。这样多好啊！”

“可是，开始的不全都是好事哦。也有些人是想做坏事，决定复仇什么的。就说我们吧，能够聚到一起是不是能归到好事这类呢，我想各人有不同的想法吧。”弹接着说。他觉得树里做的茄汁浓汤有种陌生人家的风味。

“你知道吗弹，有些事开始了，带来的不是结果，而是世界。没有哪个世界里全是好事，或全是坏事的，你不觉得吗？”

“我怎么觉得越说越有哲学味道了，遇到什么事了吗？”

树里喝了口葡萄酒，摇摇头说：“没遇到什么。只是想到什么就说什么了。”

这时门铃响了。弹吓得浑身僵硬地看了树里一眼，然后才离开餐桌，打开了大门，站在门口的是抱着熟睡孩子的纪子，身旁放着一个行李箱和一辆折叠好的婴儿车。

客厅里，树里和纪子各自捧着酒杯谈笑风生。弹一边洗着碗碟，一边隔着厨房操作台看着两人谈笑，仿佛看到了梦幻中的景象。不禁暗想，两个人他都认识，可又都是陌生的女性。她们有着陌生背景、陌生生活，和他没有任何关联。两人坐着的沙发上还睡着个小孩子。眼前这一切似乎完全与己无关，毫无真实感，可是既没感觉紧张也没感觉不舒服，更多的是一种放松和惬意。也许是认识小时候的她们的缘故吧？只是因为这个原因吗？她们两人的感觉又是怎样的呢？看上去就像两个叽叽喳喳说笑不停的高中生，在拼命地追忆往昔的故事，什么文艺晚会啦，大人们不让去瀑布啦，那天有人发烧啦，等等。

“去山庄前，我都没见过妈妈醉酒后的样子呢。”

“就是，一开始挺害怕的，看到她们醉醺醺的，但很快就觉得好笑起来。”

“我妈妈平时可严肃了，唯有那时候那样，有点失控了。”

“还有的大人在调情呢。为什么大人变得和平时不一样时，小孩子会觉得害怕呢？”

不知不觉中，弹开始注意听起两人的对话来。

“她们那时可真年轻啊。”

“嗯，和我们现在差不多。那时她们自己都还是个小孩呢，现在想起来。”

“她们会烦恼、会困惑、会不安，还会失败。”

“我啊，最近开始进行不孕治疗了呢。本来刚有点起色，但还是不行。”

树里轻抚着熟睡孩子的额头，说道。弹吃惊地抬起头，而纪子却静静地笑着，看着树里抚弄孩子的手。

“是吗，还有下次呢，没关系。这话听起来可能有点不负责任，其实不然。我现在没有工作，带着孩子回了娘家，正处在离婚调解状态。但我最近开始觉得，决定了的事总会有结果的。”

“啊，真的吗？吓我一跳呢。”

“我自己才是最受惊吓的呢。不过总得有所行动吧，这样才能有结果呀。”

“难不成是那种无所畏惧的心态？”

“什么呀！不过，说不定就是呢，无所畏惧的心情，虽说明天有可能又会闷闷不乐地想不开了。”

“你简直就是个孩子！”

“和妈妈们当年一样啊。”

两个人笑成一团。对弹来说，这不是个开心的话题，可她们两个发自内心地哈哈大笑着。一个念头闪过弹的脑海，或许就是为了看见这一刻、见证这一刻，不，是为了创造这一刻，自己才买回这座山庄的吧。

11

每个人手上都拿着各自的玻璃杯或是罐装啤酒。客厅里只有一张三人沙发，其余坐不下的都随意坐在了地板上。最终，没能来参加五月第一个星期六山庄聚会的只有波留。从波留那儿听到的理由是有无论如何都推不掉的工作。树里查了一下波留的官方主页，上面确实写了五月二日要参加九州的演唱会活动。树里为自己追根究底的行为感到脸红的同时，也松了一口气：看来波留不是不想参加这次聚会。

今天一早，雄一郎和纱有美一同出现了。大家一起到附近吃了午饭回来时，发现贤人也到了。

晚上烧烤活动时，大家的兴致并不是特别高涨，但比在贤人家时融洽多了，至少树里这么认为。山庄的样子和记忆中的大不相同了，让人产生不了一丝怀旧的念头，开始时树里还觉得有些别扭，可一搞起烧烤来，就自然而然地想起了许多往事。大人们的对话，咖喱的香味，年轻时妈妈的笑脸，一个个像肥皂泡般涌现，很快又都破灭消逝了。凝视着眼前无数个记忆中的画面，树里突然想到，妈妈说过为了将要出生的孩子拼尽全力搜集了种种“幸福的条件”，但其实妈妈给予自己的或许是远胜过那些的东西，是将那些条件全部加起来都抵不过的东西。

大家收拾完烧烤用具，商量着是否要在屋里继续喝几杯时，弹说他那儿有一份来自野谷光太郎的东西。并解释说，光太郎为了今天的聚会，独自一人找到了一位自称是光彩诊所“信用度极高”的原捐精人，并对他进行了采访。录下采访过程的录音笔经本人同意，已在黄金周前寄送到弹手边了。

现在，包括树里在内的六个人，聚集在了沙发茶几的周围，愣愣地看着茶几上放着的录音笔和一个小型音箱。谁也没提出要听，但也没说不想听。

“这个人并不就是我们谁的父亲吧。”纪子壮着胆说了句话。树里看见她的小女儿颇为不安地看着妈妈，一副忍住不要哭的样子。这让树里清晰地回忆起当年纪子第一次来到山庄时的情景。没错，动不动就要哭的纪子和贤人坐在一起画画，两人互相依偎着，每年都是紧紧地挨在一起。

“听吧！”贤人说。这句话使气氛一下子紧张起来。树里正犹豫着是否应该站起身去别的房间，可依然缩在沙发里一动不动，看着弹摁下了播放键。

“是的，我从事建筑设计工作。七十年代末时还是学生。”嘈杂的背景声中传出一个断断续续的声音，但说话的内容能够清楚地听到，录音效果还可以，“我的家乡在大分县[1]的一个小镇上，当年是个得不到家里经济支持的穷学生。所以当然要考虑打工挣钱了，但是我不想做新药的试验者，当时挺流行那个的，那是份收入很高的工种……是的，我不想做那个，而是想直接为别人做点什么。什么？啊，是啊是啊，关于那件事我没多想，而是……”

音箱里传来一阵咳嗽声，接着是一段沉默。这期间树里能感觉到大家的神经都绷得紧紧的，个个都竖起了耳朵。

“我没什么明确的想法，毕竟是个学生嘛……现在回想当时的心情就是，即便是用那种方式帮助别人，也没真觉得会生出自己的孩子。因为我向来认为亲自照看、抚养，并且共同生活的人才算是亲人，就是这种想法。感觉和捐赠差不多，之前不是发生了四川地震嘛，你在捐赠的时候，是不会想到受捐赠人的样子的吧，只是想着那笔钱会用在某个方面，而

[1] 日本九州地区东北部的一个县。

且这个‘某个方面’肯定不是坏事，非常坚信会对那些受困的人起到很好的作用。

“事实上一个月做不了几次，所以单靠那个挣不到很多钱。我还做过家庭教师，还打过短工。可是，怎么说呢，我觉得在那时做过的事情当中，那件事是最有意义的，有一种做了什么重要的、有价值的事情的感觉……当然只是一种自我满足啦，这种感觉可能和捐赠了什么很像。我去诊所是在大三大四的时候，大概去了七八次吧，应该不满十次。什么？啊，我没有谎报个人信息，也根本没想过要撒谎。”

接着是一小段沉默，然后听到野谷用混沌不清的声音在问着什么，那个男人继续说道：“毕业后我进了一家设计事务所，过上了和一般人一样的生活，也不再去诊所了。逐渐淡忘了这事，我结婚的时候，嗯，那年三十一岁吧，想起做过的这件事，就和妻子说了，她表示一点都不在乎。说一点都不我不太相信，不过她也和我一样拥有同样的家庭观吧，也就是说提供精子，啊，对不起，我说得直白了点，提供精子不等于就成了父亲。你说孩子？有一个。大学中途退学，去了巴黎，说是想学烹饪。我没对孩子说过那事，也没必要说吧，反正也谈不上是他的兄弟姐妹。我这个想法从年轻时起就没变过。不过从现实考虑，正如您所说的，他说要结婚的时候，我可能会说出来。因为他碰到生物学上近亲者的概率不完全是零嘛。说我什么都没想过那是假的，可是要想象那些没有见过面的‘孩子’和他们的人生并非易事，要是突然出现在眼前，肯定会吓一大跳的。倒没什么想不想见的问题，人重要的不是怎么来到这个世界的，而是来了后怎么生活，说到底不就是这么回事嘛！在你不知道对方是怎么生活过来的，又正在过着怎样的生活时，这个人就是个于己无关的外人。后悔？当然没后悔过。”

声音突然断了，大家谁都没说话。树里在心里对自己说，我们当然都知道这一点。估计这时大家都在暗自思忖：这个人不一定是父亲，但也有万一的可能性。当然肯定也有人，不会是全部啦，像自己一样感到了一种放松。因为这个看不见颜面的声音，沉稳地说出了一个最正当最普通的想法，却叫人恍然大悟。树里原本以为野谷光太郎是个只有好奇心和野心的作家，现在觉得自己想错了。他为了让大家听到这段录音，一定是来回奔波、耗尽心力才办到的。录音中男人所说的一定也是光太郎想传达给大家的信息，给这些几乎形同路人的伙伴们。

“什么时候也让今天没来的波留听听吧。”纪子开口说。

“没关系，”纱有美颇具自信地说，“没那必要。波留都已经知道了，她明白这个人说的这些事。是吧？”纱有美向雄一郎求证。

“嗯。不过让她听听肯定没错。”雄一郎愣愣地回答。

“我到时会给她听的。”弹点点头。大家又陷入了沉默，四周一片寂静。树里这才发现山庄的夜晚比东京要静得多。然后第一次意识到在自己长大、恋爱、工作、结婚，直至现在的过程中山庄一直默默地伫立在这里，静静的、悄悄的，它珍藏了孩子们曾经的欢笑，就像是沉入海底的一片花园。在这片花园里，一切都寂然无声，常年摇曳着既不枯萎也不凋零的绚丽繁花。树里曾以为，夏日聚会结束后，我们都走向了各自的人生，夏日回忆和其他许多回忆一样，终将褪色远去直至消失。即使和伙伴们重逢后，这种感觉也没有改变。可是，我们虽然生活在不同的地方，在之前或是将来的岁月里，即使没有见过面或是再也不见面了，我们可能也会一直同样地拥有这片花园，这个任何时候都能回归的秘密家园。

“今年六月，我要举行婚礼了。”坐在地板上的贤人两手摆弄着酒杯，突然开口道，“大家都来参加吧。”

“我要去！”纪子立刻叫道，“要盛大隆重地庆祝贤人的第二次婚礼！”

弹笑了，树里也笑了。弹提议大家举杯庆祝，纱有美到厨房取了些酒。每个人的杯子里又重新倒满酒后，在弹的一句“恭喜！”声中大家碰杯为贤人祝福。碰杯声四散回响，竟有流光溢彩的感觉。树里在大家身上仿佛看到了当年年轻气盛、充满希望、无所畏惧的妈妈们的身影。

尾声

致爸爸

要对素未谋面的您叫一声爸爸，确实有些叫不出口。正如原捐精人曾说过的，我们之间没有任何共同的经历，所以也很难称作一家人。可是，还是请允许我叫您一次“爸爸”。

昨天，小贤举行了婚礼。虽然下雨了，可满园绿色在雨雾中显得格外清新漂亮。我见到了好久没见的小贤妈妈，她还是那么美，想不到她在婚礼上大哭一场，把大家都吓坏了，脸上的妆容也哭花了。婚礼后的宴会上，波留演唱了一首歌，据说是特意为小贤和新娘创作的呢。小贤的朋友、咲的朋友都为hal亲临现场献唱一事大为惊叹，为此我可是有点小得意哦。

大家重逢后，都没什么大变化。弹时不时会发来像妈妈那样的问候短信，“是不是正常吃饭啦?”什么的。昨天他好几次提到要去参加相亲活动，我还真有点不明白呢，弹那么有钱，人又长得好，挺有女人缘的，却还没有女朋友，不过我觉得他很快就会有的。

小纪已经结了婚，还有了孩子，可听说最近处在离婚调解阶段。说要是找不到工作，就很难得到孩子的抚养权，所以正忙于各种就职面试。昨天她的小女儿阿由美也来参加婚礼了。一看到阿由美，我脑海里涌现出许多久已忘怀的往事，自己都吓了一跳呢。原本完全遗忘了的，小时候和妈妈一起笑得眼泪都出来的情景突然一下子清晰地呈现眼前。或许是因为阿由美和幼时的小纪太像了，让我一下子梦回从前了吧。

还有茱丽。我想了又想，才对茱丽说出是否要一起去进行DNA鉴定的想法。那是黄金周在山庄住宿后的第二天。我是去年从电视上看到一位妈妈代替女儿生育的新闻，所以我就想那家医院是否可以接纳有血缘关系的人代理生育的事。如果我和茱丽是姐妹，说不定我就能替她生孩子呢。也许您会认为这个想法很怪，可我们正是由于父母强烈的愿望才来到这个世界的。当然，我和茱丽是亲姐妹的概率极低，但也不是零。

茱丽一开始没有给我回复。好长一段时间没有任何音信，我打电话、发短信都没有回音，我曾想她大概是生气了。昨天，她终于来电话说谢谢我，说是让她自己再努力努力，因为她还是有一种“无所畏惧”的心态。她笑着说感谢我的一番心意，我这才放下心来。到处都可以看见茱丽的画，听说夏天还要举办个人画展呢。

小雄离开了他一直居住的公寓，开始一个人在城里生活。

他告诉我们说因为在安保公司工作，所以想住在方便上班的地方，不知是不是真的，我总觉得另有原因。或许他不想再收留离家出走的女孩子了，或许他想重新开始一切。我不知道他的真实想法，也许变化最大的就是小雄了。我脑子笨，没法说清事情的前因后果。这么说吧，有一亿日元的人捐赠一千万日元和只有五百日元的人捐赠四百日元是完全不同的概念吧？小雄虽说看起来没有小纪变化那么大，可我感觉他比任何人变化都大，或者说正在发生着变化。

关于我自己是最难写的，因为只有我没有丝毫改变。受到小雄的触动，我比以前更积极地寻找工作了，可眼下这时代……我最近想到要是波留听到我这话一定会说："别把原因推到时代头上！"（笑）波留呢，不管我说什么必定会反驳，我一直觉得怪不舒服的，现在有点明白她这么做的原因了。我只要找到某个生活不顺的理由，什么没有爸爸啦，妈妈不负责任啦，就会缩在原地没有任何行动了。波留正是对不付诸行动的我感到生气吧，事实上昨天我才想明白了这一点。

昨天，波留唱歌前和大家招呼说："我要说的话有些长，请允许我解释一下将要演唱的这首歌曲，以此替代婚礼祝词献给新人。"然后就做了一番讲演，下面是讲演的内容。

"我第一次去国外是十八岁那年，作为毕业旅行，去的是巴黎。本来应该两个人一起去的，可朋友患胃溃疡住院了，我只好一个人去了。到巴黎机场时已是夜晚，几经辗转我总算抵达了住宿的酒店。第二天一早出去吃早饭时，突然陷入一阵恐慌中。我不懂法语，也不认识路。因为不知该怎么说话，我在面包店排队时不断被人插队，不小心碰上别人时还被人撇嘴斥责，于是我飞跑回酒店，想着就一直待在酒店，再也不出去了。

“本来打算在两个星期的旅行时间里，要去马赛、尼斯和雷恩的，可当时决定就一直关在酒店里，哪儿都不去了。酒店房间虽小但很舒适，而且安全。就这样，整整两天我几乎没有走出酒店一步。我在酒店一楼的面包房买面包，到酒店旁边的熟食店买水和沙拉。事实上也没那么无聊，房间里有电视，窗外任何时候都能看到异国风景，我也就转而安慰自己这也算所谓的旅行了。

“可到了第三天我突然想到，如果我不出门，就只知道酒店这一个地方。我不会碰到小偷、不会迷路、不会挨饿、不会被人欺负、不会有为难的时候。但是，正是这些事，这些事或许同时还意味着，我不会遇见可能成为朋友的人、看不到让我心动的绘画、吃不到让人惊叹的美食，也不会得到友善之人为我指路的经历，更不会偶遇让人兴奋难耐的人或事。因此，那一刻，我想到了，给予我生存下去所必需的力量的不是前者，而是后者。我们今天能够毫不畏惧地走出家门，不是因为有了不会迷路的保证和不会遇到难事的确信，而是因为我们能够想到，我们出门后肯定会遇见什么精彩的事或人、碰到困难时肯定会有人来帮助自己。正是有了这样的想法，今天也好明天也罢，我们才能义无反顾地走出家门，夸张点说，才能很好地生活下去。后来，在第三天的早上，我收拾好行李箱，到酒店前台结账后，踏上了三月巴黎的大街。

“我是未婚人士，还不太了解结婚这件事。不过我想结婚的感觉或许就像两个人共同努力，‘嗨呀’一声打开那扇从封闭自己的地方通向世界的大门吧。我将要唱的这首歌里充满了那时候的我走到巴黎街市上见到的一切。我把这首歌献给小贤、他美丽的新娘，还有共同拥有那个小小的，如花园般美丽的记忆的朋友们。”

波留说完就唱了起来，歌曲美得让人惊叹。十八岁的波留背负着巨大的不安打开酒店的大门走向外面的世界。其间看到、听到、碰到的那些美丽的东西，好玩的东西，好吃的东西，可爱的东西，还有友善的人，有趣的人，迷人的香味，滑润舒适的触感，所有的一切都被放进了这首蕾丝花边般的歌曲中。我虽然只听波留唱过一次，可现在只要闭上眼睛，仿佛还能听见波留的歌声。

爸爸，我觉得波留的那番演讲或许就是为我说的。我可能想多了，可就是觉得波留正在对我说："小纱，不要再关在酒店里啦，快快出去怎么样？你要是再待下去，明天也好，世界也好，都还是一直那么可怕哦。你就连遇见温柔待你的好东西的机会都会失去了。"

所以，爸爸，昨天我这么想了。如果我不存在，就听不到那首美丽的歌，也看不见那场盛大的仪式。如果我不存在，那一切都不存在。所以我第一次觉得，自己的存在是件多么美妙的事啊！因为昨天见到的东西都是存在的。所以，我还是要跟您说声谢谢。没有见过面的您，为我创造了属于我的世界，谢谢！我不再会叫您“爸爸”了，因为即使不叫，我也会好好地生活下去。

文
景

Horizon

社科新知 文艺新潮

我是纱有美
[日] 角田光代 著 莫琼莎 译

出 品 人：姚映然
策划编辑：卢 茗
责任编辑：廖 婧
营销编辑：陈 茜
封扉设计：周安迪
版式设计：安克晨

出　　品：北京世纪文景文化传播有限责任公司
（北京朝阳区东土城路8号林达大厦A座4A　100013）
出版发行：上海人民出版社
印　　刷：北京中科印刷有限公司
制　　版：南京展望文化发展有限公司

开 本：890mm×1240mm　1/32
印 张：10.25　　字 数：187,000　　插 页：2
2018年6月第1版　　2018年6月第1次印刷
定 价：42.00元
ISBN：978-7-208-15132-1 / I · 1713

图书在版编目（CIP）数据

我是纱有美 /（日）角田光代著；莫琼莎译 .—上海：上海人民出版社，2018

ISBN 978-7-208-15132-1

Ⅰ. ①我… Ⅱ. ①角… ②莫… Ⅲ. ①长篇小说—日本—现代 Ⅳ. ① I313.45

中国版本图书馆 CIP 数据核字（2018）第 082783 号

本书如有印装错误，请致电本社更换　010-52187586